人民共和國文化與文學叢書

五 編

李 怡 主編

第 **3** 冊

中華人民共和國文學史論
（1949～2015）（第三冊）

丁 帆 著

花木蘭文化事業有限公司

國家圖書館出版品預行編目資料

中華人民共和國文學史論（1949～2015）（第三冊）／丁帆 著——
初版 — 新北市：花木蘭文化事業有限公司，2017〔民106〕
目 4+164 面；19×26 公分
（人民共和國文化與文學叢書 五編；第3冊）
ISBN 978-986-485-074-7（精裝）
1. 中國文學史 2. 文學評論史 3. 中國
820.8　　　　　　　　　　　　　　106013281

特邀編委（以姓氏筆畫為序）：

ISBN-978-986-485-074-7

吳義勤　孟繁華　張　檸
張志忠　張清華　陳思和
陳曉明　程光煒　劉福春
（臺灣）宋如珊
（日本）岩佐昌暲
（新西蘭）王一燕
（澳大利亞）鄭　怡

人民共和國文化與文學叢書
五 編　第 三 冊　　　　　ISBN：978-986-485-074-7

中華人民共和國文學史論（1949～2015）（第三冊）

作　　者　丁 帆
主　　編　李 怡
企　　劃　北京師範大學民國歷史文化與文學研究中心
　　　　　四川大學現代中國文化與文學研究中心
總 編 輯　杜潔祥
副總編輯　楊嘉樂
編　　輯　許郁翎、王 筑　美術編輯　陳逸婷
印　　刷　普羅文化出版廣告事業
出　　版　花木蘭文化事業有限公司
社　　長　高小娟
聯絡地址　235 新北市中和區中安街七二號十三樓
　　　　　電話：02-2923-1455／傳眞：02-2923-1452
網　　址　http://www.huamulan.tw 信箱 hml810518@gmail.com
初　　版　2017 年 9 月
全書字數　918587 字
定　　價　五編30冊（精裝）台幣56,000元

中華人民共和國文學史論（1949～2015）（第三冊）

丁帆　著

目
次

中 篇

第一章　性別焦慮與身份認同

第一節　知識女性形象的基本心態：流浪

一、流浪：一種古老而又現實的心態體驗

　　新時期一位女性主義詩人伊蕾在她的詩歌《流浪的恒星》裏面曾經寫下這樣一句詩：「我在被囚中到處流浪／我在流浪中到處被囚。」這幾乎成為知識女性所固有的生存處境和基本心態的典型概括。所以，當張辛欣在京杭大運河的北端騎一輛賽車起步之時，我們很清楚地知道她的身體「在路上」的同時，她的心靈已經經歷過並又重新開始了「在路上」的流浪體驗（《在路上》〔註1〕；張曼菱在極其理性地為自己的主人公們選擇著生活方式的同時仍有「為什麼流浪」的困惑與自問（《為什麼流浪》〔註2〕；趙玫文本中所充盈的苦悶與焦慮情緒歸根結底是來自那種精神上無家可歸的流浪感。

　　流浪心態對於知識女性而言不是偶然，而是一種必然。當夏娃在蛇的引誘之下吃了智慧樹上的果實之後，那種蒙昧混沌但安寧和諧的伊甸樂園生活便結束了，迎接她的是顛沛與流浪。智慧之果使夏娃心明眼亮，懂得了善惡與羞恥，同時也注定了她面對龐大而蕪雜的世界時那波蕩不平的心靈世界。幽默的馬克・吐溫在他的晚年作品《亞當夏娃日記》中借夏娃之口對那個古老的神話作了不無反諷的改寫，夏娃說：「開始我想不出我被創造出來究竟是

〔註1〕　張辛欣：《在路上》，《收穫》1986年第1期。
〔註2〕　張曼菱：《為什麼流浪》，《當代》1987年第4期。

爲了什麼，但現在我認爲，我被創造出來就是爲了探索這個世界的各種秘密……」。〔註 3〕這與耶和華創造夏娃作伴侶以免去亞當孤獨的初衷無疑相去甚遠，但卻明白道出了擁有知識的「夏娃」們必然的生命選擇。

所以，當五四那場無論從何種意義上都意味著既往歷史的一次顛覆性的偉大變革開始之後，在文學界，在高聲吶喊著的男性聲音中竟開始出現了女聲，這聲音由小到大，由寡到眾，由脆弱變剛強，進而形成了一個不可等閒視之的女性文學團體。

無疑，這率先打破沉默的是一批知識女性，也只能是知識女性。知識有如智慧之樹的果子，撥開了她們心靈上厚厚的蒙昧塵埃，使她們看到了這個社會以及自身的處境，「探求這個奇妙世界」並力圖改變這世界的主體意識復蘇了，「夏娃」們義無反顧地走出了伊甸園，不滿於現實繼而不安於現實便是女性們主體意識覺醒後的最初心態——這是「流浪」的開始，也是被動而沉寂的女性生態的結束；探索與尋求一種合適而合理的生命方式是「流浪」的第一程，於是，在五四時期，在「女人無史」之後的「有史」的開端，知識女性結束了「被注釋」、「被命名」的悲哀歷史，開始積極主動地參與生活，有了形形色色的理想抉擇與追求的方式，出現了沅君式的、廬隱式的、丁玲式的「話語」。作家們借各自筆下帶有強烈自傳色彩的女性形象宣示著自己對於社會與人生的思索，又在不得結果的苦悶中徬徨、歎息，同時否定著舊有的生活模式設計，去嘗試更新的。這種在困惑中追求，在追求中迷失，再從迷失中力求奮起的心靈過程中，不知所向、無所依附的「流浪」感一直附著在女性們的情緒體驗之中。

沅君式的知識女性們似乎不存在「價值追問」、「理想選擇」、「意義尋找」上的徬徨流浪心態，她們擁有一個極明確、清晰的目標，那就是要完成「愛的使命」。「愛情」成爲這些知識女性們自身生命的全部意義之所在，「殉愛的使命」在她們看來是：「天下最光榮的事」。因此，她們的流浪心態不是發生在目標的選擇與確定上，而是發生在爲實現這一目標所必然產生的矛盾衝突中——母愛與情愛的衝突，傳統倫理觀念與現代性愛行爲的衝突。她們明知道自己該走向哪裏卻又擺脫不了母愛與舊的道德觀所帶來的負疚感。所以，渾身洋溢著叛逆精神的「我」固然有勇氣與自己的愛人一起出去旅行，卻又不住地自責自己的行爲給母親、給舊家庭中的情人的妻子所帶來的痛苦。她

〔註 3〕 馬克·吐溫：《亞當夏娃日記》，安徽文藝出版社 1992 年版，第 107 頁。

們的態度是決絕的，但她們的靈魂卻在兩個聲音之間永遠地徘徊，一個聲音
要求著「解除舊禮教舊習慣造成的關係」，另一個聲音卻譴責著「男子們爲同
別一個女子發生戀愛，就把他的妻子棄之如遺」的不仁行爲（《旅行》）。精神
的悖謬使她們在極度的痛苦中選擇了一條「中間道路」——「犧牲生命來殉
愛」：母親的愛，情人的愛。

　　沅君爲她的知識女性們安排了一條近乎悲壯的道路，這在表面上看起來
似乎是找到了解決問題的途徑，但實質卻是一種逃避——逃避現世、逃避壓
力、逃避來自於心靈的苦苦掙扎的痛苦。她們最終一無所獲，既沒有成爲實
現了愛情的幸福伴侶，又沒有成爲傳統道德觀念下的賢淑女子，沅君式的女
性在結束生命的同時也結束了精神的繼續探索和流浪。

　　盧隱式的知識女性較之沅君筆下的知識女性又前進了一步，她們已經從
「愛情至上」的虛幻王國裏走出來，認識到「愛情也是靠不住的」，這雖然不
免帶有愛情失望之後的極端情緒色彩，但同時也在客觀上促使她們從唯愛的
狹窄情感世界中抬起頭來看看這個廣袤的世界，思索一些愛情之外的個人價
值，但思想的局限仍然使她們不知所向。如果說沅君式的女性在奔向目標的
過程中終於淹沒於一種無可選擇的「選擇」的話，那麼盧隱式的女性們則在
新的目標確定上感到無可醫治的困惑，於是只有「一味放蕩著，——好像沒
有目的地的船，在海洋中飄泊……」（《或人的悲哀》）。「海濱故人」們曾經試
圖走出「或人的悲哀」，結束靈魂的飄泊狀態，這種努力在 1931 年的《何處
是歸程》中仍隱約可見。但即便到了這個時候，「歸宿」在盧隱的心中仍然是
一片茫然，爲人妻爲人母的沙侶的選擇是應該否定的，因爲她拋棄了「理想
的花園」重新墮入傳統的家庭模式之中，「事業與志趣」都成了生命史上的陳
跡；抱獨身主義的妹妹在耳聞了同樣獨身主義的姑姑的艱難（生活上與事業
上的）之後也開始動搖；國外歸來的玲素權衡兩者的苦悶之後同樣不知所措，
發出「何處是歸程」的惆悵。盧隱一直試圖爲她筆下的知識女性們確定一個
「歸宿」，卻一直沒能如願。這些人生路上「不知歸程的旅行者」終於被無所
依附的漂泊感磨蝕掉了所有的銳氣，在靈魂的極度疲憊狀態中銷聲匿跡了。

　　在歷史的舞臺上一直沒有停止探索的是丁玲式的女性們，她們的精神追
求有一個明顯的上升軌跡：即不斷地否定「舊我」，重塑「新我」，且這些重
塑中帶有明顯的時代色彩。夢珂在宣佈「無拘無束的流浪，便是我所需要的
生命」之後不久便爲生活所迫，不得不去迎合那「有拘有束」的生活，但丁

玲式的女性沒有墮入虛無──一直自問「我真實的需要是些什麼」的莎菲出現了。莎菲不清楚自己需要什麼，卻清楚地知道自己不需要什麼，葦弟的懦弱是她不要的，淩吉士的卑陋靈魂是她不要的，這種強烈的自覺意識使她拒絕了兩種愛情，保持了一個完整的「自我」。莎菲可以理智地處理自己的感情卻又不知在愛情之外生命的出路何在，所以她的精神流浪以到一個「無人認識的地方」消耗生命而告終。告別「莎菲」之後，丁玲的尋找仍在繼續。當「言說娜拉」已經成為一個陳舊的話題之時，美琳卻做了丁玲筆下的又一位具有時代個性的「娜拉」（《一九三六年春上海（一）》），且是一位成功的出走的娜拉。「革命＋戀愛」的模式化痕跡多少影響了這一形象的真實性，但丁玲為知識女性尋求出路的努力是可貴的，何況她在「革命的女性」身上的確寄寓了一種非常真誠的希望。丁玲總是有一種熱情，一種「參與」的熱情，不知疲倦地探索的熱情，正因為此，陸萍（《在醫院中》）才能在失望之中重新燃起希望，在挫折之中喚起對未來的信心。於知識女性的丁玲亦成丁玲式的知識女性而言，「尋找」的過程與其說是苦悶加困惑的悲壯過程，還不如說是一段樂觀向上的歷程，她似乎很有把握地料想到在精神的流浪之後必有一個理想的歸宿在前面，儘管她還不清楚這「歸宿」是什麼，儘管這「歸宿」的獲得需要付出艱辛與代價。

沉君式的女性也好，廬隱式的、丁玲式的女性也好，她們既然做了「鐵屋子」裏面率先覺醒的女性，就必然地去尋求衝出這壓抑環境的辦法。但是怎樣「打破鐵屋子」以及衝出這「鐵屋」之後又該怎麼辦，一直是她們心中糾纏不清的問題。探索是不可避免的，但探索過程中的困惑、迷茫和無所依附感也是不可避免的。五四已經成為歷史──一段曾經輝煌的歷史，五四時期的知識女性也作為這巨冊史書中輝煌的一頁被時間之手輕輕翻過，但知識女性的流浪心態卻仍在繼續，因為只要存在「肉體的囚禁」（伊蕾詩）、心靈的困頓，存在對自由的追尋，這種流浪感就不會終止。

二、尋找歸宿與拒絕歸宿：「流浪」的必然性

畢竟換了時代。儘管在 80 年代到來之前這個古老的國度曾一度迷失，但她終於撥開了重重霧障。知識女性的探索也在迷失與一段的停滯之後重新開始。

五四知識女性的身後是一段沉重的歷史，一個漆黑的夢魘。她們從不回

中　篇
第一章　性別焦慮與身份認同

頭也許是不敢回頭,或者是只顧吶喊前行而無暇回頭,她們的探索熱情大於反省熱情。新時期的知識女性則多了些冷靜與審慎。歷史教會她們思索也迫使她們去更深地把握事物的本質。她們仍然努力去追尋歷史剝奪的本應屬於她們的一切,儘管這追尋中仍有迷茫困惑,卻多了些義無反顧的、決絕的精神。如果說五四知識女性一直在為流浪的靈魂尋找一個歸宿又因不得歸宿而到處漂泊的話,那麼新時期的知識女性則從拒絕歸宿(與理想相悖的歸宿)開始,別無選擇地踏上流浪的路途,「對目的地不存希望,只要一個人,哪怕像瞎子一樣摸索著,只管在黑暗中不慌不忙地騎,騎,不管前邊有什麼。或者什麼也沒有。」〔註4〕

她們的出發點,也是第一個不願停留的「歸宿」即傳統而又傳統的「家」。「家」應該是一個非常溫馨的意象,它給人安寧,給人慰藉,是流浪者終生嚮往不已的溫暖樂園,正所謂「歸心似箭」,人們不惜代價,不遠萬里,匆匆跋涉而回的,無非是一個「家」。但新時期知識女性的目光卻落到了更遠處,於她們而言,「家」實質是一條溫柔的繩索,它在給你安寧的同時也囚禁了你的靈魂,阻止你繼續前行的腳步。但要走出這「溫柔之鄉」又絕非易事。需要戰勝的東西很多,你拒絕這歸宿就意味著要同環境、同公共輿論甚至同自身的惰性進行一場搏鬥,這是一場曠日持久的女性戰爭。儘管如此,新時期的女性們仍然毫不猶豫地做出了選擇——「孤注一擲,我對自己說／家是出發的地方」〔註5〕,她們在這一歸宿已經得到或唾手可得的時候拒絕了它。

於是苓苓極其理智地收回了邁向那安樂之所的雙腳(《北極光》)。她清楚地知道未婚夫傅雲祥可以提供給她全套的傢具,時髦的服裝,溫柔的體貼與撫慰,但卻永遠不可能理解她終生嚮往的美麗無比的「北極光」,那是她的希望,她的精神寄託,是積極向善的美好人生。傅雲祥不僅不能理解這些,還會以他的碩大身軀永遠地遮擋住苓苓心中的「北極光」。所以,儘管苓苓還沒有找到生活的答案,「也許永遠都找不到」,但她寧願放棄這一歸宿,面對未婚夫的責罵、父母的痛斥,重新踏上漫漫征途。

如果說苓苓拒絕「歸宿」所要抵擋的還只是來自外部環境的壓力的話,那麼張辛欣筆下的「女導演」走出家門時所需要克服的就不僅僅是外部的壓力,還有來自內心深處的依附意識(《在同一地平線上》)。幾千年的文化傳統

〔註4〕張辛欣:《在路上》,《收穫》1986年第1期。
〔註5〕翟永明:《人生在世》,《詩刊》1986年11期。

使得兩性關係的固定模式（女性依附男性）已經成為一種深層的心理積澱，對這一模式的反叛無疑意味著心靈深處的一次巨大變革。走出家庭的「女導演」們固然成為「自我」的主宰，但傳統依附意識卻往往使她們在生存的艱難之中重新嚮往與迷戀那種古老的被動然而輕鬆的生活狀態。所以張辛欣早期小說中的知識女性們常常在返歸家庭與走出家庭的臨界點上久久地徘徊。

但「走還是要走的！」，雖然「不知此去前面有什麼」，雖然「不知道怎麼停下來」〔註6〕。張辛欣的韻味就在於她常常把寫實與情緒傳達聯合起來，讓人在瞭解故事進程的同時又被某種情緒所感染。這篇既可以說是紀實散文又可以說是小說的文章（《在路上》）從題目到內容都是一語雙關的有關知識女性的「流浪之路」——「曠野中，唯一的路」。

「有家不回」注定了流浪的必然，「無家可歸」面對的同樣是必然的流浪。如果說前一個「家」的「所指」對於知識女性來說傾向於傳統意義上的束縛與囚禁的話，那麼後一個「家」則代表了她們所嚮往的兩性和諧組建——互愛基礎上建立起來的互相促進、互相發展、沒有矛盾的家庭。但是只要存在兩性世界的隔閡與對立，只要人（男人和女人）仍然沒有實現徹底的解放，以「一種全面的方式」「佔有自己全面的本質」（馬克思語），兩性的完美合作便不可能實現。張潔很清楚這一點，所以她的早期作品中有很多「無家可歸」的知識女性，鍾雨如是，荊華、柳泉、梁倩如是，曾令兒也如是。她們或是不能與所愛的人共建家庭（鍾雨、曾令兒），或是根本找不到一個可以與之共建家庭的愛人（荊華、柳泉、梁倩），只有孤獨一生，漂泊一生。但張潔似乎不甘心（或許是不忍心）讓她的知識女性們在靈魂的孤獨無依中流浪終生而一無所獲，所以她總是無法自制地為她們（其實也是為自己）安排一個精神的歸宿，這歸宿就是女性自身的完善人格。《方舟》中張潔曾強調女性的解放不僅僅要靠政治地位和經濟地位的解決，更重要的是要靠「對自身存在價值的自信和實現」。這一觀念無疑具相當程度的真理性，但當她把女性自身的「自信」與「自尊」強調到近乎偏激的程度時，她所提供的「解放」途徑便稍稍偏離正軌。張潔對女性人格的韌性與完美表現出特殊的青睞。《誰生活得更美好》中的女售票員正是靠一種寧靜而大度的個性無聲地征服了那些青年，鍾雨和曾令兒也以無法想像的博大胸懷接納了來自愛、來自生存的種種艱難。張潔企圖靠一種「無窮思愛」的人格力量去消解對於男性世界的失望，去撫

〔註6〕 張辛欣：《在路上》，《收穫》1986 年第 1 期。

慰那些「無家可歸」的知識女性的靈魂，同時也為自己對於女性前途的焦慮情緒尋找一點安慰。但她仍然無法心安理得，因為她自己也意識到了這種完美的人格的虛幻性，於是在後來的張潔的筆下，你很難再看到任何有關人格的讚美色彩——無論是男性還是女性。失望的張潔已經懶於去為女性們尋求靈魂的安歇處，她在「博大」之後走向了另一個極端——尖刻，對於兩性精神深處的「劣根性」，她剩下的只有嘲諷，嘲諷，無情的嘲諷。

知識女性將自己的靈魂進行了一次果決的自我放逐，在「家」與「流浪」之間她們選擇了後者，但「流浪」終究不是她們的最終目的，她們所希望擁有的，仍然是一個「歸宿」，一個「避風港」，但這「歸宿」到底是什麼？在哪裏？她們不得而知。於是「我到底要什麼」的疑問在知識女性那痛苦、迷茫的靈魂深處糾纏不休。

就像陸星兒一直試圖為女性們尋找一個最佳的生活方式以解決個人、家庭與社會的衝突一樣，嵇偉一直想為知識女性們孤獨迷惘的精神尋找一個理想的休憩點。她的知識女性形象比之張潔與張辛欣的知識女性少了許多傳統的負累。她們灑脫，自由，可以率性而行，有充分選擇自己生活的權利。但這種優游的生存狀態卻仍然無法使她們的靈魂停止流浪，獲得永遠的安歇。她們選擇了一個又一個的歸宿，同時又不斷地拒絕著這些歸宿，讓靈魂繼續那種尋找的流浪，《永遠的女人》是典型例證，嵇偉不無沉重不無歎息地寫下這一題目之後便開始與她筆下的知識女性「我」一起進行一次又一次的生命的選擇與淘汰。

應該說「我」與老孟的結合是一次理想的結合，這是在開放而現代的思想基礎上追求與建立而成的家庭，兩廂情願，丈夫如父如兄，這無疑正是張潔的知識女性們苦苦尋覓而未得的理想家庭模式，「我」甚至曾經一度擁有一個孩子，完全沉浸於為人妻為人母的傳統人倫關係之中去，但老孟以事業為藉口拒絕了這一要求。也許正是這一拒絕使本來不安於現狀的「我」發現了這場婚姻與自己精神的悖謬之處，從而在即將陷入傳統的囚所的邊緣及時地收住了腳步。與老孟的離異與其說是來自於老孟對愛情的玷污，不如說是驀然驚醒的「我」對舊有的生命方式的一次積極的淘汰。

在老孟之後出現的男性是詩人林中華。「我」與林中華的關係實質上是一種互相需要的純粹的肉體關係，林中華的虛偽、自私和放蕩是「我」所鄙棄的人格，但「我」又總是在精神的極度疲憊與心靈的孤苦無援和茫然中接受

林中華溫柔的撫慰，讓靈魂在暫時的欲望之歡中得到片刻的休憩，一個使嵇偉也使她筆下的知識女性們苦苦思索的命題便是物質與精神（亦或說是靈與肉）在無法和諧的情況下究竟應該選擇哪一個？物質（肉）的享樂嗎？——但在享樂之後充斥那些知識女性們的心頭的分明是無可醫治的空虛與失落感。精神（靈）的殉道嗎？——但只要是人，生活在塵世的人，欲望的宣泄與滿足總是具有不可抗拒的誘惑性，更何況是被文明教化又反叛文明且心靈正處於疲憊與迷茫中的女人。

嵇偉筆下的知識女性們擁有一顆躁動的心。她們渴望理清自己的思緒，讀懂自己的靈魂再去進行永無止境的追求。正如小說中的林中華所評價的，她們「有流浪者的血統」。「我」就是屬於那「習慣於流浪」的一類人，在「他們的心的深處從來沒有一個真正的家，所以他們老是想走，想尋找，想逃避。」〔註7〕但就是這樣一個艱難卻決絕的「尋找」的女人面對自己近乎宗教般的愛情卻無能為力。那個從法卡山上下來的「他」佔據並將永遠擁有「我」最聖潔、最熾烈的愛情。「我」和「他」的愛情是純粹的柏拉圖式的愛情——在完全屬於他們兩人的一個夜晚，彼此克服了欲望的衝動，然後在凌晨永別。很難對「我」與「他」的行為做出道德的抑或人性的評價，就連「我」自己也不清楚這樣做究竟有何價值，有何意義。但「我」崇敬每一種宗教，「無論它是多麼愚昧，它都是崇高的，誘人的。」其實此時嵇偉已經做出了她的價值判斷：老孟的寬厚縱然可以給「我」安寧，林中華的撫慰縱然可以使「我」愉悅，但那使「我」的心靈疼痛不已並最終無法放棄的仍然是柏拉圖式的精神戀愛。

「走」了將近十年的知識女性們可以走出家庭，走出環境壓力，走出世人的冷嘲熱諷，走出性愛的道德束縛，卻終於沒能走出張潔筆下的那份宗教情感，嵇偉的女性們不再前行——不是因為找到了歸宿，而是因為無法擺脫情感的困境。

三、「新寫實」：流浪的疲憊感

任何一個被文明教化的人都不可避免地要受許多觀念的束縛：歷史的，道德的，傳統的，女性承受的似乎更多一些。伊蕾說：「我落地生根，即被八方圍困」〔註8〕，這無疑是知識女性們真實而又深刻的生命體驗的概括，因此，

〔註7〕 嵇偉：《永遠的女人》，《收穫》1988年第5期。
〔註8〕 伊蕾：《流浪的恒星》，《當代》1988年第4期。

打破那「沒有柵欄的囚所」，獲得屬於人的那份自由，是女性們終生爲之奮鬥的目標。她們渴望甩掉肩上的傳統的負累，從歷史的「舊我」中脫胎換骨，重建一個「新我」，於是一場爲追尋靈魂的自由而進行的跋涉開始了。迷惘過，孤獨過，痛苦過，尋找並擁有過歸宿，但又拒絕了那歸宿，繼續流浪，在流浪中探索。

不可避免的是流浪的疲憊感。新寫實小說不是阻止亦不是嘲諷知識女性的這種執著的「流浪」心態，她們只是極其冷靜（冷靜到了不無悲哀的境地），她們清楚地看到這過程的漫長和那個理想境界的渺茫，於是無望的疲勞感不可抑制地伴隨著新寫實小說中的知識女性們。

在新寫實小說家的筆下，過去已經不可更改，而將來又是遙遠的、迷茫的將來，所以重要的是低頭下視現實。無論你有多麼遠大的前程、高貴的理想，也無論你曾經有過多麼輝煌的歷史亦或多麼卑瑣的過去，你仍然要爲現實的你的眼前的職稱問題，房子問題，人際關係問題，爲蔬菜的價格，爲工資的高低而頭痛不已，知識女性可以清高，可以執著於自己精神的追求，但這些瑣碎而現實的生存問題所帶來的疲憊感並不亞於靈魂找不到歸宿時的疲憊感。

而且，即使早撇開這些「形下」意義上的羈絆不談，那些精神上的困擾仍然使你很難一如既往地前行，你想擺脫歷史的陰影和負累嗎？但歷史是你生命的一部分，與你共生共息，無可擺脫；你要重構未來嗎？但過去已經或正在宿命般地影響著你的未來，全新的「重建」是不可能的。多兒（池莉《你是一條河》）從走出家門的那一刻起便決定從此永遠不回頭，她對整個家庭——在陰暗與污濁中只知道本能地求生存的家庭以及整個沔水鎮都有一種近乎絕望的鄙棄心理，她更改姓名，隱埋歷史又考入大學無非爲了擺脫自己沉重而灰暗的過去。但是在一個深夜，在距離她所在的北京非常遙遠的沔水鎮上的母親死去的一刹那，一種近乎神秘的血緣溝通使她從夢中忽然驚醒，她所企圖永遠抹去的歷史重又銜接在她的現實生命中。

而星子（方方《桃花燦爛》）則力圖在反抗與逃避她所隱入的情感困境之後重構自己的未來。星子愛粞，愛得刻骨銘心，粞也愛星子，但粞絕對不會放棄權利同心愛的星子結婚，於他而言，任何一個女人都可以成爲妻子但並不是任何一個妻子都可以給他帶來權利。粞結婚了（儘管又離了婚），但星子卻怎麼也難逃脫對於粞的情感迷戀，當她終於以知識女性的理智與自尊同愛

她的亦文結婚之後，卻忽然聞聽栖患癌症的消息，理智的高牆瓦解了，她與栖在最後的情感中完成了靈與肉的結合，九個月後，她生下一個男孩，那酷似栖的一雙眼睛讓她心驚肉跳。星子所努力重建的未來之夢被粉碎，她仍然未能逃出栖的情感控制，那雙眼睛將伴隨她的一生也影響著她的一生。

池莉和方方不約而同地以一種頗有宿命意味的結尾方式宣示了女性所難以逃脫的精神困境，多兒和星子都將無可奈何——面對歷史，面對情感。正是這種對生命的參悟帶來了新寫實小說流浪的疲憊感。他們沒有嘲笑崇高、正義、真理和追求精神，但他們在長途跋涉之後面對遙遙無期的終點望洋興歎，最終在一種無法醫治的勞頓心態中收回目光，一點一點去鏟腳下的坎坷。抑或從此淹沒於那些「坎坷」的糾纏中去了。

但「走還是要走的！」西蒙·波伏瓦說：「……我對個體生命最關注的，不在幸福而在自由。」〔註9〕知識女性作為覺醒了的「第二性別」中的一部分，她們必將跋涉不已，去追尋作為人的自由存在境界——為自己，也為仍在蒙昧中的姐妹們。70年前的夢珂說：「無拘無束的流浪，便是我所需要的生命。」70年後的張辛欣說：「假如有假如，我將在無數的前途中選擇自由地流浪。」〔註10〕她們的流浪不是被驅逐的荒野之魂的流浪，而是一種積極主動的自我放逐，於她們而言，「自由地流浪」要遠遠勝於精神與肉體的雙重囚禁。

第二節　性別主體的文化選擇

在二十世紀的女性文學發展史上，女性主體意識經歷了三個大的起伏過程：首先，五四文化思潮中以「人的文學」為本義的女性創作開始覺醒，但是包括冰心在內的許多女作家的女性主體意識並不是很強烈的，她們基本上是在男性權力話語建構之中進行著有限的私語言說，要說特例，可能只有盧隱最有繁漪那樣的「雷雨」性格。直到丁玲的《莎菲女士日記》和《夢珂》的出現，才形成了五四以後第一次女性意識的覺醒，「我是我自己的」才真正回到了女性話語本體之中。但是，丁玲很快就臣服於「政治話語體制」，而「政治話語體制」從根本上來說，就等於是「男性權力話語中心」的代名詞，丁玲直到臨死也沒有能再跳出這一羈絆，回到最初的原點上。其次就是 50、60

〔註9〕　西蒙·波伏瓦：《女人是什麼》，王友琴、邱希淳等譯，中國文聯出版公司1988年版。

〔註10〕　張辛欣：《年方二八》，《收穫》1987年第1期。

年代毛澤東提出了「婦女能頂半邊天」的口號，出現過一次虛假的婦女解放
運動，在「李雙雙」和「新結識的夥伴」的陰影之下，茹志鵑們也只能在「政
治話語」之下略抒一點女性內心的隱秘而已，整個當代文學的前 30 年，幾乎
就是女性主體意識喪失殆盡的過程，她早已被政治體制下的男性言說所替
代，是女性自我失落的悲劇時代。直到 80 年代初，在「愛是不能忘記的」的
「同一地平線上」，女性作家才企圖重新確立女性在文學中的地位，當然同時
也是確立婦女在整個社會中的地位。這些作品不僅僅是受到了女讀者廣泛注
意，同時也受到許多男性閱讀者的矚目。直到鐵凝的《玫瑰門》和王安憶的
《崗上的世紀》（她的「三戀」從嚴格意義上來說，女性意識尚不是十分醒目
的）的出現，才宣告一個新的女性文學時代的到來！司漪文用露陰的方式殺
死了她的公公，象徵著「第二性」對男性的挑戰。而《崗上的世紀》簡直就
是女權主義的一次宣言書，李曉琴與楊緒國的媾和從不和諧的政治功利語境
中掙脫出來後，回到了完完全全的女性主體意識的本位之中，我們可以在如
詩如畫的性交過程中，看到性別的位移，李曉琴的「超越」就在於她把楊緒
國那個男性權力文化視閾給拆解了，在李曉琴的眼裏，「他」（楊緒國）只不
過是性的對象而已，且完全是模糊不清的。至此，鐵凝和王安憶開始將女性
文學提升到一個自覺意識的層面。

　　那麼，90 年代文學在進入物質主義時代後，女性文學從表面化上來說已
進入了一個新的里程，但是，我們不能不看到女性文學在政治話語（主流話
語）和物欲話語的雙重擠壓下的變形。我認為 90 年代最有個性和最有思想哲
理的女作家是陳染，直到她的《私人生活》的發表，我以為陳染的小說在個
人的藝術感悟對女性生存狀態的哲理表述中，是無人可以比擬和替代的。但
是，我以為她的小說一方面是奢侈的精神消費：如她以為人類的最高情感存
在同性之中，因此在大量的異性戀之外，她描寫的是同性戀和自戀的情節和
細節。我們且不去追究寫作個體的文化背景和利害關係，就中國的國情來說，
這種精神活動是否成為正常值，是值得提出疑問的。那麼，「偽後現代」的文
化語境是否是陳染們追求的一種烏托邦文化語境呢？另一方面，這種貴族式
的精神產品同樣迎合了物欲時代的消費要求，從林白的《一個人的戰爭》的
封面被庸俗化，到《私人生活》啟發了一大批書商炒作「絕對隱私」的泛濫，
難道我們從這嚴重錯位中不能找到女性文學在進入體制文化中被男權文化扭
曲的悲哀嗎？然而，更為悲哀的是，一些女性主義批評家在借鑒西方女權主

義批評理論時，不顧中國現實世界的諸多複雜因素，一味鼓吹女權主義文化與男權文化的對立與分離，而拒絕平權。這樣，便把女性文學孤立化、絕對化，使她成爲具有攻擊的「文化奪權工具」，這無疑是將女性文學送上女權革命的「斷頭臺」。

我以爲女性文學從女奴的地位走向女權的地位，並非是女性文學的幸事，相反，它是致使女性文學走進誤區，走向「黑洞」的必然之路。女性文學應該是與社會媾和，與男性媾和的產物，她除了藝術上的獨特表現外，在思想上卻是謀求與外部世界的溝通，這是根本目的，而私語獨白是向這一目標的手段。男女平權才是人類最高境界，任何企圖佔據文化霸權地位的文本都是可悲的，中國幾千年的歷史書寫了男性文化的文本內容，這是中國文學的悲劇；而進入 21 世紀後，非得用女性文化的文本內容來構建中國文學新的悲劇內容嗎？從這個意義上來說，我反對那種盲目把男女性別文化嚴重對立的文本和理論。因爲我始終相信：人類最高的情感（藝術的、抒情的）是通過兩性媾和才能建構的，人類的最美妙的文學是「超性別」的！惟此，我們才能擺脫文化的困擾和錯位。因此，我只贊成女性文學，而不贊成女奴和女權文學。

當我們回視 80 年代以來男性小說家們營造的女性世界時，一群出走的女性形象在我們的閱讀視野中佔據了突出的位置。小月丟下老實憨厚、恪守土地的才才，與聰明能幹、任性不羈的門門撐著木伐，從那奔騰不息的河上奔向山外的世界（賈平凹《小月前本》）；黑氏在中秋月圓之夜，與心上人來順逃離了殷實卻無愛的家庭（賈平凹《黑氏》）；香香扔下以自己的血汗和屈辱壘築的家園，站在了通往外面世界的車站（賈平凹《遠山野情》）；煙峰離開了因循保守的回回，投入敢想敢幹、百折不撓、積極進取的禾禾的懷抱（賈平凹《雞窩窪的人家》）；水仙嫂鎖上了那扇拒斥男人、關閉自己的大門，留下那把凝聚著無限壓抑和酸楚的鉗子，走向了外面的世界（李貫通《洞天》）；楊梅姐以她對「九十九堆」禮俗的決然拋棄，在那板結的生活中撞開了一道裂縫，將震驚和惶恐留給了生活在那裏的人們（古華《「九十九堆」禮俗》）；趙巧英幾經徘徊，終於從她深愛著的孫旺泉的身邊走開，告別封閉落後的老井村，奔向新的天地（鄭義《老井》）；鄒艾以她全部的生命激情和生活智慧，掙扎著，奮鬥著，探尋著作爲一個女人走出盆地的路，幾起幾落，矢志不移，留下一串輝煌的失敗的足跡（周大新《走出盆地》）；麻葉兒在經受了愚昧惡

俗和落後婚姻形式對她的情感折磨和肉體摧殘之後，終於帶著心上人海成留給她的新生兒，走出西府山，去尋找海成，尋找情愛的自由和生活的新天地（朱曉平《西府山中》）……

這些女性形象動人心魂的蹤影和心靈深處的足音，給我們帶來了豐富的美學感受和意義啓迪。同時，她們作爲主體的創造物，聯繫著男性作家們的精神指向和心靈期盼，而這又引領我們將這些女性形象置於更爲闊大的文學傳統和文化情境的背景上加以端詳和思索。

女人的出走，作爲一個文學母題，早就存在於古希臘神話中美狄亞的故事裏——她先是背叛父親，後是向丈夫復仇。而於歐洲文藝復興以來的文學中更是屢屢出現，從《十日談》第二日故事「丈夫與海盜」中的女主人公到托爾斯泰的安娜・卡列琳娜，再到易卜生的娜拉，以至勞倫斯的查特萊夫人，都在復現著這一母題，貫穿其間的是歐洲近代資產階級發展和形成的人本精神和民主意識的傳統。在中國古代神話中，也有嫦娥奔月這樣美麗淒婉的故事；在儒家文化的主導作用下，古代文學中雖有以卓文君與司馬相如私奔爲生活原型的故事，但多置於引誘和被引誘的模式中加以表現並或隱或顯地冠以「淫奔」的道德批判的帽子。直至五四新文學開始，婦女解放作爲一個文學主題如一面旗幟飄揚於世紀之初的文學天空，女人們的出走才被賦予從西方文化中獲取的現代意識而加以表現。於是，魯迅筆下的子君、茅盾筆下的梅行素、葉紫筆下的春梅、巴金筆下的曾樹生等等女性形象，作爲「中國的娜拉」，在新文學的人物畫廊裏煥發著永久的光彩。無論是歐洲近代文學還是中國現代文學，在民主意識、人的解放的光照下出現的出走的女人的形象，都體現了作家主體在文化轉型、社會變革或某種文化自身矛盾加劇的時候，對新的生活方式、道德觀念的呼喚與期盼，對女性的人格獨立、性愛意識和生命自由本質的關注、體悟和表現。80 年代以來中國男性作家筆下的出走的女性形象群落的出現，正是在與上述文學傳統的深刻精神聯繫中產生並顯示出自身的特質來。

首先我們注意到，這群女性形象都無一例外地屬於中國鄉土社會，她們堪稱爲「中國鄉土的娜拉」，相對於中國現代文學中「出走」的姿態和行爲幾乎專屬於知識女性這一事實來說，這群出走的女人的形象體現了創作主體重塑「娜拉」的意圖，這一意圖又是激發於時代精神的感召。80 年代的中國社會，在走向工業文明和現代社會的過程中，以空前的迫切和強力，衝擊了積澱著幾千年農業文明和傳統文化之痼弊的鄉村社會，既有的生活方式和生活

態度因之而產生了根本性的變化。這些出走的女人的身影裏正透露了此種變化的最富於感性的訊息，她們的出走標誌著農業村社凝滯堅固的家庭模式、社會結構和文化心理土壤的大幅度鬆動乃至崩塌。

「人的行爲常常是自我經驗與人的社會角色期待之間不斷衝突的結果」，〔註11〕出走的這一行爲選擇正是女性自我經驗對既有的社會角色期待的抗爭性表現，抑或是說，正是在這種抗爭性表現中自我經驗明晰起來，展示出來；這既有的社會角色期待實際上聯繫著傳統文化對女性的規定。在中國傳統文化中，婦女被規定應奉行在家從父、出嫁從夫、夫死從子的準則，在這種嚴格限定的社會關係之外，婦女的「自我」幾乎是沒有意義的。五四以來的中國反封建運動和民主政治革命，雖然動搖了這種對女性的規定，但是作爲一種文化傳統，它遠遠沒有消除，而是流淌在鄉土文化的血液裏。當 80年代作家們從昔日政治權力話語構築的女性解放的神話中走出，以更爲自覺的現代意識和文化意識去看取農村婦女命運的時候，我們看到了五個正值青春的女子在現實生存的極度壓抑下走向美麗而神秘的死亡（葉蔚林《五個女子與一根繩子》），我們看到了藍花豹在他設的愚昧陷阱中無望的掙扎、身心的畸變與破碎（譚力、呂旭《藍花豹》），我們看到了彩芳的青春和生命慘烈地吞噬於宗法專制的魔影（朱曉平《桑樹坪紀事》）……而 80 年代的現代化進程所引發的更爲全面、深刻意義上的文化革命，無疑給鄉土社會裏傳統文化浸潤下的女性帶來了新生的希望，它不再是簡單地訴諸政治革命、經濟翻身或觀念更新，而是滲透在文化整體的鬆動過程引起的生活變動的豐富感性之中。因而作家們通過這些出走的女性形象的創造，表現出對生活變革和文化演進的感應與期待。令我們注目的是，這些女性獲得了在傳統文化框範中不可設想的自我意識和獨立感。黑氏說：「先前以爲女人離開了男人，就是沒了樹的藤，是斷了線的箏，如今看來，女人也是人，活得更旺實」；鄒艾喊道：「只要男人們分一半，憑啥只給我三分」；香香責問：「我就應該受作賤？受了作賤，又都是我的罪？」古華的《貞女》中桂花姐的抗爭也同樣在展示著自身作爲人的存在，並且預示著走出愛鵝灘上百年前（應該是幾千年來）青玉們的命運陰影。應該看到，自我意識的覺醒和獨立感的形成，正是這些鄉土女性走出原有的生活怪圈和文化圍限的先決條件。

〔註11〕 A・馬塞勒等：《文化與自我——東西方人的透視》，任鷹等譯，浙江人民出版社 1988 年 6 月版，第 7 頁。

　　在農業文明的生存方式中，女人從來就是在與土地的不可分割的聯繫中，在生育繁衍哺養後代中確定她們的存在。女人作爲男人的附屬物，作爲財富的代表，其價值與土地一樣，她們的生存地位也就在男人對土地的依戀中體現出來。而現在這些女人的出走，則象徵了新的生活方式對土地的剝離與掙脫；在這裡出走的女人顯示出與高加林、金狗們這些男性形象同樣的意義。巧英離開孫旺泉，小月離開才才，煙峰離開回回，都在昭示著以土地爲生存核心的生活方式的解體及其間蘊藏的文化範型的動搖。如果將作家們對這些女性形象的創造同五十年代《創業史》中對徐改霞這一形象的創造作一比較，我們即可看到 80 年代作家主體意識對現代文明的強烈籲求和對傳統文明的自覺超越；柳青是將出走的徐改霞作爲他心目中的新型農民英雄梁生寶的對立面來樹立於作品中的，道德評判和政治評判的目光，使這一形象具有的文化衝撞的意味淹沒於落後保守的農業文化意識之中。我們還看到，女人在爲家族生養後代中獲得自身價值這一傳統文化所賦予的價值標準，在出走的女性形象中也被動搖和否定。黑氏、香香、水仙嫂的生命展示中都沒有生養這一環節；煙峰從回回那裏離開，到禾禾那裏有了孩子，這時的生養已脫離了原有的文化規定，而更多地成爲一種新的生活的確證。楊梅姐、鄒艾的母親身份也更多的是作爲一種人際關係的表現，而沒有爲之增添價值衡量的砝碼。作家們對筆下的女性生養價值的淡化和漠然，突出了她們作爲個體的人的自身價值，同樣表現出對傳統文化規定和設計的女性規範的沖決。

　　在男性中心社會中，女性的品行評價從來就是社會風尚最爲敏感的神經，是一個社會道德水平的風旗；而女人的出走作爲一個文學母題的表現，其強大的震撼力就在於對既有的道德規範的衝破，對更合乎人性的道德規範的呼喚。80 年代以來中國小說家創造的出走的女性形象，也同樣體現了道德反叛的勇氣。這種道德反叛當然地蘊含在上面我們分析到的這些方面，因爲一種道德規範總是聯繫著文化整體的，道德觀念對人的約束從其本質形態和作用方式來說，總是寓於一定的民風習俗和文化承傳之中。唯其如此，楊梅姐對「九十九堆」禮俗的絕決背棄，才給當地的人們那樣的震動，他們憤怒地喊叫與咒罵，然後「又都不安地沉默著、惶惑著，彷彿他們身上，他們腳下，有什麼東西開始移動了，破裂了……」。作家們以歷史意識和文化意識的眼光來觀照和表現這些女性的道德勇氣，使我們感受到鄉土社會在文化碰撞中前進的跫然足音。80 年代初祝興義創作的《蕒葭蒼蒼》中的農村姑娘宋芸，

已隱約透現出女性在文化衝撞中表現出道德衝撞的意向，但是，創作主體的道德評價模式阻遏了對宋芸行為抉擇的深層意蘊的開掘，而代之以一個簡單的破鏡重圓的結局，文化差異與碰撞在宋芸和長鎖之間造成的悲劇性情境被悄悄抹去，宋芸的舊情的破裂和新夢的萌生皆被繩之以道德的標尺而作出近乎漫畫式的圖解。而創造了出走的女性形象的作家們，放棄了道德評價的模式，將這些女性的行為訴諸文化審視和歷史評判，從而觸摸到文化的深層底蘊和人性的深度。鄒艾在其走出盆地的幾起幾落中，許多行為正是在狡黠甚至不乏刻毒的表象下，潛隱著一股掙脫文化規定對女性的無情羈絆的力量，它使女主人公在愛與恨的交織中，手段與目的對立中，無理而合情的悖反中，展現出不屈的進取精神和果敢的挑戰意識，女性解放的人性尺度和歷史法則正寓含其中，文化困境的批判性表現也因此確立。

對這些出走的女人的道德勇氣的表現，更為深入細緻地體現在創造主體對女性主人公情慾實現和性愛意識的刻畫與描摹上。在中國古代文學傳統中，對女性的情慾和性愛的表現，往往是以扭曲的女性形象來展示的：要麼是貞女，要麼是蕩婦；情慾和性愛在女性的生命常態表現中被迫處於沉默的位置。扭曲的兩極女性形象創造在很大程度上影響了現當代文學中男性作家對女性情慾和性愛的表現，而對鄉村女性的刻畫則絕少涉及她們的情慾和性愛的生命內容。80 年代出現的這批出走的女性形象卻是以生命的常態向我們呈示她們對性愛自由實現的追求的。邵振國的《麥客》中的水香，因為麥客吳順呂的出現，喚醒了她的情愛，使她意識到自己的青春與愛情的被剝奪，意識到一個女人正當的合乎人性的生活的被剝奪，感到「有一股頑強的力，在她的身上衝撞起來」，但是情慾之火在剛剛燃起的時候便熄滅了，熄滅於那植根於黃土地上道德規範，情感的騷動最終歸於一種寧靜的憂傷。而在黑氏的生命展示過程中，水香體驗到的那股力，終於將她推上了出走的路途。黑氏體悟到的「女人也是人」，不僅意味著貧困的擺脫，經濟的獨立和尊嚴的樹立，而且也意味著一個女人對自己作為人的情感渴求的正視和情愛實現的追求。她和木犢共同創造了擺脫貧困壓迫的生活，木犢卻沒能和她共同創造富於情感內容的生活。在木犢眼裏，她只是個妻子，是傳統意義上的家庭機器的一個部件；覺醒了的黑氏對此不能忍受，而來順的多情與體貼觸動了她作為一個女人內心最深處的情慾的琴弦。隨之而來的是道德感的壓抑的力量和情慾實現的迫切要求之間的激戰，小說以細膩而富有詩意的筆觸，敘寫了黑

氏內心壓抑的痛苦和悲哀怫鬱無可訴求的情懷。這種生命的常態中聚積起的
巨大情感力量，驅使黑氏作出了最後的抉擇。在這樣的道德反叛表現中，黑
氏作為一個人的生命力得到了最為熱烈的肯定。黑氏內在的情感追求是人之
為人的自由自覺的心靈活動的集中表現，它同樣體現在香香這一形象中。香
香的命運的濃烈的苦澀自有黑氏所不及之處，她身處試圖以錢財和權力佔有
她的隊長與以她來賺取錢財的丈夫這樣兩個男人之間，淪為一種物的存在，
她為此痛苦、憤怒以至於麻木，吳三大的到來，以一個真正的男人的品性和
行為，以他對香香的尊重和呵護乃至神敬，喚醒了她沉睡的靈魂，激發了她
生命的活力，熱情而無畏地告別過去，奔向一種新的生活。也許貧窮、苦難
和挫折在等待著黑氏和香香們，但不管怎樣，她們將以真正的人的身份來譜
寫她們自己的人生歷史的新篇章。《洞天》更側重於女性對自律和自虐的繭縛
的沖決。小說中方洞兩邊的對話描寫和水仙嫂的心理、表情、動作的細節，
傳達了空靈神秘而又美麗憂傷的氛圍。其間，石龍的男性的溫暖氣息融化了
水仙嫂心中的堅冰，而他帶來的外面世界的一線光亮，也漸漸驅散了她心中
徘徊已久的雲翳，她心靈深處情感的潮湧與喧騰終於將她推出了陰鬱壓抑的
暗影。麻葉兒對母親的告別、對西府山的告別，其動力就在於她對與海成之
間純潔自然之愛的追求，對山裏女人被作為性欲發泄對象和生養工具命運的
抗爭。小說將人物置於不堪忍受的蹂躪與欺侮的情境中，就更加突出了麻葉
兒的追求與抗爭中蘊含的生命力度。作家們對這些普通鄉村女性情感欲望世
界的深度感悟和生動表現，揭示了她們走向新生活的內在生命要求，這顯示
出作家主體以現代性愛觀念意識對鄉村普通女性心靈空間的觀照、拓展和建
構。這些女性，正因為她們的普通身份和生命常態，她們的出走才更富於衝
擊力量，也更能喚起情感的認同；而男性創造主體在對象化過程中對女性的
真正的同情、理解和熱切期待也從中體現出來，同時，這也表明作家們對婦
女解放主題的表現，沒有簡單地求助於經濟形態的變革和觀念的更新，更是
突破了現代文學中形成的社會政治解放模式，從而為這一主題的表現提供了
豐富的人性內涵和審美意蘊。

　　前面我們提到，中國現代文學史上，對女性的出走這一母題的表現，似
乎是作家們給知識女性派定的「專利」，鄉土小說中幾乎沒有這樣的女性，而
80 年代以來鄉土小說中如此集中地出現這樣一個出走的女性形象群落，實在
是創作主體從歷史變遷、文化演進和社會轉型帶來的鄉村社會生活的變化獲

得了表現的契機。這一形象群落既是作家對鄉村女性在新的社會境遇中自身變化的感應，更是作家們通過這類女性形象的營造表現出的對中國農村婦女命運的深切關注和改變舊的生存方式的熱情呼喚。這關注和呼喚不僅體現在對出走的女性形象的創造上，而且體現於對欲走而未走，仍在傳統文化的框框與現代文明的嚮往之間徘徊徬徨，苦苦煎熬的女性形象的創造上，像前面提到的《麥客》中的水香就是這樣，還有周大新的《香魂塘畔的香油坊》裏的鄔大嫂也是如此：對她們的命運中的痛苦憂傷的表現裏，潛隱著作家主體「呼喚出走」的心靈期盼。

對上面所有這些鄉村女性來說，同樣有一個「走後怎樣」的問題等待著她們（也等待著我們），而作家們似乎只是將她們送到出走的關口就不管了，沒有給她們以未來的許諾或斷言，頂多是將模糊的猜測放在我們的面前。這固然是作家們秉承的現實主義傳統使然，我們的社會為走出的鄉村女性提供的生存空間遠遠不及為走出的城市女性提供的生存空間來得闊大，作家們寧願以熱情關注的眼光去看待鄉村女性出走的過程，而不願虛構出她們走出後的美好前景，將它慨然許諾給人們。但是如果我們從這種「文學反映社會生活」的思維模式中走出，我們會發現問題沒有那麼簡單。分析一下男性作家們（如張弦、張笑天、劉恒、張一弓等）對「走出的」城市女性形象的創造，當會給我們以啓發：這些作家從總體上來說，與創造出走的鄉村女性形象的作家們，有著同樣的傳統文化背景和心理結構、同處文化衝突的時代、面臨共同的文化轉型的情境，因而在對對象的審美把握和表現上有著一定的趨同性。

尹影（張弦《回黃轉綠》）、戈一蘭（張笑天《公開的「內參」》）、華乃倩（劉恒《白渦》、麥笛（張一弓《都市裏的野美人》）等都是走出了家庭和觀念羈絆的女性，她們顯然地不同於黑氏、水仙嫂們的幽怨哀婉，顯得卓厲風發、瀟脫奔放、痛快淋漓。這些形象體現了作家們對城市女性生活觀念和生存方式的變化的敏銳感應和捕捉。但是這些形象無一例外地給人以斷裂感，而缺乏那種氣韻豐沛、鮮活靈動的美學享受。我們看到，尹影自身的心理誤區不言而喻，可造成她夢幻破滅的南宇的那番談話和對她前夫行為的不乏美化的描述，無非是在表明女人應該知道怎樣適應男人的需要，做一個好妻子；戈一蘭給人的印象是作者將現代女性的意識與古代蕩婦的品行拼合在一起，納入作者從社會功利出發的善惡褒貶的框架中；華乃倩的主動與自主，因為被置於性欲實現受阻的邏輯關聯中而喪失了女性心靈的豐富品質，於是她的

行為在她自身成為對緩和心理焦慮的男性性偶像的尋找，又為周兆路開脫靈魂罪惡感提供了理由；麥笛似乎是無法以既有的文明規範去規定與評說的女性，她的充滿自由感和創造性的「野氣」，似乎是為現代文明的疲軟症開出的一貼良藥，但是小說後半部分對她與高粱的性愛關係的表現又落了俗套，她的求愛失敗雖然照出了高粱的軟弱，卻也隱現著男性意識滲透其間的驕傲，且她失敗後的表現又使我們對前面她所有的品行性格的展示產生了懷疑。

　　所有這些「走出的」女性形象的斷裂感，其根本原因就在於作家主體的傳統文化心理機制攜帶的道德眼光沖淡了審美眼光、男性中心文化意識阻礙了作家對女性具有豐富感性的生命整體的把握和對女性意識深層的開掘。這樣的文化困惑同樣表現在作家對鄉村女性形象的創造中，只是在創造了「走出的」城市女性形象的作家們那裏，對對象的近距離觀照和平視使主體在把握對象的恍惚中突現了自身的困惑，而在創造了出走的鄉村女性形象的作家們那裏，對對象的遠距離觀照和俯視，模糊了主體自身的困惑，使它深深地隱匿於形象世界的內層和細部。揭開這些內層和細部，我們將發現這些男性作家們不可能也不願意寫出出走後的鄉村女性形象，與創造了「走出了」城市女性形象的作家們相同的文化困惑是最為內在的制約因素。

　　男性作家們在敘寫鄉村女性的出走時，心靈深處還在遙遙地等待著她們的回歸。古華在《「九十九堆」禮俗》的結尾處寫道：「或許他們之中也有人在想，在盼：楊梅姐還會不會回到『九十九堆』這個地方來？或許會回來，或許會有聰明的好漢子，去到山外嶺腳她娘家，用在火灰坳上獲准開業的『為民靈藥鋪』作聘禮，用量米筒一樣粗壯、葛藤一樣堅韌的雙手，把她背回來，抱回來！」這可謂男性作家對女性的回歸期待的最為直白的表露。《小月前本》的結尾也透露出同樣的意向，作者欲以小月的純然自在的傳統文化人格，感應現代文明的召喚，同時溝通和彌合才才與門門之間的矛盾對立。《老井》中出走的巧英，其情感的根須則深深地維繫在留守的孫旺泉的身上，這種潛在的情感的牽引，傳導著創作主體心靈深處隱秘的消息：試圖在古老的儒家文化品格與現代的精神指向之間獲得某種平衡，甚至以前者消融後者。這種回歸期待的意向在《走出盆地》中的表現或許更為隱蔽一些；與鄒艾的三起三落的故事相平行的南陽的三個愛情故事，在其濃鬱的地域風情的展示中滲透著強烈的宿命色彩，這固然強化了作品的悲劇感染力，突現了女主人公奮鬥不屈的生命力，但同時它在一定程度上也暗示了對女主人公超越自身悲劇的

否定和對她最終回到盆地的默認。《西府山中》麻葉兒說的「咱走，尋不著你大咱就回」，或許正可看作上述暗示的一個淺顯的闡釋。

上述這些潛在的回歸期待心理內涵，對女人們出走所表現出的衝撞力來說，簡直就是一種緩衝機制。如果我們進一步看，就會發現，黑氏和香香的出走，並沒有明確的描寫表明她們是走向一個迥然不同的文化，引領她們出走的兩個男人仍然標示著一個傳統的農業文化圈。同時，在這些女性的道德反叛的表現中，我們依然能看到作家主體對她們的隱忍、善良、無私等品格的道德化表現。這當中當然有傳統文化人格遺贈給我們的珍貴的素質，但是，與此相聯繫的女性在觀念上的自我束縛卻沒有得到批判性的表現。象黑氏對信貸員之子的行為的一忍再忍中表現出的柔順氣質，作者的敘述滲透著同情卻沒有拉開一定的距離透視其間的麻木的心靈狀態；信貸員一家倒楣後黑氏所表現出的仁慈寬容，亦顯得是作者一廂情願的美化；黑氏臨行前用心良苦地給飯店更是給木犢找來一個胖姑娘，固然有其善良的因素，可是作者似乎也以此在黑氏的良心（傳統人格的承傳）與反叛（現代精神的裂變）之間獲得某種平衡。《走出盆地》對鄒艾為掩飾失貞歷史，在新婚床單上劃破腳脖子留下血滴的細節描寫，也隱寓著作者的傳統倫理規範的價值取向，同樣的價值取向還體現在周大新的《屠戶》中對珠兒的行為描寫上，她毅然為死去的戰士生下未婚先孕的孩子，其精神動力是為了不致使董家「絕後」。

這種在表現女人的出走時的回歸期待心理，正是作家主體置身於文化衝撞造成的文化困境中的矛盾困惑的暴露。他們感應著現代化的進程，以從中獲取的現代意識和人的解放的思想來看取鄉村婦女生活形態和生命狀態的不合理存在，呼喚著她們走向新的生活；而濃厚的鄉土情感及浸潤其中的傳統文化心理又使他們本能地不願這些女性走得太遠。當我們將出走的鄉村女性形象置於鄉土小說中女性形象世界的整體聯繫中來看時，這一點就會更加顯豁地呈現於我們的面前。在我們前面提到的「五個女子」、藍花豹、彩芳以及張石山筆下的甜苣兒、楊爭光筆下的甘草等一類女性形象的創造中，作家主體明顯地秉持著苦難意識和文化批判意識。而在劉巧珍（路遙《人生》）、小水（賈平凹《浮躁》）、金蘭（譚談《山道彎彎》）等女性形象的創造中則又映現著創造作主體情感回歸的意趣，這是因為急劇的文化衝撞造成的精神上的文化休克狀態，驅策他們在聯繫著傳統文化母體的女性對象那裏尋求心靈的慰藉和救治；與這類女性形象創造的同時，作家們還設置了英英、石華、黃

亞萍這類女性形象，在情感態度上與前類形成了鮮明的對比。上面這幾類鄉村女性形象所呈示出的矛盾狀態，爲我們理解作家們在表現出走的鄉村女性時的回歸期待心理，提供了很好的注腳。

在作家們的回歸期待心理所蘊涵的文化困惑中，還滲透著男性中心文化意識，它往往體現爲一種潛隱的性別優越感，使作家們始終保持一種對女性對象的居高臨下的俯視位置。這種俯視的位置在反映婦女的苦難、呼喚婦女的出走的文學表現中體現爲主體的拯救姿態。男性作家的這種拯救姿態由來已久。一個無可避諱而又饒有興味的事實是，中國現代文學史上，在「婦女解放」文學主題的旗幟下，搖旗吶喊、衝鋒陷陣的更多的是男性作家。這一拯救姿態由於社會政治解放模式的形成而得到強化，《白毛女》是其典型範式。但在這一姿態的激進面貌的背後，則是整個男性中心文化意識的強大引力場。我們知道，女性解放所面臨的問題，不外乎她所置身的社會，與她相對的男性和她自身，而在中國的婦女解放主題表現中男性作家的拯救姿態恰恰掩飾了第二個方面的問題，阻遏了這一主題的深入開掘。我們看到，男性作家筆下，極少有《傷逝》這樣對男性作出深刻反省和批判的作品。即使是茅盾，他所塑造的一系列「新女性」，在對她們的美貌和性魅惑的極力渲染中，在對她們的性的開放態度和放蕩姿態的描述中，也透露出男性將女性作爲審美愉悅的存在獲得心理補償、緩解心理焦慮的傾向；〔註12〕巴金筆下的曾樹生，雖被賦予叛逆精神和執著追求幸福生活與自我實現的品格，但在與汪文宣的對比中，在與汪母的糾纏中，有時也流露出作者從男性本位和男權意識立場上給予的道德譴責。〔註13〕80年代以來的鄉土小說家們在創造了出走的鄉村女性形象，豐富了婦女解放主題表現的同時，也不可避地承繼了現代文學中男性作家在表現這一主題時的男性中心文化意識，它與我們這個時代急劇的文化衝突造成的文化困惑緊密地聯繫在一起構成作家對出走的鄉村女的回歸期待的深層心理機制。這種心理機制決定了她們不可能將他們筆下的出走的鄉村女性送得太遠，那樣的話他們的男權本位所保持的對對象的俯視位置和拯救姿態將顯露出動搖和破裂的跡象。實際上這種跡象已在所難免，拯救的姿態已難以爲繼，男性作家們對「走出的」城市女性形象的創造給人帶

〔註12〕 參見彭曉豐：《茅盾小說中時代女性形象的衍化及其功能分析》，《現代文學研究叢刊》1992年第3輯。

〔註13〕 參見劉慧英：《重重樊籬中的女性困境——以女權批評解讀巴金的〈寒夜〉》，《現代文學研究叢刊》1992年第3輯。

來的斷裂感，就是最好的明證。於是我們看到，80 年代中期以後，隨著女權意識在中國女作家那裏進一步自覺而衝擊文壇，男性作家主體在對女性的表現中，有的走向了對女性生命本眞狀態的還原性表現，如楊爭光、李銳等，有的則從拯救走向逍遙，如蘇童、葉兆言等對歷史陳跡和空白處的女性生活的表現；這種趨向當然不一定就是文學發展的標誌，更不能代表婦女解放主題在男性作家筆下得以展開的方向，但它們無疑顯示出擺脫男性作家主體在表現女性時的文化困惑的努力，儘管其中不乏從一種困惑狀態步入另一困惑狀態的危險。

綜上所述，我們看到，80 年代以來男性作家對出走的鄉村女性形象群落的營構，豐富了中國鄉土小說的文化意蘊和婦女解放主題的表現，同時它所呈現出的創作主體的複雜的心靈狀態，構成女性形象世界意蘊闡釋的內在依據和我們這個時代文化精神的表徵之一，而其間所暴露的主體的文化困惑，無疑警醒和呼喚著男性作家對更爲博大的現代意識的求致和對男性中心文化意識的超越。

第三節　性別視閾：誘惑與終結

90 年代的女性小說已成爲文壇的一道景觀，「女性小說」作爲一個專用名詞，在理論家那裏業已成爲一個有確定內涵和外延的術語。我無意去歸納它的特定涵義，只想就我的目力所至，感受一下它的審美內容。

從《一個人的戰爭》到《私人生活》，90 年代「女性小說」沿著一條「女權話語」體系的道路前行。毋庸置疑，這些小說以其驚世駭俗的筆觸撩去了女性浪漫書寫的最後一層溫情脈脈的紗衣，以其赤裸裸的思想胴體展示了年輕一代女性作家尖銳的思考和反叛的意識，由此而產生的 90 年代小說創作的「死水微瀾」，可謂對重新書寫二十世紀女性小說史提供了新的資料。

作爲陳染們世紀末女性小說的母題，它誠然是與世紀初女性小說站在同一條軸心上的，也就是說，這世紀兩端的女性小說在反封建、反男權意識上是同軌的；同時，它們在尋找建構女性立體的道路上亦都處於茫然四顧的境遇。從價值體系來看，二十年代女性小說，諸如丁玲的《夢珂》、《莎菲女士日記》，更多地是對於那種穩態的封建男權主義提出了隱晦的挑戰，具有強烈的「社會問題」效應；儘管丁玲是以大膽的心靈暴露（近似於「創造社」的「自我暴露」）式的寫法震驚了當時的文壇，但在情愛和性愛的描寫上仍有所

節制；儘管小說女性的個人化特徵亦較爲鮮明，但這「個人化」是與五四個性解放的總母題是遙相呼應的。

　　而 90 年代的先鋒女性小說（請允許我爲行文方便而杜撰的這個名詞）雖然也是站在瓦解男權話語和男性文化權力中心支點上，但它的主旨不是立足於掃蕩封建思想的殘滓餘孽，而是把男性個體作爲敵對勢力，試圖以壓迫男性爲快事來建構新的小說價值體系，雖然丁玲的早期作品也流露出過這種思想傾向，但作爲一種大規模的本體書寫，乃出現於 90 年代。這些小說雖然比 80 年代那種需求兩性和諧的女性小說，諸如《在同一地平線上》，《愛，是不能忘記的》，「三戀」（《小城之戀》、《荒山之戀》、《錦繡谷之戀》），乃至《崗上的世紀》，更帶有強烈的女性個體的攻擊性。從男女平權滑向了女性霸權，這很可能導致先鋒女性小說進入個人化的盲區。

　　90 年代的先鋒女性小說在陳染、林白的率領下，進入了一個全新的情愛和性愛的描寫區域。首先須得說明的是，我並不是食古不化的多烘先生，反對作家進入這個領域。相反，我以爲這個最敏感的區域是最能表現出女性小說的文化特徵、心理歷程、乃至審美特徵的範疇。尤其是我讀了陳染的《私人生活》，更感到這種描寫的巨大潛能，以及它所產生的審美震撼。然而，我要說的是，在閱讀這些作品的過程中，一方面我爲女性作家的那種「自我暴露」式的靈魂攪拌所征服；另一方面我又深深地感到來自脊背的陰冷，這種陰冷不是安特萊夫式的，而是這「露陰癖」後面所形成的一種審美的厭倦，一種性美之後的無名之醜之惡的感覺。我以爲小說一旦將性作爲一種主體的描述，乃至總體象徵的派生而成爲一種泛濫，也是會倒胃口的。而如今的小說創作，先鋒女性作家大膽的性描寫與男性作家相比，可謂有過之而無不及，似乎不這樣就不可能顯示出女性作品的特徵來，乃至給許多出版商有了大肆可資炒作的廣告來源。性描寫應視作品的需求而定，而絕非是一種創作時尚，雖然這個物化時代需要我們用筆來塑造由性而形成的這個象徵性硬殼的潰敗，但是，也不要忘記小說的審美性原則。《查太萊夫人的情人》中的性描寫一旦離開了那個賴以生存的資本主義萌動的環境，它也同樣是不美的。缺乏那種環境的鋪陳，這是繼陳染之後的許多就性描寫而描寫性的先鋒女性小說的誤區。

　　當「個人化」成爲 90 年代小說的時尚時，女性小說則更體現出了它的這種類型風範。我以爲 90 年代小說的「個人化」與五四時期的個性解放是有相

交之處的，那就是對於生命本體的謳歌，和對人的大寫，體現出了人性和人道主義原則，而值得注意的是，90 年代部分先鋒女性小說的「個人化」特徵與五四文學中的個性解放不相交之處就在於過份誇大個人的潛能，而忽視了生存環境的影響。也就是說，在具體的作品描寫中，丟棄了小說對人的環境描寫。殊不知，在許多方面，決定人的心理因素的變化，取決於環境而不是人本身。小說無須辯證法，但小說需要環境描寫。環境的自然形態的描寫，往往成為一部小說成功與否的重要環節。

最近讀了幾部長篇女性小說，我很驚異一批女作家的堅韌，那種對現實生活的沸騰熱情，那種對歷史生活的古典浪漫，似乎同樣形成了女性小說另一種風景線和另一支強大的創作潛流，從《隨風飄逝》（宣兒）、《青萍之末》（弦子）到《紅顏易老》、《過了雨季》（梁晴）；從《新亂世佳人》（黃蓓佳）到《落紅沉香夢》（王心麗），我們可以清晰地看出，浪漫主義情調仍舊汩汩流淌在女性作家的血脈之中。浪漫主義不是創作的唯一和最好，但竊以為，浪漫主義是不能與女性小說分離的，浪漫主義是女性小說與生俱來的一種創作素養，乃至於成為一種女性小說的完美象徵。因此，當我閱讀這些作品時，我深深地感到了現代和古典的浪漫，如和煦的陽光照耀在我的心田。我並不是說這些長篇小說就沒有它們的弊端，甚至部分作品還在結構語言上顯出了紊亂和稚嫩的敗筆。但是。作為一種共同的情調和意緒，這些小說給予我們的是那份激情和感動。在《隨風飄逝》裏，作者無時不刻洋溢著她那動人的情感，用「夏日裏的最後一朵玫瑰」宣告了一個新的女性在這個物化時代的「再生」。我以為作者對英妮的塑造所傾注的浪漫情懷和理想情操，突破了陳染式的「零女士」建構，也就是把帶血的羅曼植入了悲情的故事當中。同樣這種意緒在同是現實生活題材的《青萍之末》、《紅顏易老》、《過了雨季》中，表現得尤為充分，尤其是在後兩部長篇中，我們可以看到這份屬於五四時代的舊情調穿行在字裏行間，給人一種難以名狀的懷舊之情。這種舊羅曼情調與這個物欲橫流的時代之間的落差和反差顯然是不和諧的，單以某種價值判斷來衡量，它們可能產生出一種滑稽和落伍的感覺，但恰恰是在這一點上，懷舊所產生的美感，卻是小說審美衝動的原始動力。

同樣，像《新亂世佳人》和《落紅沉香夢》這樣的長篇歷史題材之作更有一種「老照片」的感覺，在那泛黃的色彩下，不僅僅是舊時代的氤氳撲面而來，更重要的是五四的浪漫情調在這些小說中處處彌漫。我過去以為黃蓓

佳只適宜寫現實題材，且價值意識有其落後性，然而這部四十萬字的歷史題
材的長篇卻顯示出了黃蓓佳的另一種小說做法，因著舊羅曼情調的植入，董
冒兩家幾代人的恩恩怨怨故事就富有了更加古典的意蘊，董小宛、冒辟疆的
古典浪漫的愛情陽光折射出了小說的基本情調，使其有了更加普泛的閱讀效
果。同時，作家主體（包括創作方法）的蛻變，給小說帶來的一片蔥籠生機，
是感人肺腑的。我以爲小說之所以被電視製作者所看重，其中不乏被這份「舊
羅曼」所感動而「拍賣」這份情感，亦正是和這堅硬的物質時代的外殼遙遙
相對，闡釋出更爲清晰的屬於藝術範疇的審美來。《落紅沉香夢》的作者原是
一個通俗愛情小說的高手，近幾年來寫了十多部現實題材的都市愛情長篇，
我原以爲她會在這條路上一直走到黑，然而，這次她參與了《青銅牛》叢書
的創作，完全換了一種面目。當她切入二三十年代的歷史時，那種無端的乖
張的愛和性的描述，那種充滿著物欲時代氣息的性描寫被那份舊時代的浪漫
情調所替代，儘管這部三十多萬字的小說中尚未完全脫去作者通俗愛情寫法
的痕跡，但是就小說中洋溢著的那種淒美而哀惋的羅曼悲情，就足以使人陶
醉。讀這部小說，很容易將它與《新亂世佳人》相混淆，這不僅是小說在題
材、手法、內容上有極其相似的地方，更重要的是，它們在情調色彩的處理
上也有驚人的相似之處。誠然，這兩部作品亦有許多性描寫，但這種性描寫
不是人物和情節的添加劑，而是特定環境的需求，呈現出的是較爲自然和諧
的狀態。當然，我們也不得不承認，這兩部作品在故事情節和語言上還存在
著不協調之處，尤其是《落紅沉香夢》尤爲明顯些，但從作家的寫作基調的
突變中，我們看到了屬於藝術的才華閃爍。

　　90 年代正在漸漸消蝕，它預示著另一個世紀的帷幕即將拉開，女性小說
在世紀末所呈現出來的兩種不同態勢的創作，哪一種更有其藝術的誘惑力？
哪一種更具有小說的生命力呢？從文學史的角度來考察，我以爲，浪漫情調
的回歸，不是一種簡單的歷史重複，作爲一種人類永恒的追求，它是一定要
陪伴著我們走盡人類歷史的藝術長廊的。我們的小說，尤其是女性小說，不
能只有浪漫，但絕不能沒有浪漫。

　　本世紀 60 年代在西方盛起的女權主義文學批評已悄然進入了中國文壇。
作爲一種全新的文化視閾，這種批評往往給人一種令人悚然的解讀結論。無
疑，中國的這批女權主義批評家們一開始自身的批評歷程就是側重用心理分
析的方式來摧毀著中國幾千年形成的以男性文化視閾爲核心的牢固建築體

系，從事物的負面也就是從女性文化的新視點來營造一個倫理道德觀念和對世界認知方式的全新體系。以此來達到對事物「本質」真實的認識，與沿襲了幾千年的男性文化視閾相抗衡，將文學從古老單一的文化包圍圈中突圍出來，使她不再蒙受意識被強姦的痛苦，從而昭示出真正女性意識的覺醒。

本文並非想針對女權主義批評妄作評論，只想通過對一些小說作品中的女權意識——也就是一批女作家們為女權主義批評家們所提供的批評文本作一個簡略的描述，通過這一現象的發掘，用文學史的眼光來說明它存在的意義和價值。中國文學幾乎從它的開端就是以濃烈的夫權意識來完成「香草美人」或「女人是禍水」的主題闡明的，即便是《紅樓夢》、《金瓶梅》這樣的精品亦逃脫不了這一主題的籠罩。可以斷言，中國古典文學沒有一部作品是真正站在女性的文化視閾來對自身作品中的形象進行「由內向外」觀察的。顯然，到達和進入女性意識深層的通道完全被封建的夫權意識所阻隔，男性作家們對於女性形象的描繪至多是一種「俯視」的同情與憐憫，這種恒古不變的男性視閾成為一種集體無意識，一種全民文化的唯一視角，一種民族文化心理的積澱，使得即便是女作家來塑造自身形象時也不得不屈從這一既定視閾，雖然她們是自覺與不自覺的。那麼，到了五四新文學運動時的情形又是怎樣的呢？無疑，受著人文主義啟蒙思想的薰陶，先驅者們亦試圖打破這種格局，為婦女的解放而吶喊，然而能在作品中真正以女性的視閾來解釋社會文化現象，來塑造起有自身獨立品格的女性形象尚未出現，就連西人眼中認為當時最擅長描寫女性的茅盾，也只是用一種深藏著熾烈情感的「冷峻」外部描寫來把女性作為情緒渲泄的對象進行「人生」闡釋的，茅盾筆下的女性心理世界完全是男性社會心理的演繹，作者只不過是借女性的心理場來達到人生觀注釋的終極目的。《自殺》和《一個女性》中的女主人公的心理世界是逼真的，然而，又不能不說她們的心理是經過了「雄化」過程的，也就是經過了男性文化視閾的過濾後，主人公認同了男性認知方式後的心理放射，是男性作家對於社會外力擠壓下的「情緒方程式」病態呻吟。正如賈寶玉把女人比作純淨的水，任憑他怎樣比喻象徵，女人在他的眼裏總是一種種屬關係的「物質」，一種情感渲泄的對應物。冰心的作品以「童心」，以「偉大的母愛」來獨樹一幟，但從另一角度來看，它無形是寫取得男性為中心的社會文化認同。丁玲的《莎菲女士日記》、《韋護》可說是女性的「叛逆」形象，女主人公大膽地玩弄男性，幾乎就是一篇女權主義的宣言書，它宣告了女性

對於自身的把握是合理的，同時這種進攻性的特徵成爲文學史上女性形象的獨特表現，那麼如果再深一步考察，你會發現這種病態的反抗只是想獲取被傳統束縛的太久的愛情能量的釋放，是想得到一次自覺的自然本能屬性的委婉渲泄。正如曹禺認爲《雷雨》中「最雷雨的性格」女性是繁漪一樣，作爲被封建禮教束縛得「發瘋」的女性，她們最終只能用病態方式來完成女人最悲壯的自然屬性的欲求，這是向男性文化世界發出的悲哀的呼號。同樣，這類形象亦是浸潤了對於男性文化世界的某種企求。如果有人把這類形象與《金瓶梅》中那些女性形象等量齊觀，則是大錯特錯了，前者是要求獲得情慾的平等權，而後者完全是依附於男性文化世界的，滿足於男性需求的被動對象，那種對「淫」的張揚，首先是在滿足男性文化心理的前提下才能獲得的自然。那麼，現代文學中女性意識的覺醒程度也就止於新的女性對於愛情的平等要求吧。

新時期文學第一個爲男性文化視閾自掘墳墓的作家是張賢亮。非常有趣的是，他的《綠化樹》和《男人的一半是女人》曾是以萬分虔誠的情感形式來謳歌女性的偉大，是馬纓花、黃香久這樣充滿著自然活力、青春活力的女人拯救了，甚至是重新創造了像章永璘這樣的知識分子。但是女權主義的批評家們已清醒地看到：章永璘（當然也包括作家本體）完全是站在一種男性文化的視閾來俯瞰玩味他手中的獵物的，儘管這男人似乎顯得十分虔誠，然而廉價的眼淚只能獲得一些低層次的被男性文化迷惑得太深而不覺悟的讀者。有些人已經看到了必須用「自己的眼光」來重新塑造女性形象的歷史的必然性。女作家們再也不堪忍受那種自上而下的「憐愛」目光的鳥瞰，決心重鑄新的充滿女性意識的形象系列。從某種意義上來說，張賢亮的作品觸發了中國一代女性作家在背反中的深層思考。

大約是從 80 年代後期，一些女性作家開始用強烈的反叛意識來營造筆下的人物，向男性文化視閾的負面突進，從而對封建倫理道德觀念提出了更深刻的詰問，像張潔的《他有什麼病？》幾乎是用主人公丁小麗放大了的處女膜作透視人們病態心理的顯微鏡，從女性深層思維的角度，網羅和強行制約代表著整個社會文化病態的男性文化視閾。在這樣的作品中，男性文化視閾特徵的思維方式已被女性視閾的角度切入完全替代，這也是新時期文學作品第一次背離《人到中年》中陸文婷那種賢妻良母情結陰影籠罩的嘗試。

在文學作品中最能集中表現女權意識的敏感區域是對於性的描寫，無論

是西方女權主義批評，抑或中國新近出現的個體女權主義批評者們，都將聚焦對準這個敏感區域，以此來闡述自己的新見解。作為作家，一個充滿著躍動著女性思維的女作家，王安憶可以說是第一個自覺地用女權意識來營構她的小說世界的。現代漢語較之與古漢語的進一步，就在於發明了「她」字，然而如果在人群中只要有一個男子，那麼就必須用「他們」作指代。這就非常形象地說明了社會對於男性文化視閾的認同。王安憶從「三戀」開始便有意識地拋開男性文化視閾的鉗制，用全新的女性感受去塑造人物。這種意識到了《崗上的世紀》則更為清醒和明晰了，這部作品的精彩之處並不在於小說敘述層面上的新意，重要的是它完全以女性心理的性態發展為線索，把兩性關係中一直以男性為中心的快感轉移到一個女性文化視閾的心裏世界的真切感受上，小說中的性對象楊緒國完全喪失了那種以男性為主導地位的情感體驗，整個小說就是以李小琴細膩的、蓬勃的，從形而下到形而上的性心理的情感方式和生命體驗過程為線索的，這是一個真真切切的女性心理世界，作為對象化的男性世界顯得非常猥瑣可悲，甚至自覺地趨同於投身於女性文化的制約之中。可以說，王安憶從前的作品是在用趨同於男性文化視閾的態度寫作，「三戀」以後的作品則用一個女人的眼睛來觀察世界，認識世界了。她的中篇《弟兄們》從題目上來看就表現了作家的一種強烈願望——將女性文化視閾男性化，讓她們和男人一樣來主宰民族文化心理的進程，雖然這種美好的願望終究會淹沒在以男性為中心的封建文化體系的汪洋大海之中，但作者畢竟從女性文化的視閾中拋開了以男性為特徵的思維方式，成功地描寫了女「弟兄們」女權意識的心理流程。這些作品發表之後，人們似乎還不能體察到作者強烈的情感意識，只是被大膽的性描寫搞得眼花瞭亂，把批評的焦點集中到它的藝術特徵和社會特徵的闡釋上，而沒從根本上看到作家在視閾轉移中釋放出的小說的更新意義。

隨著鐵凝小說不斷對自身的超越，作家終於感悟到了一個全新情感世界的誘惑，作為一個真正的女人，她的情感體驗應該是有獨立品格的，只有真正把握住這個情感世界，她筆下的人物才能有新的意義。我們且不談鐵凝近期的中短篇小說中女性意識的自覺，就以她的長篇小說《玫瑰門》來說，可以十分明晰地看到作家對於自己筆下充滿著女權意識的芸芸眾生的塑造是何等的得意。這部長篇同樣涉及到性描寫，而且局部描寫是那樣的細膩和誇張，真有點驚心動魄。用一般的評論方式來衡量，這類作品總逃脫不了人→自然

→社會的圈套。我不否認小說在這一層面上的意義，但是看不見作品中滲透得快要溢將出來的女權意識——也即從新的女性情感方式中獲得對世界新的體驗，那麼我們就枉讀了這部作品。作為女權主義「現在時」的「經典」之作，鐵凝把筆下的女主人公們當作自己的外婆、母親、舅母、姊妹、鄰里來研究，絕對從女性視角來觀察人物的內心世界（眉眉是一個由童年到成年女人的「成長視角」，她雖然不能與作家劃等號，但在某種意義上來說，她代表著作家的本體意識），從外表上來看，作家是從「情感的零度」來寫人物，實際上人物形象傾注了作者十分強烈的情感體驗。這部作品展現的是女人的世界，主人公從生存的角度來體現自主意識，來展示其存在的價值。司漪紋這個為充分體現自身存在價值的女人，無論在什麼時代都有其強烈的表現欲，外部的社會變遷對她來說並不重要，作品首先要展現的是她那種日益增漲的強烈的存在價值觀，作者沒有讓她走上五四以後林道靜的革命歷程，而是讓她在舊家庭的鐵屋子煎熬中分離出那種帶有病態的獨立人格和自我存在價值觀。更為驚心動魄的是文化大革命的政治風雲變幻使她形成了一套自我生存哲學心理，這種生存哲學竟然使她苟活的何等的有滋有味，她鄙夷姑爸那種操守貞節、氣節的活法，她狡詐虛偽，在出賣自家姊妹（雖非同母）後又真誠地去看望；對姑爸的死，她是有一定責任的，然而，她比姑爸這些人更加仇恨她們的新鄰居和那個慘無人道的黑暗社會，只不過她能用持久的耐力和韌性來等待復仇的一天。她是一個復仇的女性，報復世間一切敢於阻擋自己道路障礙。她殺戮了丈夫、公公，包括姑爸在內的仇視者，她鬥敗了自己最強大的敵人——羅大媽她們一家。她的報復手段是那樣的毒辣陰狠，使人瞠目結舌，她竟然用誇張的露陰方式去勾引公爹，實際上她的公爹是死於她的陰險毒計之下，似乎在中國近代小說的女性形象描寫中沒有再比這一幕更驚心動魄的了，她比真槍真刀殺人更陰毒，如果說它是一種性變態，是把愛情的結果當作仇恨的結果，似乎是不能窮盡這個形象意義的。我們只有從這個形象的內心深處來發掘她那種強烈的女權意識，方才能解釋她生存和行動的一切行為方式。她有極強的權欲，家庭、財產、以及對人的征服成為她一生追求的目標，她耗盡了畢生的精力完成了對丈夫、公婆、姑爸、姊妹、兒媳，甚至最強大「鄰邦」的征服。當然她還千方百計地去征服第三代人，例如她竟不顧七十多歲的高齡穿著時髦地去和年青人爬香山，其心態可見一斑。當然她亦得到兒媳那使她活著忍受心靈重創的報復，含恨而終。但她的心靈世

界曝光呈現出的完完全全是和男性化社會目光相對立的敘述視角。作家對她的描寫是客觀中性的，褻瀆和同情中甚而有某種褒揚的韻律，把這個充滿著仇恨女人的女權意識得以充分地張揚。作者提供的這一文本的形象帶有測不准藝術效應，它的放射性結構足以使批評家們發揮其想像的空間和潛能。至於姑爸、竹西、眉眉都是這部長篇中竭力用心描繪的女人形象，作者試圖以形象本身的行為方式和心理歷程來呈現有別於男性文化視閾的女性文化特徵，尤其是竹西的生活哲學，更使人看到司漪紋血脈的遺傳性，當然也可以看到她與司漪紋的迥異之處。蘇瑋的生活方式也充分展示了新一代女性的文化特徵。凡此種種，均可看出鐵凝對於女權意識人物形象的有意關注，而這些形象又為當代文壇提供了什麼樣的價值和意義呢？

Feminism「預示了 90 年代乃至下一世紀人類精神大地中一朵膨脹的星雲」！當中國女作家們有意識地轉換了文化視閾，為女權主義的批評家們提供了豐富的理論素材。隨著中國女權主義批評的勢頭愈來愈洶湧，一種新的文化價值觀念衝擊著民族文化心理的穩定結構。但須指出的是女權主義的批評家們至今尚在橫移西方女權主義批評理論的範疇中徜徉，即便是對於當代作家作品文本的探索和解讀也停滯在在比較淺顯的層次。譬如，對劉西鴻、趙玫、劉索拉、黃蓓佳等人作品的分析只停留在女性自主意識張揚的層次，只駐足於女性向男性文化世界「企求」和「挑戰」的視閾，而沒有從根本上確立與男性文化視閾相背的女權意識的地位，也就是說批評家們尚沒有從大量充滿著女權意識的作家作品中抽象出更有份量的形象結晶，以此來推動中國女權主義批評的發展。無疑，有些理論家看出了王安憶《崗上的世紀》所呈現出的全新意義，但沒將這類作品放在歷史和同時代同類作品的縱橫座標中來進行總休剖析，就很難辨析出它與同類作品的異質來。同時，作為新的發現，我們的女權主義批評家們還似乎缺乏那種在浩繁的作品中尋覓與自己理論相對應的文本意識。這樣就很容易使自身的理論懸於浮泛空洞。說實在的話，有些女權主義批評家本身對文本的體驗就缺乏一種本能的「女權意識」，而恰恰呈現的是向男性文化視閾趨同的「女權意識」，其理論闡釋的視點完全是站在男性文化視閾對於女性和母愛的謳歌之中，殊不知，這種謳歌本身就包孕了男性文化視閾對第二性自上而下的「同情和憐憫」，這種悲劇意識非但沒有被女權主義批評家們覺察，反而成為她們文章的認同視角，這不能不說是女權主義批評的悲劇。

　　我想在此不疲地反覆強調這樣一個事實，即有些批評者將抒寫女性文化心理的文本都歸入女權主義的解讀範疇，這也是一種誤讀。我以爲無論什麼人，無論作者本人性別如何，均可進入女權意識的視閾描寫範疇，其重要的標誌就是作者本人必須眞正擺脫男性社會文化陰影的籠罩，自覺走入性心理世界內部，以女性的生命體驗來經驗世界，認知世界。如果僅僅把淺層次的女性心理描寫與女權意識劃等號，那麼就很容易把女權主義批評引入庸俗和淺薄的低谷。我們這裡所理解的「第二性」應該是與「第一性」並存的「自然人」和「社會人」，絲毫不能將視閾移位或是將兩性文化特徵相中和，從而抹煞和混淆兩性視閾的臨界點。

　　我們也非常遺憾地看到：女權主義批評在中國非但沒有與男性文化批評並存，也尚沒有形成一支龐大的理論批評隊伍，僅就其對文本閱讀的方式而言也是較爲單一的。我以爲借鑒西方女權主義批評的類型，就目前國內的女權主義批評文章而言，大多是圍於「社會女權主義」批評和「心理女權主義」批評的範疇。無疑，這是兩個非常重要的領域，它們對於女權主義批評簡直就是兩個最穩固的支點，有了它們才能完成對於傳統文學中單一男性文化視閾的整體爆破。然而，重要的是對於馬克思主義女權主義的批評方式我們尚未作全面的、構成體系的探索。這是須得女權主義批評家們引起注意的。當然像「符號學女權主義」的批評方式亦不是不可借鑒，問題是作爲一個有「女權意識」的批評家，也須有強烈的自信心和創造性特徵，能否根據中國文化的特點，建構起符合中國文學特徵的有獨立「女權意識」的女權主義批評新體系，以此來打開單一閉鎖的文化視閾，使中國的文藝理論批評呈現多元的文化批評視閾。

　　作爲文化視閾的兩極，女權主義批評無疑促進了理論的發展，同時也作用於作家的創作。當人們眞正認識到在擺脫對被損害被侮辱形象「同情」目光注視後所獲得的女權意識的重要性，在這一點上，我們和西方的女權主義批評站在同一起跑線上，正如托瑞爾·莫瓦所言：「英美女性主義批評的主要問題存在於它所代表的女性主義政治與父系家長制美學之間的劇烈矛盾之中」。換句話說，以父系家長制的美學特徵已經成爲一個很難攻破的文化視閾，而女權主義只有首先從政治上取得與男性的同等權利才能改變這種一成不變的文化視閾。在中國也是如此，假使女人參與政治，那麼，呂后、武則天、江青這類「禍水」形象就成爲男性文化視閾的正統解釋。這種恐懼情結

當然也制約著中國作家從正面去塑造帶有政治色彩的當代女性形象，儘管女權主義批評家們在理論上鼓吹視閾轉移的意義重要，但作家一接觸了形象本體，就出現了「陰痿」，就自覺認同於「禍水情結」。到目前為止，我們的文學形象序列中尚沒有出現一個真正的政治女強人形象（這當然不是和那種皮相的「女改革家」同日而語的），這就是莫瓦所說的文學首先沒能進入政治生活，也就談不上進入美學範疇的本意所在。諸如這樣的理論問題，我們的女權主義批評家倘使能夠通過文本的解讀，促使作家作這一角度的形象思考，或許也就不能不估計到中國女性主義文學在邁向世界文學前列時所作出的貢獻。

在中國，女權主義在文學領域內逐漸從不自覺進入到自覺的層次。可喜的是，我們不僅擁有女權主義舊批評家，同時我們也看到女權意識在一些中國女作家的文庫中已變成一種自覺的「話語」，不過，我們不能重蹈西方女權主義批評所犯下的致命錯誤，這就是過份強調性的意識和兩性對立，從而忽略了階級、種族、文化價值等方面的差異和障礙，把性別絕對化。更為重要的是在完全擺脫男性文化視閾束縛後，女性文化視閾成為唯一的視點和中心，將會悄悄地滋長女性中心論的思想。這似乎成為一種「怪圈」，其實，任何事物的運動都有潮漲潮落。「矯枉過正」有時是必不可免的，但我們盡可能避免和減少不必要的失誤，女權主義的歷史重任不僅僅是消除強加於自身的男性文化視閾的影響，更重要的是與男性文化視閾共同擔負起摧毀舊封建文化體系的重任，使中國文化通過陰陽兩極的不同視閾參照、互補來面對世界文化的挑戰。

那麼，對於女權主義批評來說，我們不僅僅把閱讀文本過程中的女性立場和角度作為理解作家和作品的唯一通道，同時，我們還需要進一步從風格學、主題學、文體學等諸方面對於女性文本的不同角度解讀。例如，對一種獨特的「話語」的理解有時就很能使我們進入女性的更深心靈世界。像對殘雪作品的解讀，顯然，光依賴於男性文化視閾，往往是會引起一些誤讀的，只有用一種女權意識中的半顛狂「話語」來解讀文本，似乎才能達到一種更深的新解；遲子建的作品光靠視角的理解還是不夠的，如果我們的批評不能站在勾勒出作家朦朧的女權意識的高度上認識本體，也是夠遺憾的了；方方、池莉的作品只是看到「黑色幽默」和新寫實小說的技巧是遠遠不夠的，更要看到的是那種擺脫柔情和高雅時所呈現出的比男性作家還要瀟灑動人的放射性「話語」形式和語言的技巧；如果我們不僅僅在林白的作品中看到那奇特

的想像力給人帶來的新的生命體驗感，而且能看到一種迥異於男性體驗的超驗性感覺的誘惑力，又從灑脫的敘述中看到一種強烈的審母潛意識的流動。那麼讀這類「有意味的形式」就會更有意味；如果我們在范小青、黃蓓佳的作品中越來越體味到那種超越泛文化的需求，而不能在作家特有的風格「話語」中找到一種對女性世界進行整體把握的象徵隱喻功能，也是不能夠對女權主義的文本進行深層解剖的。同樣，我們在對現代文學作品進行重新解讀的時候，如果僅僅局限於用新思維去對歷史的「活化石」進行重新衡量和測定，而忽略了女性意識和女性特有的文本內涵的發見，亦同樣不能將此項研究推到一個更有深度的境地。

也許，我們在近年來的小說創作中可能看到女性作家所採用的特定視角，在作者→敘述者→主人公之間循環往復地縈繞著一種「自我褻瀆」的意識。當然這種「自我褻瀆意識」是包容了對整個婦女的靈魂拷問的批判意蘊的，它大膽地用調侃的、諧趣的、甚至有些「黑色幽默」意味的筆調咀嚼著女性心靈深處的痛苦。這種敢於直面慘淡人生、敢於將痛苦和悲劇從形而下的境界上升到形而上哲理的勇氣，毫不遜色於那些男性批評家們所一再闡揚的以男性文化視閾爲基準的所謂「審父意識」（也即自我批判的情感形式）。毫無疑問，作爲一種人類的總體文化意識，我們的女作家們已經十分清晰地看到了第二性文化所面臨的多重責任：一方面是消除人類中單一的男性文化視閾陰影的全方位籠罩；一方面又要擔負與男性文化世界共同改造民族文化精神的重任；另一方面還要面對女性文化世界內結構的自我審視和批判，在自身生命的矛盾運動中求得發展和更新。因此，女性作家和女性批評家們在這艱難的困擾中起飛，必然要付出更多的心血。

女權主義作家亟待強化自身的女性意識。女權主義批評家亟需建立自身的批評體系。但願女權主義批評不要成爲「季風」，在中國的大地上一刮而過，而留下淡淡的哀愁和遺憾。我們能否使它成爲一個更新的、充滿著青春活力的、有著恒久魅力的批評方式呢？我們清楚地意識到作家提供文本和批評家建構理論是同等重要的前提。

第二章　文學生態與寫作危機

第一節　新世紀文學中價值立場的退卻與亂象的形成

　　我並不否認新世紀文學取得的可喜成績，但是，我在這裡不是總結成就，或是撰寫文學史，而是針對新世紀十年來的文學病症進行會診，其終極目的是爲今後文學的發展及早糾偏。

　　無疑，進入新世紀以來，隨著中國社會經濟日益市場化的走向，其文化產業也愈來愈凸顯出了消費文化的特徵，我們不能說這是一件壞事，消費文化在某種意義上是時代的一種進步的象徵，它對於大眾文化的興盛是起著主導性作用的。但是，用什麼樣的價值觀去引導大眾文化的消費，卻是一個值得作家和批評家嚴肅對待的事情。

　　對於一大批剛剛脫離了農耕文明形態，或者說是剛剛才吮吸到了一些西方文明帶來的甜頭，還沒來得及仔細回味就旋即轉向了後現代市場消費的中國作家來說，就顯得有些手足無措了。正因爲這種惡劣環境的影響，致使作家們的創作和批評家的評論被一種所謂「多元文化」的虛僞假象所掩蓋，迷失了價值判斷的方向，最終導致的是一種文學的亂象，其直接後果就是整個國家的文學創作能力和鑒賞能力的衰退，乃至民族文化和文學智力的下降，正如有的學者指出的那樣：「當下文壇思想的貧乏乃至邊緣化，已經成爲不斷滋長的傾向。在一些人眼中，這個時代一切服從並依賴經濟，對思想的需要已不那麼迫切了。」「文學的沙龍化、影視化、網絡化、小品化、淺俗化也帶來了『過度娛樂』和『玩技巧』的問題。當文學被腦筋急轉彎式的搞笑包圍、

不動腦子的藝術泛濫時，會損害一個民族智力的健康。讀者對文學面臨的『棄讀』和『傻讀』兩種無奈選擇。而『愚民』正是封建遺毒滋生專制橫行的溫床。」〔註1〕我以爲，儘管這種情形在上個世紀 90 年代已經出現了，但是新世紀以來卻是越來越凸顯了，如果不加以及時糾偏，必然會給中國的文學帶來較爲嚴重的惡果。文化可以多元，創作可以多元，然而，價值卻萬萬不可多元，否則我們將無法辨別人性活動中的真善美與假惡醜。

我以爲，當下文化眩惑的病症表現在文學創作和文學批評與評論中，具體呈現爲以下多種狀態（我將其分爲創作和批評兩大板塊分別進行論述）。

一、文學創作的病症和價值立場的「多元」與模糊

1、有些主流作家對事件和事物的判斷力下降，這不僅是思想能力的退化，同時也是審美能力的衰退。舊的書寫經驗和審美經驗已然在這個亂象的時代失效了，作家面對千變萬化的生活萬花筒，無論是以農耕文明向現代文明過渡時期的心態來度量新世紀中國各個生存層面的人，都顯現出一種乏力和疲憊感，似乎永遠也抵達不了人的靈魂彼岸；也無論是用怎樣的舶來眼光和外在的形式去審視本土的文化現象和事件，都無法觸及表達和表現的內核之中。也就是說，以往的審美經驗已經不能再成爲當下作家的資源了，那種所謂「取之不盡的源泉」早已枯竭，而「生活無處不在」既成爲作家創作的依賴和藉口，同時也成爲作家的「盲點」。其實，「生活在別處」才是中國作家們的真實創作心態，或曰「集體無意識」。我們的作家已經下不了「生活」，因爲「生活」的本質就在於你自己對事物的判斷，一個連判斷力都喪失的人，你還指望他能夠有什麼能力去對「生活」進行文學的審美活動呢？因此，「下生活」和「聽將令」寫出來作品很快就化爲紙漿就不奇怪了。當然，從另一種角度來看，這種 20 世紀常態的審美經驗的失效不失爲一件好事情，它必然會催生出一個適合於一個新世紀中國文學創作審美經驗的寧馨兒來。問題就在於我們如何渡過這個不適應的過渡期。

2、創作中的反智化傾向越來越突出，作家自絕於知識分子的稱號，自甘爲職業化的寫手。

無疑，此舉其弊大於利。自 90 年代中期的「斷裂」宣言公開發表與知識分子決裂並劃清界限以來，近十多年來，我們的一些作家已經開始自覺和不

〔註1〕 江岳：《文壇思想貧乏危及民族智力》，《人民日報》2010 年 6 月 29 日。

自覺地與「知識分子」絕緣了。誠然，我們可以對「靈魂工程師」的稱號提出質疑，但是我們不可以拒絕「社會良知代言人」的義務。反智化包括了很多種傾向，而我以為最可怕的是，連自我的知識分子身份認同都進行了徹底的顛覆，我們的作家還能夠為這個民族貢獻出什麼呢？尤其是有些學者指出的作家作品中的那種「嬉皮士」的嘴臉，讓讀者去「傻讀」的現象，也實在是使中國文學蒙羞的事情。「總之，重要的是知識分子作為代表性的人物，明目張膽地代表某種立場，不畏各種艱難險阻向他的公眾明白代表。我的論點是：知識分子是以代表藝術（the art of representing）為業的個人，不管那是演說、寫作、教學或上電視。而那個行業之重要在於那是大眾認可的，而且涉及風險與冒險，勇敢與可能受到傷害。我在閱讀沙特或羅素的作品時，他們特殊的、個人的聲音和風範讓我留下的印象遠超過他們的論點，因為他們為自己的信念而發言，不可能把他們誤認為籍籍無名的公務員或小心翼翼的官僚。」〔註2〕我們根本不指望今天的作家，尤其是主流作家會出現一個像左拉那樣對重大社會事件發出正義之聲的壯舉，在這一點上當下的作家還不如 80 年代的那批敢於擔當的主流作家。對社會事件、現象和思潮缺乏起碼的人文關懷，可能是世紀初中國作家的普遍心態。就其創作的格局來看，不是陷進瑣碎的生活細節描寫之中（像一個嘮嘮叨叨的老太婆那樣漫無邊際地扯著並無意義的無聊「故事」），就是在所謂的「形式美學」的迷宮裏遊蕩，在建構一些連自己也搞不明白的創新之中而不能自拔。

3、作家基本放棄重大題材，而過份注重「一地雞毛」式的瑣碎日常生活題材。我們厭惡了極左時代為政治服務的「重大題材決定論」和對生活的漠視。但是，我們並非是讓作家在重大的社會事件的素材中閉上自己的眼睛。卸掉自身對社會的責任感，就是卸掉了一個作家的良知。當然，我們不僅要對當下題材有一雙犀利的「內的眼睛」，而且也得對敏感的歷史題材需有自己獨到的眼光。比如，在處理「文革」題材作品時，我們的作家對於這段歷史的描寫呈現出了一個明顯的傾向，那就是讓作品經受輕喜劇化的薰染和漂洗後，避開歷史的沉重，而將娛樂元素和喜劇美學的元素注入後融進消費文化的潮流之中，而非反諷式的對「文革」歷史進行本質化的揭露與嚴肅的審視。即便是在間接涉及此類題材的細節描寫之中，作家們也很少有那種直抒

〔註2〕艾德華‧薩義德：《知識分子論》，單德興譯，臺灣臺北市麥田出版社1997年版，第48頁、第139～140頁。

胸臆的鞭撻和不露痕跡的「曲筆」表達。例如，對於蘇童的長篇新作《河岸》在思想穿透力上的遞減，我感到非常可惜。作為當下中國最優秀的作家之一，蘇童無疑在審美和技巧表現上是唯美派典範作家，其《河岸》同樣給了我們南方的浪漫詩意表達，但是，我更看中的是它一開始就呈現出的那種巨大的思想穿透力。初看的時候非常興奮，其魯迅的「曲筆」深深地震撼了我，但是看到一半，其筆鋒就轉掉了，那個我一直期盼的阿Q式的「空屁」沒有順著他能夠發展下去的「文革」巨大性格邏輯空間馳騁，而是陷入了瑣碎的個人事件之中，活生生地扼殺了這個具有潛在的巨大性格能量與歷史能量的人物。蘇童在中國被譽為是純粹的審美派的作家，但是，他在寫這部作品的時候，忽略了對「文革」這個有著巨大場域歷史空間的表達，只注意了個體性格的表現，所以將本可以進入揭示「文革」本質深層軌跡的、有著民族共性特徵的「這一個」抹殺了。我始終在考慮的一個問題是：為什麼蘇童半途而廢了呢？其答案只有一個，即馬克思所言極是：作家沒有意識到他所觸及到的是歷史的巨大存在，沒有意識到這個個體人物偶然遭遇到的是潛藏著「歷史的必然」（《致拉斐爾·濟金根》）結果的最好契機！這可能就是蘇童為什麼後來在情節和人物性格的發展路徑中突然就旁枝逸出的根本原因吧。作者是不是真的走進了主人公的心靈當中去，把他放到那個特殊時代的境遇中去塑造呢？顯然沒有。他忽略了那個特殊人物的特殊時代環境。也許蘇童是無意識的描寫，因為他在「文革」時代還是個兒童，對「文革」的理解，還是一個沒有發育的「兒童視角」，除了感性認識不足之外，更多的還是理性的理解不透徹，也就是對「文革」的本質還沒有深入瞭解，最後把那個時段的人和物都喜劇化了，這是我覺得非常可惜的——這部作品本來是可以成為百年經典巨著的。蘇童且如此，那麼其他作家就更難說了。

另外，須得重申的是，我絕不反對那種對日常生活的描寫，作為當年「新寫實小說」創作的提倡者之一，其出發點就是要從陳舊而反動的五六十年代現實主義羈絆中解放出來，但也是使大家始料不及的是，當它成為這二十多年來文學創作的主潮後，其走向事物反面的慣性提醒我們應該警惕它對文學價值判斷與審美經驗的另一種傷害。

4、創作中的畫面感強化了，而矛盾衝突和人物性格相對弱化了，屏幕情結成為作家創作的潛在「集體無意識」。

劉震雲說：「電視劇火了，沒人看我的小說了！」這從一個側面反映出電影、

電視《手機》成功的商業化操作，無疑，這成爲作家創作心照不宣的心儀榜樣。更有甚者，違反文學創作規律的先電視後小說的創作現象屢屢出現。不可否認的是，新世紀以來的文學，從形式審美這個角度來說，是更加圓熟了，但是，我要強調的是，從上世紀90年代以來，中國的作家或多或少地受到了消費文化和商品經濟的衝擊，他們作爲寫作個體的個性自覺表達意識減弱了，而過多地依附於潛在的市場，也就是說，作家個體創作的自由受到了那個「無形之手」的限制。當下的中國文學彷彿進入了一個怪圈，正因爲視覺藝術的衝擊力是巨大的，所以才屢屢出現先生產電視劇，然後回過頭來再改寫成小說的這種違反文學創作規律的事情來，這種「次序差」雖然違反藝術規律，但是它卻是符合市場規律的，因此，它有其存在的合理性。那麼，我們應該怎樣去面對這一個嚴峻的時代悖論呢？先確立視覺效果已然成爲小說創作的風尚，而二次「改寫」劇本儼然抹上了市場的色彩。這是當下中國文學的一大現實問題，它迫使很多著名作家在創作中都不得不考慮其潛在的市場元素。

　　同樣，以中國最著名的作家畢飛宇的前後創作爲例，就可以看出市場之巨手的無形力量對作家無形的壓迫。也許，畢飛宇從成名之作就是受到影視文學的潛在影響，他的《搖啊搖，搖到外婆橋》和《哺乳期的女人》獲得的成功或許就成爲他的一種潛在的影視創作情結，這固然沒有什麼不好，但是形成慣性就很難說了。畢飛宇的《玉米》系列寫得非常好，我以爲他已經完全擺脫了以前的創作情結，直到長篇《平原》爲止，畢飛宇一直將哲學的思考融入了他的小說創作之中，《平原》裏對人性的釋放、人的本我的釋放、人的社會存在的釋放與表達應該說是比較到位的，不過，恰恰這樣的作品卻並不被文學界所重視。因爲當下的文學界，對文學作品的考察更多是從技術層面出發，站在商品化的角度，還有其他很多非文學標準的因素。我之所以認爲不如《平原》的另一部長篇小說《推拿》卻得到了文學界更多的青睞與重視，成爲評論的焦點，但這是一種挾有炒作意味的商業行爲，並非是《推拿》不好，而是說它的人性的哲學思考雖然凸顯了，但是從文學表達的角度來觀察的話，《平原》更有文學的個性表達張力，而《推拿》就隱隱可以看出作者有意無意地注重潛在的市場的需求，當然，這種表達是作家自己都習焉不察的時代薰染而致。當下，幾乎是很多作家在創作的時候，都或多或少地受著市場的輻射和影響。舉例而言，有許多作家在描寫性的時候、在描寫小說場景和人物細節的時候，就都會潛在地考慮到將來的影視畫面的效果與視覺衝

擊的效果，因為他們要二次出售，要尋覓電影與電視的市場需求。同樣，當莫言在 80 年代裏的浪漫新奇的表現手法一旦演化為新世紀文學對血腥和暴力的市場需求時，那種文學的審美價值就有些變味了。

5、打著「生態寫作」的幌子，用「動物中心主義」來否定「人類中心主義」，為弱肉強食的法西斯獸性張目。

無疑，生態題材的興起成為世紀之交小說的一個不可忽視的命題，但必須注意的是生態倫理的驟變：一方面是自覺的生態意識的萌動和解放大自然的合情合理的理性張揚；另一方面是動物主義至上、抵制現代文明和消解人性的反文化偏執。價值理念的混亂無疑成為生態小說發展的瓶頸。

毫無疑問，上一世紀 90 年代以來，在「生態革命」的文化浪潮席捲全球之時，現代和後現代的「生態倫理」文化哲學觀念給中國文學帶來的並不是一個全新的清晰理念，而是更加混亂的悖論，因為忽視了中國所處的特殊文化語境，而不加辨析地去橫向地移植和採用西方工業文明和後工業文明十分發達國家的生態文明話語，肯定會加深對本土文化的隔膜和對人性的扭曲理解。從生態革命的本意來看，它的出發點是好的，其目標也是合情合理的。但是，它在具體的運動過程中卻忽略了兩個最重要的前提：一是各個國家在人類歷史發展的環鏈中並非同步，前工業文明，包括游牧文明和農業文明還不同程度地分佈於地球的各個國家和地區之中；二是在人類與非人類的資源爭奪上還存在著互為矛盾的文化境遇。因此，施行同一的高標準價值尺度來衡量人與生態的關係，肯定是會出大問題的。

毋庸置疑，生態革命的立論基礎是站在後現代的視點上來反對現代性和傳統文化倫理的，也就是站在後工業文明的基礎上來反對工業文明和農業文明所造成的種種弊端的，美國著名生態女權主義理論家查倫・斯普瑞特奈克所創的「生態後現代主義」認為：「在許多深層意義上，現代性並沒有實現它所許諾的『更好的生活』。它既沒像它所許諾的那樣帶來一個『和平的世界』，也沒像它所許諾的那樣帶來一個『自由的世界』。正是由於現代性沒能實現它的承諾，並且帶來如此多的問題，才導致後現代主義的產生。『尋找另外的生存方式的動力孵育了生態後現代主義。』『我們被迫尋找新的，或許是已被發現的理解自然以及我們與自然關係的方式。』」〔註 3〕作為一個飽餐了西方工

〔註 3〕 王治河主編：《後現代主義辭典》，中央編譯出版社 2004 年 1 月出版，第 550 頁。

業文明給予的物質享宴後的人們，他們爲了追求更高文化生活目標就更容易產生出對後現代「生態自由」的欲望與渴求，然而對那些還掙扎在由游牧文明與農業文明向工業文明過渡境況下人們的文明需求卻又是完全不公平的：前者看到的是滿眼現代文明的弊病，所以，急於回到高質量的生活狀態和滿足那種近乎於宗教式的對非人類物質同情和憐憫的心理需求，成爲他們的生態文化選擇；而後者急於擺脫游牧文明和農業文明落後的生產方式與生存方式給他們帶來的物質匱乏的痛苦，因此，現代工業文明與後工業文明的物質享受和精神刺激對他們來說是一個有著巨大的誘惑「場域」，它是人類生存所無法抗拒的歷史過程。如果我們不加區分地一味地鼓吹所謂的「生態革命」和「生態自由」，勢必會造成世界不平等競爭的加劇，造成價值理念的更大錯位與混亂。

我們不能不看到這樣的生態理念也波及和影響到了中國的作家和中國的文學，尤其是影響了一些看不清楚中國國情而一味地追求新理念的作家。

而從另一個角度來看待生態文學，就明顯看出了一種對人類文明底線的挑戰！2004 年出版的《狼圖騰》標誌著中國生態小說創作進入了一個文學倫理的大轉變時期，促成了一批作家對小說的歷史價值與現實價值進行了重新思考，甚至有的作家對經由現代文明形成的人本主義立場的價值理念進行著顛覆性的反撥。這一切由此而引發的創作理念和價值理念都嚴重地影響和制約著小說創作，因此，對它們重新做出既符合歷史又有利於現實發展的理論釐定和價值定位成爲當務之急。也許，這一努力並不能改變一種新興的生態小說的創作倫理軌跡，但是，我卻相信，這些理念有可能會得到一批小說作家的支持，因爲文學即人學的理念始終是支撐著他們更有信心站在人文主義的立場上，站在充滿人類希望的歷史地平線上，創造出更富有人性意味的生態小說的堅實基礎。

如果把《狼圖騰》這樣的作品從兩大邏輯板塊——生態闡釋和人文闡釋來理解的話，那麼，我們就可以清晰地看到這個時代文化倫理的驟變。但是，必須指出的是，這種倫理的「驟變」，其實暗含著的卻是一種歷史的退化，其本質上就是倒退到「弱肉強食」的原始文化倫理基點上。《狼圖騰》能夠在中國這樣一個複雜的社會轉型期裏出現，並不是一個奇怪的現象。且不說這部小說在藝術上並沒有什麼新的創造，它在某種程度上甚至表現出藝術結構上的幼稚與粗糙。但是，就其所表現出的對現代文明價值顛覆的創作理念就足

以令人震驚與深思，它在中國前現代、現代、後現代並置交錯的這樣一個複雜的文化語境下問世，似乎又是一個歷史必然的產物。它既滿足了某種民族主義的文化心理需求，同時，又在成功的商業化的炒作下，實現了銷售突破幾百萬的記錄，這在新世紀的圖書市場上簡直就是一個奇跡。而且，它還以誇張的文化姿態，把一種反人類、反文明、反文化的理念流向了全世界，它會不會動搖西方自文藝復興以來所形成的人文主義理念？它會不會以回歸原始、弱肉強食的文化姿態與後現代生態文化倫理合流，而對人性的指向進行根本的改變？而這些顧慮恰恰是存在的。據報導，世界上最大最著名的出版機構之一培生出版集團下屬的企鵝出版集團買斷了《狼圖騰》的全球英文版權。這就意味著中國的生態小說以它的一個獨特的價值理念與西方生態文明倫理進行滲透、融合與衝撞，我們尚不能預料到它的命運與後果會如何？它會不會引發西方文明世界對生態倫理的進一步反思？然而，理清它在中國社會意識形態中所處的理論位置，以及它對小說創作的影響，當是中國小說必須面對的問題。

我們並不否定人類所面臨的生態危機，甚至連其他行星撞擊地球而帶來人類毀滅的可能都不排除，但是，這並不意味著人類就要停止發展，停止對一切資源的開發。我仍然鮮明地讚同「人類中心論」，就是因為它是人類發展的基石，同時也是非人類發展的保證，因為道理很簡單，非人類是沒有能力保持生態平衡的。然而，我又進一步明確地表示：人類的發展須得考慮到各國和各地區的歷史、社會、經濟、資源等因素的不平衡性，採取分類保護措施，而不能一刀切，也就是說，一切生態的發展都應該圍繞著人類的總體利益而有步驟、有區別的進行，不能以理想主義的標準去苛求人類對生態的合理需求。如果從這個角度去思考問題，我覺得像《狼圖騰》這樣被許多人認為是一部具有生態保護主旨的小說作品就有了許多價值上的問題。揚游牧抑農耕，揚武抑文，揚蒙抑漢，揚狼抑人，成為這部小說主題的邏輯起點。

首先，從歷史價值觀的角度來看，《狼圖騰》的立意是很清楚的，整部作品都充滿著對游牧文明的無限嚮往和崇拜，而貶低和藐視農耕文明對人的精神與性格的涵育；充滿著原始文明的英雄史觀，其邏輯立論幾乎就是建立在以階級鬥爭為核心的尚武精神基礎之上，可以說，「狼圖騰」就是原始文明圖騰！在《狼圖騰》的字裏行間都充滿了對強悍的武功的頂禮膜拜，與「槍桿子裏面出政權」的理論同出一轍。當然，從現代性的角度來看，封建專制的

農業文明的確給中國人的國民性帶來了奴化的創傷，尤其是近代以來的沉痛歷史教訓值得我們深思。但是，我們卻不可以因為漫長的中國農業文明所帶來的種種弊端而走上反歷史、反文化的怪圈之中，開歷史的倒車。殊不知，歷史發展的環鏈是不能拆解的，如果違背這個歷史進化的常識，人類就無法面對現實和未來。相比之下，農業文明比起游牧文明來說，畢竟是一次歷史的進步。

其次，從人性和獸性的價值取向上來看，人獸倫理的顛倒是一大批諸如《狼圖騰》這樣作品的共同價值選擇。《狼圖騰》滿紙都是對狼性的膜拜與頌揚，狼是神狼，狼簡直就是狼神！甚而把近代以來中國的衰敗和貧弱歸咎於缺乏狼性，認為只有具備了狼性才能使民族精神強盛起來。小說主人公是那個叫做陳陣的知識青年，他經常扮演著作者的代言人的角色，反反覆覆地謳歌狼和狼圖騰。狼崇拜的情結，究其緣由，正如「編者薦言」中所提升概括的那樣：「如果不是因為此書，狼——特別是蒙古的草原狼——這個中國古代文明的圖騰崇拜和自然進化的發動機，就會像某些宇宙的暗物質一樣，遠離我們的地球和人類，漂浮在不可知的永遠裏，漠視著我們的無知和愚昧。」「蒙古狼帶他穿過了歷史的千年迷霧，徑直來到謎團的中心。是狼的狡點和智慧、狼的軍事天才和頑強不屈的性格、草原人對狼的愛和恨、狼的神奇魔力，使姜戎與狼結下了不解之緣。狼是草原民族的獸祖、宗師、戰神與楷模；狼的團隊精神和家族責任感；狼的智慧、頑強和尊嚴；狼對蒙古鐵騎的訓導和對草原生態的保護；游牧民族千萬年來對於狼的至尊崇拜。」

所有這些，其價值理念的倒錯，難道不是生態小說創作與批評值得深思的問題嗎？

6、浪漫主義的創作方法消逝了，批判現實主義的傳統創作方法也變異了，取而代之的是平面化的寫作，滿足於快餐式的一次性消費，取消了文學的經典化。無疑，在這個消費文化的文學語境之中，浪漫主義的創作理念和方法已經退卻，成為這個時代不合時宜並被人恥笑的另類象徵，文學界就像看堂‧吉訶德與風車作戰那樣，對其充滿著一種十分複雜的心情：既同情、憐憫與哀歎，又不屑、嘲笑與盲視。於是，像張煒那樣用煌煌四百五十萬字、三十九卷的篇幅來構築浪漫主義和理想主義的長卷《你在高原》，卻在文學界沒有形成什麼反響，這是張煒的悲哀，還是我們這個時代的悲哀呢？我總以為在這個消費文化的時代是沒有浪漫主義，尤其是古代浪漫主義的一席之地

的，我們往往像嘲笑堂吉·訶德那樣去嘲笑當今的浪漫主義，對「詩性」寫作予以恥笑，可能已經成爲我們這個被大量現代和後現代主義思潮複製時代的一種「傲慢與偏見」。然而，文學的精髓恰恰就在於此，一個沒有「詩性」的寫作，那是行屍走肉的僵化書寫；一個沒有「詩性」的文學創作時代，就是一個文學墮落與悲哀的時代！我以爲張煒這20多年來的創作是一直堅守著「詩性」這一天條般的信念的，從80年代至今，能夠始終堅守浪漫主義情懷的作家就是「二張」（張煒、張承志），雖然二人的主題指向不同，一個是傳統儒家情結，一個是宗教情結。但是不變的浪漫主義的人文情懷始終是他們一以貫之的創作理念，其韌性是令人敬佩的。雖然我並不完全認同他們在其形象和意象背後所表現出主題內涵，但是，作爲一種文學終極的表達方式，我對他們的這種創作姿態與信念的持守表示最崇高的敬意。他們手執長矛（古典的冷兵器式的創作方法）衝向風車（巨大的時代文學思潮合力的象徵）的時候，我們是否能夠像桑丘那樣再次與之同行呢？！

7、作家構思的時間短了，但是作品的長度卻在無限延伸。不是「十年磨一劍」，而是「一年磨十劍」。

無疑，商品化的時代是講求利益最大化的時代，文學創作也同樣不能避免這一個對文學來說是致命打擊的災難。作家是生活在現實中的人，他們同樣面臨著重重生活壓迫，他們需要金錢，如果我們要求他們一味地爲藝術的精湛去付出昂貴的時間代價，也許過於苛刻。但是，在中國，我們的體制基本上養活著一大批頂尖的專業作家，他們在基本滿足了生活需求的情況下，沒有了巴爾扎克時代的那種爲預支稿酬維繫生存的憂慮，卻不願花費更多的時間去打造自己的作品，力求精緻與完美，而大量地複製文學的「快餐式」作品，滿足大眾消費群體中的一次性文化消費，恐怕這樣的文學創作是作家的一種瀆職行爲，因爲，他們消滅的是文學的經典化創作過程。延伸，延伸……，不斷地延伸；拉長，拉長……，不斷地拉長，文學的敘述性文本在這個時代裏和電視劇那樣爲了追求利潤效益而浩浩蕩蕩不斷地複製著，我不敢說它們大多數是垃圾，但是，我敢說在它們當中很難產生出傳世的經典製作。我們在不斷地呼籲著大師的時代，然而，從這個角度來說，這是一個大師死亡的時代！作家名世靠的是作品，而一旦作品成爲商品，它的性質就發生了根本地轉變。我的這些論調很可能會引起一批人的不滿，但是，我不得不說出歷史的眞相來，不能讓「皇帝的新裝」永遠招搖下去。

8、「奔獎」的創作意圖明顯了，自設性的原創衝動的創作欲望缺失了。

體制內的獎項是給這個體制下的「御用自由作家」帶來了疊加資源的最大誘惑，它的獲得將給作家打開一個潛在的賣方市場。因此，雖然這個時代已經將「主題先行」和「領導出思想，作家出藝術」的理念拋棄到了九霄雲外，但是，它的陰魂猶在。為某種「意圖」而寫作，是當下成名和即將成名，乃至於夢想成名的作家們心照不宣的共同願景。我說他們是「按圖索驥」，而這個「圖」是「意圖」，是「意圖性寫作」，理由就在於：作家有意無意地為「奔獎」而設置主題的各種文體創作已經是屢見不鮮了，他們的「生活」是「抄襲」了上面的「意圖」後杜撰出來的，毫無自主性意識，遠不是作家從靈魂中爆發出來的對生活真知卓見的「生命的流注」。因此，它對文學的損害是破壞性的，尤其對長篇小說創作更甚。

9、創作潮流呈現出極大的反差與落差：「底層寫作」吶喊的貧弱和「欲望書寫」橫流的強大。

無疑，自 20 世紀末至今，代表著「底層寫作」的民間力量逐漸浮出水面，成為貌似強大的寫作陣營，但是，比起體制內的專業作家寫作來說，這種姿態的寫作是微不足道的，而且，它很快就會被體制同化，最終改變其價值觀念。因此，真正能夠用批判現實主義創作方法對社會不公發出一個知識分子良知與灼見者，卻是會越來越少。光是沉湎於亞里士多德那樣的同情與憐憫的審美情境之中是遠遠不夠的，關鍵的問題就在於：對於面臨著體制和市場兩隻無形之手的壓迫，我們的「底層寫作」作家不能僅僅只限於人道主義的同情和憐憫，更重要的是，他在作品中能否提出哲理性的思考，為現代人的文學閱讀提供美學的和思想的雙重內涵。就此而言，我以為，在「底層寫作」中，我們的作家作品過多地正劇性的表達消弱了這類題材的審美力量，它缺少的恰恰就是悲劇所產生的強大美學力量，至今，我們尚未看到一部可以作為標幟性的、并能足以震撼人心的大作品問世。

10、思潮、流派以及個性化創作的嚴重缺位，這種樣式的文學將消失於 21 世紀的文學史之中。

在 18～20 世紀的世界文學長河中，一直被世人引以為驕傲的就是思潮、流派和大師層出不窮，即便在中國，其 20 世紀文學史之中，也不缺乏這樣的創作群類和典範。但是，隨著現代和後現代的商品時代的到來，隨著消費文化觀念對作家的薰染與侵蝕，這種創作的生態已經不復存在了。我們在哀歎

之餘，眼看著文學的邊緣化，還能夠做些什麼？當然，有些作家站在一己的狹小圈子裏，還保留著那份「超越」大環境的無知無畏良好創作心態，殊不知，他們的寫作是很難再進入新世紀的文學史序列之中的。

11、網絡文學的爆發將會改變中國文學的傳統格局。

網絡文學的衝擊不僅是創作形式的改變，更是一個價值觀爆炸的「引信裝置」，是這個消費文化時代文學創作所遇到的最大「天敵」，怎麼去應對這樣一個未來的「巨無霸」，我們的作家沒有任何準備，處於束手無策之境。是經過修正的傳統文學去包容與融合它，還是被它邊緣化或者擊潰，最終取而代之？這是文學遇到的世紀大挑戰。

所有這些病症歸結到一點，就是我們的作家的價值理念和判斷出現了問題：

（a）「多元」價值（其實就是沒有價值，或者說是價值的遊移和不確定性）覆蓋與顛覆了恒定的普世人文價值，須得再次強調的是，文化可以多元，創作可以多元，但是，價值觀念和立場是萬萬不可多元的；

（b）作家所扮演的知識分子的「社會良知代言人」角色的人格面具被取下，代之以的是媚俗的嘴臉（市場需要我扮演什麼角色，我就扮演什麼角色）；

（c）市場化的消費觀念迅速成為作家價值觀的主流；

（d）創作無非沿著兩條隱形「主題先行」路向：一是「得獎」（主流意識形態給出的巨大的無形社會資源的誘惑），導致創作的御用性；二是「得利」（消費文化的無形的市場之手給創作帶來的誘惑更甚於前者）是直接導致作家在創作時存在於描寫之中的「影視」潛意識情結。

二、文學評論的病症和價值立場的退守與亂象

在提出具體的病症形態之前，我想再次重複我對批評界不良風氣的總體看法。當前批評界存在著三種不良的批評傾向：一種是依附於體制的勢力來控制批評的話語權，頤指氣使地對文學創作進行著指鹿為馬的所謂批評；另一種是拜倒在金錢的足下，把批評作為商品進行交易，做了「資本的乏走狗」；還有一種就是既要體制的話語權利，又要金錢的「雙料掮客」，他們成為了「權力尋租者」。這些當然只是批評生態環境的負面效應，但是此風不糾，將會貽害無窮。

當下的批評和評論主要受著體制和市場兩個方面的主導，它呈現的主要表現形態有以下幾種：

　　1、第一種批評家和評論家：圍繞各種「工程」與「獎項」爲體制與市場需求做吹鼓手和抬轎者，其最終目的就是使自身成爲世紀初文學大餐中的既得利益者。

　　我們深知，文學的體制不改革，依附它的批評家和評論家是不會消失的，也只有變更了文學的體制，才能杜絕這種批評家和評論家的不良批評之風。「皮之不存，毛將焉附？」這個道理誰都清楚，但誰都不願說出來。這種批評家和評論家的批評和評論是歷史的常態，「幫忙」的批評和評論文字已經布滿了中國的天空，多幾個這樣的文人，在這個「多元的文化」價值觀的世界裏也不怎麼起眼了，但是，千萬不能小看了這股勢力，他們的「功績」就在於會用一種僵化的批評標準來左右文壇，蠱惑大眾，甚至誘惑作家。君不見，即使就是作家的主體性得到了充分體現的這個文學開放的時代，仍然有許多作家拜倒在「批評」權力的足下，因爲這些「大腕」批評家和評論家們操縱著各種各樣的評獎，制定著各種各樣的文壇遊戲規則，他們可謂一諾千金，一言九鼎，那些在文壇上再牛的作家，都要或明或暗地獻媚於他們，他們才是中國「頂級」的批評家！圍繞著「評獎」活動所展開的一系列的官方的與私人的、地上的和地下的活動，包括大量的非自主性的評論的囂張出籠已經成爲批評界的公害，但是眾人卻視而不見，此一亂象值得深思。

　　2、第二種批評家和評論家：爲消費文化張目──以揚棄普世人文理念和正義的人性價值爲代價的批評開始盛行。

　　當下，批評家與作家的關係正在發生悄悄的變化──地下交易式的評論開始蔓延。這是「幫閒」的批評和評論。尤其值得注意的是報刊的「包場評論」（特指對一些低劣作家作品的號外式評論）現象值得深思。這種批評家和評論家是消費文化時代的新生事物，如果換一種思維方式來看待他們，你就覺得沒有什麼不可的，一手交錢一手交貨，以文字的多少，發表刊物的等級論價，公平交易，天經地義，沒有什麼不齒的，消費時代嘛，被金錢豢養無可指責。可是，這種遊戲規則打破了文學批評的原生態，使批評失卻了它的選擇性原則，無論什麼樣的作品，甚至不能入流的作品也進入了文學批評的序列之中。殊不知，文學批評的一個重要的功能就是爲文學史做首次篩選，這種泥沙俱下的批評與評論帶來的後果是不言而喻的，批評的奇談怪論其實從上個世紀末就開始流行了，這是消費文化帶來的價值混亂與顛覆。更爲可怕的是，這種批評與評論，充滿著消費文化時代的拜物教情結，作爲拜金主

義價值理念主導下的消費性批評與評論，它們才是徹底顛覆了批評的真正本義，而馬克思主義哲學最大的貢獻就在於他的批判哲學的人性力量和推動歷史前進的生命力。因此，面對當下的文化語境，我們同時不能放棄的是應該注意對後資本主義消費文化弊病的批判。只有這樣，才能保持批評的活力，才能給批評和評論注入可靠而可行的價值理念，推動文學的健康發展。

3、第三種批評家和評論家：是前兩種批評家的結合體，也即雙料的批評家他們既拜體制的菩薩，又拜市場的財神，因此，他們的價值觀往往是呈悖反狀態的，更造成了批評的亂象。

這第三種批評家又在其「幫忙」的批評基礎下，又平添了一種「幫閒」的新元素，他們會變臉，一會兒「幫忙」，一會兒「幫閒」，在文壇上可謂不亦樂乎。第三種批評家和評論家作為「雙料掮客」，是前兩種批評的雜交，他們既要權又要錢，被詬病為批評界最黑的批評家。和第一種批評家和評論家相比，他們在道德層面上沒有前者那麼乾淨，至少前者還沒有陷入變相受賄的道德困境；和第二種批評家和評論家相比，他們又缺乏那種消費文人赤裸交易的勇氣，因此，他們的尋租手法就顯得曖昧和隱蔽：拿各種各樣的出場費是光明正大的舉止，未可厚非，但是，幾乎天天應付各種各樣的作品討論會使他們連作品都來不及看，導致鬧出了許許多多批評的經典笑話來。有些作家為了達到宣傳自己作品的目的，不惜用重金事先買通批評家的手法，已經成為批評界心照不宣的潛規則，而第三種批評家和評論家就是他們攻關的主要對象，其實，作家們無須攻關，這種批評家和評論家恨不能天天有這樣的作家上門呢！所以，像這樣大牌的批評家和作家之間的關係是很微妙的，說不清是誰豢養誰，或許是一種互為豢養的關係吧。更不堪的是，那些不入流的作家作品，只要花了重金，就可以在某個專業大報上劈一個版面，請幾個大腕每人胡謅幾句套話以壯聲勢了。

4、極左理論與批評思維與方法抬頭，破壞了文學批評的生態環境，這種開歷史倒車的行徑無人理會。

「極左批評」曾在半個多世紀的中國批評界裏橫行，成為中國批評的唯一和主流，而在中共十一屆三中全會後逐漸隱為暗流，甚至退位至邊緣，但是，從上個世紀末至今，這種批評思潮又開始從幕後轉到臺前，與當下的消費文化合力構成了批評之亂象。它極具混淆視聽、擾亂思維的能量，這就是極左批評似乎是站在「底層」的立場上進行真理性的批判，卻實質上是開歷

史的倒車，將一個業已進化了的社會倒退到封建專制的語境之中。他們打著「爲民請命」的幌子，行的卻是封建專制思維之實，其理論往往與社會不公的表象之間形成模糊的悖論，但是，其要害就是以犧牲這三十年來剛剛建構起來的具有現代性理念的人文價值觀，破除人類恒定不變的人性理念，將批評與評論的觀念拉回 80 年代以前的極左語境，進行所謂階級鬥爭式的「繼續革命」。無疑，它使我們又回到了問題的原點——重新廓清與批判封建極左思潮的人文語境之中。

5、鑽進所謂的純形式、純美學和純學術的，也是所謂純文學的批評與評論的象牙塔之中而逍遙自得。

正因爲當代文學學科的存在，造就了一大批沒有文學藝術感悟能力的教書匠和「冬烘式」的研究者。作爲他們吃飯的傢夥，文學內在的肌理和他們的教學和研究是分離的，是毫不相干的玩意，他們把文學作爲一個機械的零件進行把玩與拆解。殊不知，文學從來就不可能成爲純而又純的東西，也不可能是某種機械的拼裝，它活生生的生長狀態和那千變萬化的生活折射，使一切人文學科相形見絀，它是一切社會關係總和的投影，否則它就不稱其爲文學了。但是，這種純文學的研究卻是將其做爲一具醫學屍體來進行解剖，說清了是對文學的曲解，說重了就是對文學的侮辱。從某種意義上說更是在逃避文學評論家所要肩負的時代道義和責任，同時，也是在消解文學博大的美學內涵。

6、當下批評與評論缺乏文學史意識，不僅缺乏對歷史經驗的比照與反思，而且也缺乏對現實中多維文化背景的參照。

當下有許多職業化的評論家很少有文學史的意識，他們不但割斷了中國當下文學與中國古代文學的源流關係，同時也割斷了當下文學與 20 世紀文學史的關係。這種平面化的評論其實就是一種毫無深度的一己之見，其直接原因是讀書甚少，其間接原因是思想的貧困和想像力的匱乏。雖然這樣的批評被人詬病，但是它卻流行，而大家卻無奈。這個現狀很可悲，當下許多批評家的寫作，很多都是平面化的，他們不僅對中國的文學史陌生，而且對世界文學史也陌生。因此，中國批評家之所以沒有寫出大量好的批評和評論，我認爲包括我在內，最重要的問題就在於學養和學識的危機還沒有解除。

缺乏文學史意識還有一個直接因素就是平面化的快餐式評論的盛行。因爲有市場，快餐式的作品加上快餐式的評論，這樣的配套正符合消費文化的

口味。加之它與現代媒體的需求一拍即合，儼然就成爲一種潮流了。

7、對網絡評論的忽視、恐懼和拒絕，是評論的失位。作爲一種新的批評和評論樣式，對其運用和研究是缺位和乏力的。

無疑，作爲傳統意義上的批評家，在前些年還對網絡批評抱以不屑一顧的態度。我也有過這樣的言論，認爲網絡評論只能是消費文化時代的產物，它多數還處於較爲粗糙的新的加工工藝製作當中，還不能夠進入眞正的純文學精品閱讀的文學史視野和序列之中，所以，它不在我們考察的範圍內。甚至認爲，網絡寫作是被動式的寫作、商業化的寫作，它的寫作目的是不一樣的：眞正的文學寫作是靈魂自我的爆發，噴射出來的是眞實的情感。但是，網絡寫作是一種機械化電子化的操作，是程序的、機械的、精密的商業化操作，其最後的產品是文化快餐，大多數作品因缺少更多的人文精神而不能成爲傳世之作。因此，暫時還不能把網絡文學和批評納入到眞正的文學史的考察範疇。但是，這幾年網絡批評的巨大能量使大家不得不對其採取了另眼相看的態度。從忽視到恐懼，是心態變化的過程，然而，眞正要批評界接納網絡批判並承認它的地位，或許還是許多人都不願意看到的遠景。但它畢竟成爲了一個歷史的巨大存在，我們應該如何面對這樣的嚴峻挑戰，恐怕不是以誰的客觀意志爲轉移的事情。

8、放棄批評的「角色」和批判立場，成爲潮流與時尙。

如果說作家在創作中放棄「知識分子角色」，還原其「客觀反映生活」的中性立場，還能以恩格斯的「觀點越隱蔽對於作品越好」美學原則做遮掩，那麼批評家和評論家卻沒有理由在這個物欲時代放棄「社會良知」的直接發言權！也不能用形式主義批評、美學的批評來消弭思想的表達！其實，從 90 年代開始，文壇就恥於批評家思想的直接表達，尤其是那種被指陳爲「憤青式」的批評，更是被消費文化時代唾棄的批評方式方法。價值立場的表達成爲被恥笑的非美學的文學批評，似乎只有那種技術性的批評才是批評的正宗。長此以往，批評就失去了它應有的深度與高度，成爲雕蟲小技式的印象與把玩。

9、對中國當代文學 60 年基本估價的失衡，尤其是對「十七年文學」和「文革文學」的錯誤判斷，將批評界和文學史界的價值觀擾亂。

我認爲，所謂當代文學 60 年達到了「前所未有的高度」的這種說法是違背歷史唯物主義辯證法的，你能把整個 60 年「一鍋煮」嗎？我不知道有些人講的是哪一段，如果類推的是前 30 年（1949—1978），那是肯定是一個誤判。第一

個30年的作家作品有高度嗎？除了少數可以入史的作家作品外，那些絕大多數可以進入文學史垃圾箱的作品，尤其是「文革」時期文學作品，豈能是什麼「前所未有的」高度的作品？！那只能是我們國家和民族文學史的恥辱標記！只能作為反面教材的「活化石」留存在文學史上。我承認前30年期間有好的作品，有的作品甚至不輸於『五四』，但畢竟是鳳毛麟角。所有這些誇大了的所謂「成就」，萬不可與人道之，更不可與同期的世界文學相比較，否則，這樣的癡人說夢是會讓人笑掉大牙的。可是，為什麼會有如此眾多的批評家和評論家會在鐵一樣的歷史面前，閉耳塞聽，信口雌黃呢？他們的價值立場為什麼會對剛剛逝去的歷史如此失憶和健忘呢？難道不值得我們深思與猛醒嗎？！

10、「學院派」批評的學術化和學理化傾向是疏離當下文學批評的弊端。

無疑，當下文壇批評的主力軍是靠「學院派」批評隊伍來支撐的，但是由於他們的批評缺乏應有的價值目的，造成了批評的整體羸弱與疲軟。薩義德認為：「這裡存在著一個危險：知識分子的風姿或形象可能消失於一大堆細枝末節中，而淪為只是社會趨勢中的另一個專業人士和人物。我在這一系列演講中的論點所視為理所當然的，就是原先葛蘭西所主張而在二十世紀末成為現實的情況，但我堅持主張知識分子是社會中具有特定公共角色的個人，不能只化約為面孔模糊的專業人士，只從事自己那一行的能幹成員。」「其存在的理由就是代表所有那些慣常被遺忘或棄之不顧的人們和議題。知識分子這麼做時根據的是普遍的原則：在涉及自由和正義時，全人類都有權期望從世間權勢和國家中獲得正當的行為標準：必須勇敢地指證、對抗任何有意或無意違反這些標準的行為。」〔註4〕的確，中國當下專治中國當代文學的「學院派」批評存在著的弊病就是其介入文學的方式方法出了問題，作為一個有著 60 年歷史的學科，它的麾下集中了大量依靠這個學科生存的幾代知識分子，他們將文學研究作為一種近乎於醫學解剖式的學問來做，他們刪除的是文學中那種最活躍的、難以用量化與固化指標進行測量的細胞因子。工匠式的技術性操作使活的文學變成了僵死的教條，也就自然不可能對文學創作有什麼實質性的引導作用。當然，這也是與體制的學科要求分不開的。要想使其轉變成能夠有自主悟性能力的、能夠發表自由思想和獨立精神的知識分子，其路漫漫修遠兮。

〔註4〕艾德華・薩義德：《知識分子論》，單德興譯，臺灣臺北市麥田出版社 1997 年版，第 48 頁、第 139～140 頁。

11、「民間派」批評的羸弱。

中國從來就難以產生相對獨立的批評家，因為社會文化環境沒有提供這樣的土壤。但是，新世紀以來，隨著網絡文化的不斷發達，這樣的獨立批評家開始活躍。我不知道他們的生命力會有多久，但是，這絕對是一件好事。然而，誰來扶持他們，卻是個問題，我們只能在道義上予以支持，而最後的生與死的命運，恐怕就要看時代和體制對他們的寬容度了。我以為，這個群體倒是蠻符合薩義德給出的獨立知識分子批評家的標準：「最後，要對知識分子介入的模式進一言。知識分子並不是登上高山或講壇，然後從高處慷慨陳詞。知識分子顯然是要在最能被聽到的地方發表自己的意見，而且要能影響正在進行的實際過程，比方說，和平與正義的理念。是的。知識分子的聲音是寂寞的，必須自由地結合一個運動的真實情況，民族的盼望，共同理想的追求才能得到回響。」〔註5〕我們熱望這樣的批評家流派能夠在這樣的文化語境下頑強地生存下去。他們才是中國批評的未來。

無疑，所有這些，都是作為一個知識分子角色的「學院派」、「作協派」以及「民間派」批評家應該反躬自省的價值立場問題。「知識分子的鴉片」應該戒掉啦！

第二節　文化產業與當代文學創作的關係

網絡文學發展至今已形成了一整套屬於自己的創作與市場運行模式。我們應以尊重、欣賞與理解的態度對待網絡文學，因為文學創作的每一次轉型都是與社會發展相適應的。但是，也應該注意到網絡文學的模式化寫作方式所帶來的消極結果：生產出越來越多的雷同之作，作品文學性大大降低，取而代之的是資本對於網絡文學的控制，網絡文學的商品性被不斷強化。面對如此喜憂參半的情況，對於網絡文學在文學性與商業性二者之間的艱難掙扎必須加以引導。

在法蘭克福學派理論裏，「文化工業」針對的是「大眾文化」，因此，文化工業也就往往是被納入批判的視閾中，它一度成為粗鄙、平庸及媚俗的代名詞。這種觀念在上一世紀 90 年代的中國盛行一時，不過這種局面很快就被

〔註5〕 艾德華・薩義德：《知識分子論》，單德興譯，臺灣臺北市麥田出版社 1997 年版，第 48 頁、第 139～140 頁。

趨利的消費文化大潮所淹沒，隨之而來的是大量為消費文化正名和合理性闡釋的漫漶與橫流。如何看待這樣一種文化現象，怎樣對其做出準確的理論概括，以及它與文學之間的微妙關係，這些都是新世紀以來，我們的文化與文學繞不過去的理論難題。用馬克思主義的唯物辯證法和文化批判的價值立場和眼光去重釋產業文化理論，以及分析其對當代文學的影響，便成為范欽林這些年來苦思冥想的論題，他多次和我提及這一論題的構想與核心觀點，如今成書《文學與文化產業關係研究──以當代文學創作轉型為視角》（人民出版社即將出版），足見他的思考結晶是卓有成效的。

范欽林認為英國伯明翰學派「反思了法蘭克福學派的大眾文化批判理論，並指出多年來我們的社會對於大眾文化的非難，伯明翰學派對大眾文化的這種態度比起法蘭克福學派要公允得多和民主得多。這也為我們討論我國國家文化產業化政策背景下當代文學創作轉型提供了很好的理論基石」。這無疑就是為我們如何看待文化產業這個在中國的新事物提供了自己的基本價值立場：全盤否定和全盤肯定對這個充滿著悖論和誘惑的文化現象都是於事無補的，只有深入到具體的事件中去，才能鑒別出它的優劣真偽來。因此，作為一個從事中國現當代文學研究的學者，范欽林選擇了這個尚無人觸及的敏感話題。

對上世紀 90 年代以來中國在文化產業方面的發展狀況及文學創作與文化產業關係的對比研究，其最終的指向是落實到國家文化產業化政策背景下當代文學創作的轉型問題。無疑，文學創作的轉型問題才是我們的終極拷問。

理論轉型研究當然是這本著作的基石所在。「由於歷史與理論傳統等原因，讓文學創作為實利服務、為文化產業而轉型，則首先需在理論上進行轉型研究，提出新的理論解釋。進行與時俱進的馬克思主義精神生產與物質生產及其關係理論的再建構，將文化產業作為精神生產的現代形態的重要方面，將大眾文化定位為新時代的重要文化形態，與主流政治文化和傳統的精英文化在國家文化與經濟建設中發揮著各自的結構性作用。」這些中介性的理論能否在藝術方面給予解釋？文學到底有沒有這種功能？它與文學的其他功能又具有怎樣的關係等等？這是都是需要范欽林著重要回答的問題。

其實，作為一個搞文學批評的人來說，我們更加關心的是文化產業下的文學創作發生了哪些微妙的變化，這種轉型會給文學創作帶來什麼樣的後果。

無疑，如果上一個世紀 90 年代我們忽視互聯網的寫作，將其視為不入流

的文學創作樣式的話，那麼，新世紀以來鋪天蓋地的網絡寫作便徹底摧毀了許多主流意識形態作家和精英作家一統天下的霸主地位，網絡寫手動輒千萬的年收入，讓前者不得不考慮自己的寫作利益。但是，從理論層面來剖析這些現象的本土理論尚不健全，在這一點上，范欽林的純理論的研究就顯得彌足珍貴了：「隨著互聯網的迅速普及和無線網絡不斷發展，文學生產活動發展到今天已發生巨大變化。總體而言，文學生產具有了更多也更為直接的交往對話性；創作主體『啓蒙』與『批判』的立場逐漸模糊，呈現出產業化寫作的模式；讀者作為消費者開始引導生產主體的創作走向並積極參與其創作過程。同時，在媒介融合的新時代，文學創作作為創意源也積極地推動了出版、影視、動漫、遊戲、旅遊等周邊產業的發展，為文化產業的繁榮提供了源源不斷的動力來源。」正視轉型期由於產業革命所帶來的種種陣痛，想辦法找到文學創作的突破口，使其適應時代，適應於新的創作機制，應該是一個作家和學人應有的擔當和責任。

所以，我注意到了范欽林把現行的文學創作分類為主流意識形態、精英意識形態和商業意識形態三個並存狀態的動機，他是在尋覓一種讓文學創作更大的發展空間：「彼此互動、制約、融合，構成了當下文學多元發展的基本格局。」尤其值得稱贊的是，這部著作並非停滯在理論闡釋的層面，作者發揮了其擅長的文本分析，用歸類的方法，有效地梳理了大量的作家作品，使其在文學史的表述中更加有邏輯性和條理性，其定位和定性也就更加準確。

然而，范欽林並沒有忽略當下文學仍然占著很大比例的意識形態元素的作用：「主流意識形態承擔著國家中心意識形態的功能。具體來說，主流意識形態文學是指作者依據國家、民族和群體的利益訴求創作出的富有理想色彩和集體主義精神的作品。它是國家意識形態在文學上的表現，有著絕對的話語權。」否認了這一基礎，就如盲人摸象，找不到文化產業下中國文學的命脈，從這一點來說，范欽林又是一個徹頭徹尾的現實主義和歷史主義的書寫者。

對精英寫作的分析也體現出作者客觀的歷史分析與批判精神：「精英知識分子在批判現實生活的基礎上以表現個人的精神獨異性為目的而創作的文學，它刻意追求思想上的異質性、藝術上的前衛性，是知識分子的一種藝術話語體系。精英意識形態文學最大的本體特徵是先鋒性，在內容上，關注人類和個體的生存困境，作品的內在力量主要是人道主義、個體價值和個性主

義；在藝術上表現爲對已有文體規範和表達形式的破壞和變異。」作者無非是要提醒當下的作家們：在嚴酷的現實面前，那些自詡精英文學永存的文學創作者，應該勇敢地正視與直面消費文化的語境，重新調整自己創作的策略，發揮自己的優勢，融入並改造產業文化，讓產業文化朝著正確的人文方向發展。

　　那麼，作爲個體性的創作，其個體化的特質是表現在何處呢：「在市場經濟之下文學的創作也如同普通的商品一樣，生產、流通和銷售各個環節都有資本參與，爲了滿足市場的需求，生產出符合大眾口味的文學消費品，整個文學的創作過程變得相對簡單機械，作者變成普通的工人，生產出的『產品』經過出版商的精心包裝，讀者則成爲市場調查預測後的終端消費者。」這也是在提醒作家如何面對現實，糾正以往觀念的偏狹，積極地去適應市場機制，自然而然地融入消費文化大潮之中。

　　於是我們看到范欽林對於網絡文學的分析就有了更令人信服的解釋，這種分析建立在大量文本的舉證之中，也就使得其立論更加堅實可靠：「網絡文學產業鏈逐步完善，與圖書出版業的聯繫更加緊密，與網絡遊戲、漫畫、影視劇的合作更加深入，全版權運營時代的到來使網絡文學的商品價值備受重視。網絡文學發展至今已形成了一整套屬於自己的創作與市場運行模式。我們應以尊重、欣賞與理解的態度對待網絡文學，因爲文學創作的每一次轉型都是與社會發展相適應的。但是，也應該注意到網絡文學的模式化寫作方式所帶來的消極結果：生產出越來越多的雷同之作，作品文學性大大降低，取而代之的是資本對於網絡文學的控制，網絡文學的商品性被不斷強化。面對如此喜憂參半的情況，對於網絡文學在文學性與商業性二者之間的艱難掙扎則必須加以引導，雖說生命之樹常綠，理論總是灰色的，但那種既不指向過去又不指向未來只追求當下觀感的作品終究會被淘汰，網絡文學也只有立足於文學性才能健康而持久地發展下去。」爲網絡文學正名之後，范欽林點出的是網絡文學的死穴，這就是消費文化的另一面，內容的淺化和形式的模式化，讓其成爲銷蝕文學性的「毒品」。

第三章　返鄉的難題：背景與語境

第一節　中國鄉土文學的過去、現在與未來

　　無疑，作為中國現代文學史上的兩大題材寫作，鄉土文學，亦為農耕文明社會形態下的「區域文學」歷經百年，發生了巨大的變化，但是它仍然是一個經久不衰的創作母題，因它的輝煌，才創造了五四新文學，才成就中國現代小說之父魯迅及其鄉土文學旗幟下的許多顯赫作家們。但是，鄉土文學自左翼文學興起之後，開始落入概念化、公式化的窠臼時，我們就不得不慨歎鄉土文學不但偏離了它原先的社會批判意識，同時也遠離了它藝術上的品質。當共和國文學第一次將鄉土文學變幻成「農村題材小說」時，鄉土文學則承擔起了不能承受的意識形態之重，雖然它也是共和國文學至今最為關注的文學創作題材，但是，我們檢視一下其走過的歷史理路，就不難發現：在「十七年文學」裏，為政治服務的「農村題材小說」完全解構了 20 年代那種鄉土精神——悲劇性的文化批判精神，一味地為政治服務，乃至于連其旗手式的代表作家趙樹理也不得不反思其存在的合理性，趙樹理所提出的「中間人物論」雖在文革中被批判，甚至成為其致死的直接導因，但是，我認為他以鮮血染紅的理論代表著他一生最輝煌的思想結晶。為什麼大家都不承認文革文學呢？其緣由就是它毫無文學性可言，其唯一選擇的題材就是「農村題材小說」創作，唯一走在「金光大道」上的就是浩然，我們無需臧否人物的品德，但是，就作品而言，卻是集階級鬥爭為綱之大成者，從另一個角度來看，鄉土文學雖然已經被異化了，但是，其根子尚未徹底斷裂，所以才有可

能在「二次啓蒙」的「傷痕文學」中，開始逐漸尋找到鄉土文學的文脈，成爲 80 年代文學最爲重要的文學創作主流題材。

　　隨著 90 年代文化的大轉型，中國的鄉土文學也開始發生了內涵與外延的巨大變化，它是以大量的農民工湧入城市開始了中國鄉土小說的大轉型，這些變化我在許多文章中都有過明確的闡釋——農民的遷徙、土地的大量流失，農耕文明和宗法文化的「差序格局」的解體，使得現代文明和後現代文明與農業文明的搏戰日趨激烈，在痛苦地告別了農耕文明時那些詩意的文學描寫對象已然在作家的視野中漸行漸遠，風景畫、風俗畫和風情畫被殘酷的水泥森林所覆蓋，人們在哀歎之餘，油然升起的是對生態文明理念的倡揚，然而，真正要回到苦難的農耕文明的生活狀態中去，恐怕誰也不心甘情願。因此回想起 1992 年的「中德鄉土文學研討會」上莫言和劉震雲所發出的對「故鄉」的仇恨言論（當時我還專門寫了文章闡釋這一悖論），現在看來，那完全是他們站在那些受盡了天災人禍苦難的農民立場上對這個不公平的世界發出的生存宣言，爲了吃上餃子的莫言用寫作來謀生的企圖就不足爲奇了。所有這些，歸結於一句話：從事中國鄉土文學創作的作家們應該如何從 19 世紀的批判現實主義文學中汲取價值理念的營養呢？！

　　新世紀以來，隨著「底層文學」的崛起，人們對變異了的鄉土文學——農民工題材更加關注，這是一個很好的開端，但是，我又在大量的作品閱讀中發現了這樣一個死穴：由於許多作家囿於文化視野的限制，雖然在作品的表層結構上呈現出了 19 世紀那種批判現實主義那種形式感，但是，在骨子裏卻缺少對大時代和大文化的深刻思考與反思。究其原因，我以爲，幾十年來，我們在「工農兵方向」的指引下，失去了對知識的廣泛吸收，尤其是對西方文化參照，儘管這 30 年來我們譯介了許許多多的外國理論著作，但是除了專業性的閱讀外，我們的作家和批評家又讀過多少書籍呢，即便讀，也是讀二手貨，其中略過了多少歷史的真相啊！更爲可笑的是，許多人獲得知識和教養的途徑是通過戲說者的創作，人們沉湎於虛構和虛幻的讀圖時代裏，解構的卻是精神世界的補給。我們的作家，尤其是從事鄉土文學創作的作家，不要認爲我寫鄉土就不需要有什麼高深的理論支撐，恰恰相反，如果沒有博大精深的文史哲知識作爲你寫作的基礎，如果你沒有確立一個人性和人道主義價值觀的座標，你就不要盲目地去動筆，因爲其生產出來的東西很快就會被歷史淘汰、刷新和屏蔽！

一、作爲世界性母題的「鄉土小說」

「鄉土文學」作爲農業社會的文化標記，或許可以追溯到初民文化時期，那麼，整個世界農業社會的古典文學都帶有「鄉土文化」的胎記，然而這卻是沒有任何參照系的凝固靜態的文學現象，只有社會向工業時代邁進時，整個世界和人類的思維發生了革命性變化後，在兩種文明的衝突中，「鄉土文學」才顯示出其意義，誠如西班牙的偉大作家塞萬提斯在 17 世紀初就寫就了《堂·詰珂德》，它在很大程度上展示了風土人情的描寫，但這種描寫尚未進入工業社會視閾的觀照，工業文明大都市尚未興起，人們的心態還在整個農業社會文化的籠罩之下，其鄉土作品只是靜態的「田園牧歌」，因此不論，我們知道，「鄉土小說」的重要特徵就在於「風俗畫描寫」和「地方色彩」。那麼，這種特徵大概最早始於西班牙 16 世紀和 17 世紀的文學作品，當然「風俗主義」（Costumbrismo）直到 19 世紀上半葉才成爲一股強大的文學力量彌漫於散文和小說創作中。無疑，「風俗主義」對歐洲和美洲的地方派作家都有很大影響。

作爲一種文學的種類和樣式，最早出現的「鄉土文學」（local colour）是在 19 世紀二三十年代，在南北戰爭以後，它以其獨特體裁成爲流行於美國的文學形式，它以地方特色、方言土語、社會風俗畫面取悅讀者，作爲「鄉土小說」先驅者的是 J·F 庫珀，他以自己的「邊疆小說」而飲譽文壇。W·歐文和擅寫西部文學的 B·哈特也是早期鄉土小說的中堅，而曾一度在加利福尼亞爲 B·哈特工作過的美國著名作家馬克·吐溫就採用了鄉土小說的方法來描述他家鄉密西西比河的生活。

19 世紀 70 年代，意大利興起的文學流派「眞實主義」則是以「鄉土小說」作爲實踐活動，以此證明其文學理論主張的，以維爾加在 1874 年發表的《奈達》爲開端，到後來的《田野生活》、《鄉村故事》、《馬拉沃利亞一家》、《堂·傑蘇阿多師傅》，維爾加以故鄉西西里島爲背景，眞實地描繪了下層人民的苦難生活，從而掀起了意大利十九世紀末「鄉土小說」蓬勃發展的高潮，當然，更有影響的作家應該是像英國著名作家哈代的「鄉土小說」創作了，如成爲世界名著的《德伯家的苔絲》和《還鄉》等作品，除了現實的批判深度外，主要是作家對於風俗和自然景物的驚人描繪。

20 世紀以來，世界性的「鄉土小說」的到來是有其必然性的，隨著工業革命的深入發展，以及現實主義文學的鞏固和現代主義文學的崛起。「鄉土小說」作爲一種「載體」大大促進了 20 世紀文學的發展，除了本世紀初挪威出

現了「鄉土文學」之外，現代風俗小說的勃起給人們留下了深刻的印象，它涉及到歐洲的（尤其是英法的）一些作家，他們無疑是為「鄉土小說」推波助瀾，在美洲，幾乎是和中國「鄉土小說」崛起的同時，二十年代以威廉·福克納為代表的「南方小說」在「鄉土小說」的「載體」上進行著現代小說表現形式與風俗畫面相融合的形式創造，「意識流」的血液第一次安詳地在「鄉土小說」的血脈中汨汨流動著，《喧嘩與騷動》以鄉土交響曲的形式奏響了具有「複調」意味的鄉土小說「變奏」序幕。像另一位「南方小說」作家弗蘭納里·奧康托則通過南方風俗人情的描寫來表現生活中的神秘。30 年代，美國曾興起一種人與自然角鬥的「土壤小說」，它們充滿了泥土氣息和地方色彩，其代表作有艾倫·格拉斯果的《荒涼的土地》和約翰·斯坦倍克的《憤怒的葡萄》，這也算是「鄉土小說」的一支吧。

當然，人們還不會忘記這樣一個事實，20 世紀不可忽略的是拉丁美洲的文學運動，從本世紀初開始的「土著主義文學運動」，在強烈地反映印第安人痛苦生活的同時，著重於本民族的民間風俗，宗教迷信，古老傳統和日常生活的描摹。作為拉丁美洲文學先導，無疑，這種「鄉土小說」的情緒一直影響到六七十年代的「拉美爆炸後文學」，使拉美文學發生世紀性影響的並不僅僅依賴於其內容和形式的創新，還牢牢地附著於「鄉土小說」這個具有地域美學效應的世界文化母題的審美因素。從「土著主義」的「鄉土小說」到「魔幻」、「心理」、「結構」現實主義小說中的「鄉土情緒」，可以說，拉美文學作家用「鄉土小說」這個「載體」完成了跨世紀的「現實」和「現代」相交融的表現手法，令全世界刮目相看。

在俄羅斯文學中，我們可以追溯到屠格涅夫、契珂夫、托爾斯泰等文學巨匠的許多作品中的「鄉土小說」印痕。即使是在蘇聯文學史中也不乏許多從事「鄉土小說」創作的作家。從高爾基的作品始，直到七八十年代，蘇聯產生了「返鄉題材文學」和「遷居題材文學」，這些小說均屬於世界性的「鄉土小說」，如拉斯普京的《告別馬焦拉》、戈盧布科夫的《小泉村》、博羅德金的《屋檐下的太陽》、彼得羅相的《孤寂的榛樹》、特卡琴科的《冬天的忙碌》、阿勃拉莫夫的《馬莫尼哈》等，甚至包括艾特瑪托夫的許多作品。這些小說均是在「兩種文明」的衝突中，站在城與鄉的交叉連結點上作出的新的價值選擇的「鄉土情緒」型小說，作為一個世界性的母題，它是人類面臨著的共通選擇。

　　那麼，更毋須描繪法國文學運用「鄉土小說」這一載體所創造出的世界小說名著的輝煌業績了，從巴爾扎克的「外省風俗描寫」到莫泊桑的那種冷峻的田園風光的描繪，甚至左拉的那種鄉鎮村民們的生活氛圍的風土人情的摹寫，都是充滿濃鬱的鄉土色彩的風俗畫。「新小說」後的諸多作品，都浸潤著濃鬱的鄉村「地方色彩」和「風俗畫面」。

　　在這裡要特別提到的是美國的小說作家赫姆林‧加蘭對鄉土小說的偉大理論建樹，他早在 1894 年寫就的理論著作《破碎的偶像》中就強調了「地方色彩」對文學的至關重要，他認為：「顯然，藝術的地方色彩是文學的生命力的源泉，是文學一向獨具的特點。地方色彩又以比作一個人無窮地、不斷地湧現出來的魅力。我們首先對差別發生興趣，雷同從來不能吸引我們，不能像差別那樣有刺激性，那樣令人鼓舞，如果文學只是或主要是雷同，文學就要毀滅了。」〔註 1〕當然，加蘭對文學地方色彩的深刻見地並不局限對美國文學的掃描，他從歷史和現實、理論和實踐的「宏觀」把握中，看出了地方色彩於各國藝術的必然聯繫：「今天在每一種重大的、正在發展著的文學中，地方色彩都是很濃鬱的。因此當代小說在俄國文學和挪威文學中達到前所未有的水平，而英國文學和法國文學在真實和真誠方面不如前者，正是因為缺乏這種地方色彩。」他甚至過激地提出了這樣的結論：「應當為地方色彩而地方色彩，地方色彩一定要出現在作品中，而且必然出現，因為作家通常是不自覺地把它捎帶出來的；他只知道一點：這種色彩對他是非常重要的和有趣的。」所以，他認為只有土生土長的人才能寫出本國的地方色彩來，「對於美國作家來說，寫作關於俄國、西班牙或聖地的小說是奇怪的、不自然的。他寫這些國家不能像土生土長的人寫得那麼好。」因而加蘭是很強調生長環境給作家的深刻而不可替代的藝術影響因素的。

　　當然，最為精彩的是加蘭在《鄉土小說》一節的論述中，對美國文學的前景描述是何等的精確，他的預言被福克納、海明威以及「南方文學」的鄉土小說創作所印證，他當時就看到了「黑人已經進入了南方文學」，而且給南方文學所帶來的「特有的、憂鬱的、神秘的和明朗的激昂情緒」，以及濃鬱的地方色彩。同時，他也看到了「北方小說還將在一個時期內具有地方色彩。它將描繪我們遼闊而廣大的共和國裏每一個地區的風俗和語言。它將抓住這

─────────────

〔註 1〕　赫姆林‧加蘭：《破碎的偶像》，引自《美國作家論文學》，三聯書店 1984 年 6
　　　　月第 1 版，第 85 頁。

些不斷變化著的、被同化著的各個種族的生活，並描繪在炭筆素描之中，描寫他們怎樣適應新的條件，傳達出這些過程的激情、幽默和無數的緊張情節。」最令人信服的並不止於加蘭對於美國文學發展的經驗總結，更重要是他看到了文學發展前景中的城鄉對立必然導致的兩種文學（鄉土文學和城市文學）的衝突：「日益尖銳起來的城市生活和鄉村生活的對比，不久就要在鄉土（地域）小說反映出來了——這部小說將在地方色彩的基礎上，反映出那些悲劇和喜劇，我們的整個國家是它的背景，在國內這些不健全的、但是引起文學極大興趣的城市，如雨後春筍般地成長起來。」或許正是加蘭看出了在世紀的轉折點上，所必然會引起的各種不同文明的對立和衝突，這種衝突應該是整個國家和民族的，但它必須用「鄉土小說」和「地方色彩」作為藝術的象徵和載體來完成 20 世紀人的情感（包括審美、道德、倫理……等在內的大文化情感）轉換。

作為一個世界性的文學藝術母題，「鄉土小說」在中國現代文學中的情形是怎樣的呢？

五四新文學運動作為中國進入 20 世紀文學的標識，它是中國文學在遭受近代西方文明多次磨難後，反思封建文化封建保守性後所作出的選擇。於是，在歷史的轉折點上，那個被固態化了的農業社會縮影——鄉土社區的生存狀態，皆成為當時思想家、藝術家們注意的焦點。因此，一切具有人文主義啓蒙思想的價值判斷在鄉土文學領域內得以最形象的體現，應該說，是五四新文學運動反封建的意識首先找到了「鄉土小說」這一「載體」，作為中國新文學運動的先驅者之一，魯迅從中國第一篇白話小說起就對「鄉土小說」進行了不懈的探討。同時，周氏兄弟亦鮮明地主張文學的個性在於地方色彩。也是在魯迅的影響下，二十年代的中國幾乎和世界性的「鄉土小說」創作熱同步，形成了具有濃鬱民族特色的「鄉土小說流派」，這不僅在中國現代文學史上佔有重要地位，同時在世界性的「鄉土小說」創作中也有著與福克納式的「現代」小說有著對應關係。無疑，從魯迅開始的「鄉土小說」創作無論作為一種主潮或是暗流，它一直成為 20 世紀中國小說的主幹。二十年代的廢名和三十年代的沈從文的「田園詩風」的鄉土小說也獨樹一幟，它深刻地影響著許多後來的「鄉土小說」作家。四十年代出現的趙樹理當然為後來的「鄉土小說」提供了另一種模式，雖然它遏制了「鄉土小說」的發展，乃至文化大革命期間把「鄉土小說」作為政治傳聲筒，使其墮落得慘不忍睹，但它為

什麼在「文化沙漠」時期還能成為一種「載體」存活下去呢？《豔陽天》、《金光大道》、雖為「傳聲筒」，但仍有「風俗畫」和「地方色彩」的吸引力，這無疑也是「鄉土小說」值得研究的課題。

當中國文學進入 20 世紀 80 年代的文體革命時代時，「鄉土小說」簡直成為風靡一時的實驗「載體」，從「傷痕文學」、「反思文學」到「改革文學」；從「尋根文學」到「新潮小說」，再到「新寫實小說」，可以說，絕大多數引起強烈反響的作品均來自新時期的「鄉土小說」。作為一個民族文化心理結構基本處於農業化的國度，「鄉土社區」結構的變化成為作家普遍關注的對象。

作為一種世界性的文學現象，「鄉土小說」的創作不再是指那種 18 世紀前描寫恬靜鄉村生活的「田園牧歌」式的小說作品。它是在工業革命衝擊下，在「兩種文明」的激烈衝突中所表現出的人類生存的共同意識，這在 20 世紀表現得尤為明顯。任何一個民族和階級的作家都希望站在自己的視域內，用「鄉土小說」這個「載體」來表達自己的世界觀和文學觀，因此，這就帶來了對「鄉土小說」的不同解釋和規範。

正如前文所論，因為「鄉土小說」是一個「載體」，因此，無論是採用哪種創作方法的作家，都可能寫出優秀的鄉土小說來。那種誤以為「鄉上小說」就是現實主義創作方法的專利權者，確是一種誤解，它是無法解釋文學史上的許多鄉土小說現象的。早期現實主義追求「地方色彩」和「風俗畫面」則是刻意在追求一種精確的描寫方法。正如最早提出現實主義這一概念的 G・普朗什所言：現實主義關心的是「城堡的門牆上嵌有一個什麼樣的有花紋的盾，旗幟上繡的是什麼樣的圖案，害相思病的騎士是一種什麼樣的臉色。」〔註2〕因此，早期現實主義非常注重分析研究當時的地方生活風習，而且是冷靜客觀、中性地去再現自然。後來在巴爾扎克的作品中亦表現出對外省風俗人情的大量描繪，這不能不說是現實主義小說的傳統風格的要義，那麼和現實主義相近的自然主義和意大利的「真實主義」（在英語中「真實」和「現實」是同一個詞：reality）都同時強調自己創作中的風俗描寫和地方色彩。當然這兩種主義在理論上是有很大一致性的，因為真實主義理論的起源就是左拉的自然主義，從中亦可窺見自然主義和現實主義之間的中介性溝通。左拉只是在自己的小說中注重了地方風俗的描寫，然而，「真實主義」的倡導者們卻是直接打出了「鄉土文學」的旗號，在他們看來，「鄉土小說」藝術上除了描寫充

〔註2〕 R・韋勒克：《批評的諸種概念》，四川文藝出版社 1987 年版，第 218 頁。

滿生活氣息的風土人情外，還應吸收西西里民間的詞彙和諺語，以此來豐富「鄉土小說」的表現力。

其實，浪漫主義是非常講究文學「地方色彩」的，尤其是十九世紀的浪漫主義更注重的是「田園牧歌」式的風景描繪，以此來尋覓被資本主義工業所吞噬的理想樂園，勃蘭兌斯給浪漫主義的特徵下過一個很精彩的論斷：「最初，浪漫主義本質上只不過是文學中地方色彩的勇猛的辯護士」。「他們所謂的『地方色彩』就是他鄉異國、遠古時代、生疏風土的一切特徵」。〔註3〕雖然它和現實主義客觀再現生活原貌有所不同，它是帶著強烈的主觀抒情性來描寫風景如畫的田園生活，以此來抵禦資本主義「物」的侵襲。然而其採取的描寫對象和現實主義相一致的，儘管各種主義的審美價值判斷各異。同樣是對資本主義金錢關係的抨擊，巴爾扎克對於風俗人情的描寫隱隱滲透著深刻的批判力量；而喬治‧桑從 1846 年以後創作的「田園小說」則以抒情的筆調描繪了大自然的綺麗風光，渲染了農村靜謐的生活氛圍，具有濃鬱恬淡的浪漫主義色彩。前者是現實主義大師，後者是浪漫主義代表作家，但是他們在對鄉土小說的描寫中一致把焦點放在「地方色彩」和「風俗畫面」的刻意追求上，這就證明「鄉土小說」最起碼的特徵就是要具備這兩點。美國南北戰爭以後所興起的「鄉土文學」（local colour）較準確的概念為：「它著重描繪某一地區的特色，介紹其方言土語，社會風尚；民間傳說，以及該地區的獨特景色。」〔註4〕對於構成「鄉土小說」的這兩大要素，「地方色彩」似乎無須解釋，但是其中需要廓清的是一種種屬概念的混亂。有的人以為只要寫本民族的生活，對於世界來說，它就是「本土文學」，就自然而然具有「地方特色」。然而將這樣的作品放在本國的文學作品中，它的「地方色彩」就完全消彌了，看不出其「異域情調」來。倘使不突出某一地區的風俗、風物、風情生活，在一個有別於其他地域的狹小地區進行視界固定描寫的話，就不可能使作品具有「地方特色」。正如英國作家戴維‧赫伯特‧勞倫斯所闡釋的那樣：「每一大海都有它自己偉大的鄉上精神。每個民族都被凝聚在叫做故鄉、故土的某個特定地區。地球上不同的地方都洋溢著不同的生氣、有著不同的震波、不同的化合蒸發、不同星辰的不同引力——隨你怎樣叫它都

〔註3〕 勃蘭兌斯：《十九世紀文學主流》，人民文學出版社 1982 年 11 月版，第 19 頁。
〔註4〕 《簡明不列顛百科全書》「鄉土文學」條。

行。然而鄉土精神是個偉大的現實。尼羅河流域不但出五穀，還出各種瑰異的埃及宗教。中國出中國人，還要繼續出。舊金山的華人遲早會不成其爲華人，因爲美國是個大熔爐。」〔註5〕「地方包彩」就是「某個特定地區」對於人物的影響，爲什麼「鄉土文學」派要注重地方土語方言和服飾等的描寫呢？這是因爲它打上了這一地區特定的文化標記。就像四川人改不了吃辣，山西人改不了吃醋一樣的自然。那麼，作爲鄉土小說作家，並不要求你表現民族的「共性」，而是要求你表現某一地域的民族「個性」來，這與本國本民族的其他生存群體相異，當然也就更與別國別民族的其他生存群體更加相異了。鄉土小說作家應是面對「兩個世界」：第一是異於他國他土的世界；另一個就是異於他地他族（特指一個生存的「群落」）的世界。忽視了後者，將不能稱某爲「鄉土小說」。正如賽珍珠獲得諾貝爾文學獎的描寫中國農村的小說《大地》一樣，它在外國人眼裏似乎是部描寫中國的「鄉土小說」，然而在中國人眼裏卻沒有多少鄉土味，其原因是作者只瞭解中國農民普遍性的生存境況，而不懂得某一地區的風土人情、生活習俗、鄉土文化心理和宗教文化等。因此，「地方色彩」難以體現出來。那麼，作爲「風俗畫」（genre painting）原是指繪畫的一種題材，從廣義上來說，它泛指日常生活場面，從狹義上來說，風俗畫把各種主觀屬性的（如戲劇性、歷史性、禮儀性、諷刺性、說教性、浪漫性、宗教性等）成份壓縮到最低限度，而把注意力集中在對人物典型、服飾和環境的準確觀察以及色彩、形式和結構的美與分寸上。那麼無論從廣義和狹義上來說，「鄉土小說」取之「風俗畫」描寫，一是要突出其「地方色彩」；二是要突出其美學的特徵。無論感情的投射或多或少、無論是浪漫主義的主觀，還是現實主義的客觀，這種「美」的特徵應是「鄉土小說」共有的。

　　所以說，整個19世紀到20世紀初，「鄉土小說」作爲一個世界性的文學母題，已經用「地方色彩」和「風俗畫面」奠定了各國「鄉土小說」創作的基本風格以及它的最基本的要求。這種基本的風格和要求，雖沒有成爲世界性的理論經典，但成爲各國「鄉土小說」共同的自覺或不自覺的約定俗成，它又不能不影響著中國20世紀自五四新文學運動以來的「鄉土小說」之理論與創作實踐。

〔註5〕　戴維‧洛奇編：《二十世紀文學評論》，上海譯文出版社1987年2月第1版。

二、中國鄉土小說新解

一

　　鄉土小說並不獨獨存在於五四新文學運動以後的中國，作爲一個世界性的文化母題，它已經成爲人類一種共同的精神。正如英國偉大作家戴維‧赫伯特‧勞倫斯所闡釋的那樣：「每一大洲都有它自己偉大的鄉土精神。」〔註6〕勞倫斯與魯迅、茅盾一樣，首先強調的是生存環境和地方色彩。地域環境和民族群體制約著鄉土小說的特有風格。我以爲這應成爲鄉土小說必需的前提。那種「異域情調」正是每一個民族、乃至每一個特定地域人民所特有的「紋印」，這種差異體現在自然和人兩個方面：每一地域的自然景觀當然都有其不同的狀態和特色，這自然景觀的描繪往往成爲一種地域民族性格的對應、喻指和象徵。美國西部的崇山峻嶺、莊園和小屋，中國黃土高原的風沙、吳越的秀麗山川、齊魯大地如血的紅高粱……都成爲鄉土作家視野中永遠抹不掉的一種情緒對應。作爲地域性的人，他們既有與國家民族的道德倫理規範相一致的生存觀念，然而，作家更多地是把眼光落在本地域特有的、超越道德和法律準繩的生存方式的描寫上。因而，這一地域的風土人情往往是建築在地域人對於生活的特殊理解上，那種生存的觀念完全是由歷史和本地域流傳下來的遺傳基因而決定，它甚至是超越時空限制的。馬爾克斯的《百年孤獨》使其他民族讀者感到奇異的生存觀念，但它描述了整整幾代拉美人的「內心眞實」。魯迅筆下的阿 Q 雖然帶著未莊人奇異的生存觀念，但它概括了幾千年來一直延續在中國人心理的精神勝利情緒。但是，必須注意的是，地域人的描寫首先須得注重與其他地域相異的人的生存觀念的刻畫，只有完成這樣一個前提，才能讓讀者在新的審美感受和感悟中提煉出帶有普遍特徵的民族「集體無意識」來，否則反而不能或不能深入達到對這一母題的闡釋。這似乎是一個「怪圈」，它成爲鄉土小說作家藝術成就和思想深度的一種隱形尺度。

　　魯迅曾對「鄉土文學」作過定義，顯然，那只是從一個角度來概括一批鄉土小說的流派作家的。他認爲凡寓居他鄉來回憶故鄉，敍寫鄉愁者，無論是用主觀或是客觀的方法，均可稱之爲「鄉土文學」。這個定義相當寬泛，同時亦顯得相當狹隘。它使得許多文學史家們往往在遴選「鄉土小說」作品時，

〔註6〕 《鄉土精神》，《二十世紀文學評論》上冊第 230 頁，上海譯文出版社 1987 年 2 月版。

經常把一些不屬於「鄉土文學」的小說亦納入其中，甚而把許多應該納入其中的作家和作品拒之門外。說到「鄉土文學」，人們首先想到的是 20 年代至 30 年代形成流派的一些鄉土小說作家作品。大家不對這個流派中具體的作品一一作鑑別，而一古腦兒地把這一流派作家中本時期的所有小說都視為鄉土文學作品，這就消弭了鄉土小說的本質特徵，例如像王魯彥的《李媽》等作品，只是描寫農村經濟破產後鄉下女人來到大都市上海後的生活情景，是寫一個女人在生存意識驅逼下由鄉下人的善良到城裏人的狡猾的心理轉變過程。這種完全離開了鄉離開了土的生活題材雖出自一個鄉土小說作家之手，卻不能歸入「鄉土小說」之列。同樣，王統照、許地山，許欽文、臺靜農等鄉土小說作家的許多優秀篇什也不能歸入鄉土小說，離開了鄉村題材，也就是離開了這個特定的地域，儘管充滿著鄉情，鄉愁，但它們不能算是鄉土小說。在論述鄉土文學時，人們似乎把一種寬泛的「鄉土精神」作為衡量作品的尺度，倘使以此為標準，一切作品（包括都市題材作品）只要作者的主體視閾中暗含著鄉土精神的觀照，均可成為鄉土小說作品。殊不知，這樣恰恰消解了鄉土小說。同樣，我們既然承認魯迅本身就是鄉土小說的最偉大實踐者，他的《阿 Q 正傳》,《藥》、《故鄉》、《社戲》、《祝福》、《孔乙己》等不朽之作正是鄉土小說的開山之作，那麼許多在「鄉土小說」流派之外的鄉土小說家，如茅盾、葉紹鈞、葉紫、柔石、廢名、沈從文、丁玲、艾蕪、沙汀……等許多優秀作家的優秀鄉土小說則是萬萬不可排斥在「鄉土文學」之外的。因此，我以為凡是不離開鄉土題材的作品，也就是只描寫農村社會的作品，才能稱得上「鄉土文學」，「離鄉背井」之作萬不可納入其中。我們大陸的「鄉土文學」概念是不能與臺灣的「鄉土文學」概念劃等號的。大陸偏重於「寫實」，臺灣偏重於「寫意」（也即前面所提及的只要有「鄉土精神」則已）。我在這裡還要強調的是，凡寫「鄉土小說」之作家，必然是經歷過鄉村生活的人，無論他的描寫是「童年視角」，還是「成年視角」，抑或「女性視角」，都必須具備農村生活的經驗。五四時期，一大批從農村步入大都市的小資產階級知識分子，在中西文化的衝擊下，返觀中國的農村社會、回憶鄉村社區的童年所見，描寫出一大批具有濃鬱鄉土風格的小說佳品；四五十年代，一大批執著於農村題材的作家趙樹理、柳青紮根於生活的最底層，同樣推動了鄉土小說的發展；而六七十年代，由於時代的驅使，一大批中國知識分子深入到窮鄉僻壤去「改造思想」，20 年後反而玉成了一大批優秀鄉土作品；八九十

年代，隨著改革開放，文化觀念的飛躍發展，在急劇變化的農村社區文明進展中，站立起了新一代鄉土小說作家。無疑，他們的生活經驗為鄉土小說的不斷發展提供了最豐富的素材。

在這裡須得強調的一點是：鄉土小說除了排斥「都市風景線」以外，對於那些城鄉交叉地帶的村鎮、鄉鎮的描寫是不能加以排斥的。例如魯迅先生筆下的魯鎮、沈從文筆下邊遠的縣城、張煒筆下的城鎮。當然更包括路遙《人生》中鄉村和縣城的交叉描寫。有許多有造詣的鄉土小說作家正是把聚焦對準了這個中國社會的集合部，更深刻地反映出每一時代搏動的本質特徵。

二

如果從自然和人這兩方面來閾限鄉土小說的地域性概念是不夠的，鄉土小說還須形成自身特有的「異域情調」，魯迅和茅盾在論述鄉土文學時主要是強調了這一因素，其實，這「異域情調」就是風土人情描寫的代名詞。每一部鄉土小說所體現的地域性，其很大程度取決於小說對風俗、民俗民情的描摹。美國南北戰爭以後出現的鄉土小說在很大篇幅上是描繪這一地域的社會風俗、方言土語、民間傳說和山川景物的，庫珀的邊疆小說和歐文・哈特等人的西部小說都散發著濃鬱的風土氣息，就連馬克・吐溫所寫的鄉土小說也洋溢著密西西比河的風俗情趣。中國的鄉土小說在開山大師魯迅筆下就洋溢著濃烈的風俗民情的地方色彩，茅盾的「農村三部曲」亦為此作了表率。這種描寫到沈從文的筆下則達到了一種極致，這種邊地生活的風俗畫描寫成為一種穩態的隱形的審美觀念，它影響了湖南一帶的幾代作家，新時期（80年代中期）「湘軍」的突起，其重要的原因就在於這種描寫邊遠山區風俗畫的美學風範震攝了新一代的讀者，也喚醒了老一代讀者心靈深處久違了的審美情感。40年代以後形成的所謂「山藥蛋派」和「荷花澱派」之所以被視為流派，在很大程度上是地域性的風俗描寫扶持了他們的作品。我以為，其流派特徵的重要判別的標準就在於小說中有否地域性的風俗人情描繪。50年代至70年代鄉土小說的失誤，除了其小說觀念和思想觀念受時代限制以外，在根本上是忽視了對於風俗人情的描寫。鄉土小說失卻了藝術的張力，在很大程度上就不能滿足讀者這方面的審美需求。這種鄉土小說本質特徵的迷失，造成了鄉土小說30年的風格「大一統」的局面，當然這一時期也不乏個別篇什對風俗人情描寫的注重，但在整個文化審美情趣的制約下，這種風俗描寫是受到壓抑的。新時期之初，汪曾祺的《受戒》和《大淖紀事》引起轟動後，一股

不可遏制的審美風範把新時期的風俗畫小說推向高潮。

　　其實，茅盾在 1928 年所寫的《小說研究 ABC》中就倡導作家考察「那地方的生活狀況、人情、風俗」。但是這決非意味著鄉土小說只須具備對風土人情的描繪就可以達到藝術的極致。倘使作者沒有深邃的思想洞察力，從中發現具有形而上意味的哲理，光就風俗而風俗，那必然會使鄉土小說落入非藝術的「風物志」、「風俗志」、「民俗志」的科學論文考察的理性敘述。茅盾對於鄉土小說的定義主要是在「色」與「味」的相輔相成的關係闡述上。仍是在《小說研究 ABC》一文中，他說：「我們決不可誤會『地方色彩』即是某地的風景之謂。風景只可算是造成地方色彩的表面而不重要的一部分。地方色彩是一地方的自然背景與社會背景之『錯綜相』，不但有特殊的色，並且有特殊的味。」在這裡，茅盾沒有把風土人情之描寫單獨提出來，而是將它納入了「自然背景」的範疇之內，那麼在他撰寫《關於鄉土文學》一文時，才把風土人情的描寫提到所謂「自然背景」之上來闡述，這就突出了鄉土小說內部的美學特徵。他說：「關於『鄉土文學』，我以為單有了特殊的風土人情的描寫，只不過像看一幅異域的圖畫，雖能引起我們的驚異，然而給我們的，只是好奇心的饜足。因此在特殊的風土人情之外，應當還有普遍性的與我們共同的對於運命的掙扎。一個只具有遊歷家的眼光的作者，往往只能給我們以前者；必須是一個具有一定的世界觀與人生觀的作者方能把後者作為主要的一點而給與了我們。」毋庸置疑，茅盾是在強調鄉土小說的外部社會人生的認識特徵，站在「為人生」的立場上，把鄉土小說的思想內涵放在更重要的地位，顯然是時代和社會的需要，也是中國小說發展史的必然。然而，對這「色」和「味」（如果把風俗描寫比作「色」，把對人生的認識比作「味」的話）的關係究竟怎麼擺？應該首先成為鄉土小說必須確立的宗旨，從整個鄉土小說發展的歷史來看，忽視了哪一面都會導致鄉土小說本體的失落。因此，這相依相成的藝術和思想特徵只能是鄉土小說膠著狀態的外化，而不是按比例需要的分割。

　　五四新文化運動以其強烈的人道主義啟蒙意識喚醒一代智識者。作為文化巨人的魯迅、茅盾等知識分子在熟諳了中國封建歷史後，接受了西方各種文化思潮的衝擊，在巨大的文化反差和文明反差中，他們的哲學文化意識愈來愈明晰，他們感悟到救國必須先救心的哲理。因而從魯迅開始，就首先將改造國民文化心態、剔除民族文化心理的劣根性作為文學的第一要義。可以

毫不含糊地說，魯迅筆下的鄉土小說所表現出的形而上的抽象哲理性是最爲深邃精闢的，這些小說的震撼力就在於作者能在十分冷峻的描述中將一顆顆愚鈍麻木的心靈解剖開來，站在哲學文化意識的高度去鳥瞰中國的芸芸眾生相。這種高屋建瓴的哲學文化意念成爲魯迅小說穩固的支撐物。從鄉土小說發展的歷史來看，能夠與魯迅先生比肩的作家尚不多。茅盾寫農村題材的作品不多，成就最高的就是《春蠶》、《秋收》，《殘冬》，然而這「農村三部曲」與魯迅的鄉土小說相比，其中最缺少的就是魯迅那種更爲深沉更爲尖銳犀利的對於民族文化心理的批判鋒芒；沈從文在藝術上是個大家，他筆下的瀟湘之女委婉可人，小說的美學價值甚高，但他的鄉土小說飄逸有餘而顯得底蘊不足，其重要原因就在於作家對風俗和人物的整體把握缺乏深邃的哲學文化意識的觀照。我以爲鄉土小說流派的許多很有前途的作家的作品數量遠在魯迅之上，然而他們爲什麼不能成爲小說的大家和思想的巨人呢？其中最根本的原因就是他們不能把更深邃的哲學文化意念灌注於自己的藝術形象之中，把形而上的哲理隱匿於形而下的形象之中。

三

有人以爲鄉土小說在藝術形式上基本上是一成不變的，它一直是循著客觀的、寫實的現實主義創作方法遞進的。誠然，我們不否認鄉土小說的絕大多數作品是沿襲了這種創作模態的，尤其是從 40 年代到 70 年代，這種傾向幾乎成爲唯一的形式途徑。然而，從五四時期和新時期來看，由於文學觀念開放的多元格局的觸發，鄉土小說的創作以其絢爛多姿的形式創造了「有意味」的外部構架。其實，從內容即形式、形式即內容的互爲因果關係來看，由於作家注重了外部形式構架的營造，反而促進了小說的內涵的廓大和精深。作爲鄉土小說的大家，魯迅用似乎異常凝重的筆調抒寫了《阿 Q 正傳》這部傳世之作。作爲一部鄉土小說的典範，《阿 Q 正傳》正是採用了似現實而超現實的「曲筆」來對整個民族文化心態，乃至人類文化心態作抽象釐定。這部小說所採取的強烈反諷「話語」，從根本上超越了那種客觀平實的形式外殼，說實話，如果不能透過小說貌似客觀的平實描寫的表層而進入小說「反諷」的情境，從而挖掘出小說更深意識層次的悲劇觀念，我們就沒有資格來讀這篇博大精深的歷史「巨書」。當然，閱讀這樣的精品是不能像閱讀《社戲》這樣形如散文的純情之作的，不理解思想家魯迅「曲筆」之用意，怎麼能剝開形式的外殼，認識一個眞正的魯迅呢？茅盾的鄉土題材小說基本上是客觀

寫實的，但他的短篇《泥濘》則是用現代小說手法來結構的，革命給黃老七帶來的憧憬一直縈繞在他的眼前，那個標緻的裸臂女人成爲農民革命的唯一動機，這個幻影的誘惑深刻地揭示了阿Q式革命已成爲革命本身，不能爲農民所眞正理解的悲劇性實質。作者採用了「意識流」的手法分割時空，給小說蒙上了撲朔迷離的神秘色彩，這部小說雖不能說是鄉土小說的佳品，但作者的小說形式感特強，給人以閱讀的新鮮快感。即便是鄉土小說流派的許多作家，也是在兩種形式技巧的描述上作雙向選擇的。像王統照這樣的鄉土小說著名作家也是非常注重形式探索的，他的鄉土小說基本上是以「爲人生」的「現實主義精神」爲支柱的，但他所採用的形式是多元的、「有意味」的，他的形式探求是象徵→寫實→象徵與寫實交融的過程。王魯彥的早期作品亦帶有濃鬱的象徵意味，廢名和沈從文的作品則含有抒情的浪漫色彩。這些作品的存在，說明了五四時期鄉土小說作家們對於外在形式的重視。從魯迅開始，鄉土小說作家就試圖糅合多種的形式，最終化爲一種爲我所用的技巧，這不能不說是鄉土小說能夠在這一時期取得輝煌實績的重要因素。

　　魯迅從來都不排斥對於現代小說形式和內容的借鑒，並且是一個把現實主義和現代主義小說形式技巧加以融合，在創作實踐中加以自覺運用的典範。不僅《狂人日記》，《藥》這樣的名篇如此，就是像《阿Q正傳》、《長明燈》、《祝福》這樣的作品也不排斥對外來營養的吸收。對於小說創作來說，創作方法無論採用哪種都是無可非議的，然而，怎麼樣才能更好地表現人物和作品的內涵，形式的「有意味」否，則是很重要的。魯迅一直在尋覓一種契合點，試圖雜糅多種的形式技巧，當然不排斥對某種形式的哲學觀念的借鑒。而這種「調合」式的諸種方法的交融，表現出魯迅這樣的大家風範，藝術是應有開放胸懷的，倘使只用「單聲道」的表現形式，顯然是把自己封閉起來。問題就在於幾十年來我們不能充分理解魯迅尋覓這種契合點的良苦用心，而把鄉土小說的創作愈來愈引向一個狹隘的形式胡同。

　　新時期的鄉土小說創作同樣經歷了形式探索的曲折過程。當西方現代派文學的爆炸煙塵重新彌漫在80年代中國文壇時，許多鄉土小說家，尤其是年輕一代的「知青作家群」，在打開了現實主義形式的「鐵屋子」以後，眼花繚亂的「有意味的形式」使他們目迷五色。一批青年作家在大量模仿西方現代小說，乃至「新小說」的過程中，把形式作爲小說的目的和歸屬，我們不能不說這種「糾枉過正」在某種意義上來說是小說自身的一種進步。但是，小

說畢竟不是純形式的遊戲。「新潮」和「先鋒」小說雖然把形式的探討放在了至高無上的地位，促進了小說多元的發展，但是把形式和內容分離開來，讓形式逃出內容的包圍，這同樣是對小說的一種反動。然而，可喜的是，新時期小說的輝煌業績在很大程度上是由鄉土小說加以體現的，而鄉土小說作家們在經過反反覆覆的困惑後，最終還是像魯迅先生那樣在形式上尋找到了一個最適合於表現內容的把現實主義和現代主義小說相交融的契合點。客觀地說，我們的鄉土小說作家在現代派文學的熱潮中，始終沒有放棄這種尋覓。首先，在「尋根文學」的鄉土情結追尋中，一批知青鄉土小說作家們為什麼沒有去尋找福克納、詹姆斯和羅伯—格里耶這樣的現代派，而選擇了像馬爾克斯和略薩這樣的拉美「魔幻現實主義」和「結構現實主義」作家的範本？我以為除了那種飽受奴役的土地上的民族精神與我們民族有相通之處外，更重要的是這種兩種方法的契合正是鄉土小說作家追尋魯迅蹤跡的再次體現。韓少功的《爸爸爸》不僅是魯迅國民劣根性批判的內容延續，同樣，它在這個契合點上比魯迅小說走得更遠，這也許是它引起轟動的一個重要因素。莫言的《紅高粱家族》系列除了那另一種活法的民族精神在蠱惑讀者外，就是他在現實主義和現代派之間尋覓到的交叉表現方式。這種尋覓相交契合幾乎成為一股不可遏制的潮流，把鄉土小說推向一個更為開闊的境地。80 年代後期所形成的「新寫實主義」小說熱潮，充分展示了鄉土小說在形式領域內的有益探索。有人把「新寫實小說」說成是現實主義的「回歸」，這是一種誤會，因為「新寫實小說」正是在「新潮小說」疲軟以後所呈現出的一種創作心態，它與魯迅乃至「尋根文學」作家們在形式領域內尋覓兩種方法契合點的小說意識是一致的，有著本質方面的延續性。這種對形式的包容性就決定了「新寫實」的鄉土小說通過形式的意味所達到的內容深度。小說似乎不囿於民族文化心態的思考，而是由多重視角切入來解剖中國人的生存狀態，由族本質上升到類本質，以強烈的人文精神去燭照人類生命意識的各個階段和過程。以劉恒的鄉土小說《狗日的糧食》、《伏羲伏羲》，趙本夫的《涸轍》、《走出藍水河》等為例，作家在對現實人生作哲學思考的同時，已經感受到舊有的現實主義形式外殼已容納不下、表達不清所要闡釋的思想內容，形式的容器必須擴大，因而這些鄉土小說充分顯示出形式的變異性，它們在保持線型的故事結構框架的同時，更多地是對各式各樣的現代小說技巧的借鑒。因此，你在閱讀這些作品中尋覓不到某一流派小說固定形式的程序，但你又處處感受

到各種形式的幻影包圍著小說。新與舊的形式在這裡失去了臨界點，於是，鄉土小說終於從「單聲道」的敘述形式中解放出來，進入了「多聲部」的時代。這不能不說是小說的進步。

從五四到新時期的 70 年中，鄉土小說在形式上的探索雖有一段失落期，但是可以明顯地看出，鄉土小說一旦放棄了形式的探求，也就是等於放棄了更深思想內容的追求，亦就失卻了藝術審美的效應。從五四和新時期鄉土小說創作的兩個高峰期的輝煌實績來看，不正是說明了這一規律的可循性嗎？

第二節　中國鄉土小說文學生存的特殊背景與價值的失範

在前現代、現代、後現代呈現在同一時空中的時候，中國的鄉土小說的外延和內涵都發生了巨大的變化，如何對它的概念與邊界進行重新釐定是中國鄉土小說急待解決的問題。失去土地的農民進城，不僅改變了城市文明的生產關係的總和，而且它所帶來的兩種文明的衝突，已經改變著中國傳統的意識形態，乃至於滲透在我們的各種藝術描寫形態之中。

同時，在當下的三種鄉土小說的描寫類型中，作家主體的價值困惑與失範，已經成為鄉土小說創作的瓶頸：一味地沉湎於對農耕文明和游牧文明的頂禮膜拜和詩意化的浪漫描寫，而忘卻了將現代文明，乃至帶著惡的特徵的新文明形態作為參照系，這就難免造成作品的形式的單一和內容的靜止；鄉土小說不僅需要道德批判和文化批判，還更需要對兩種文明，甚至三種文明衝突下的人與人、人與自然的關係作出合理的判斷，以便賦予作品和人物新的鮮活的血肉；我們的許多鄉土版圖還處在一個與獸類爭奪資源的弱肉強食的從前現代向現代過渡的文化語境中，而與後現代的理論家們一同去呼喊生態保護的口號，是一種奢侈的思維觀念，起碼是一種不在一個物質層面和文明層面上的不平等的對話，所以就得充分考慮到「生態小說」的錯位現象給中國的鄉土小說所帶來的價值倒錯。

一、特殊的文化語境和鄉土文學邊界的重定

我曾經提出過前現代、現代、後現代（也即前工業、工業、後工業）這三種文化模態的共時性問題，也就是在中國大陸這塊幅員遼闊的土地上，農

耕文明和游牧文明、工業文明和商業文明、後工業文明和信息文明都共生於
90 年代以後的中國地理版圖之上。﹝註7﹞在如此錯綜複雜的文化語境下，所謂
同步進入「全球化語境」的確是一個非常難解的命題，它似乎並不能完全解
釋當今中國社會最複雜的本質內涵。如果下列結論可以成立的話，那麼，我
們就可以看到中國文學是在一個什麼樣的文化背景下生存的：「前工業社會的
『意圖』是『同自然界的競爭』，它的資源來自採掘工業，它受到報酬遞減律
的制約，生產率低下；工業社會的『意圖』是『同經過加工的自然界競爭』，
它以人與機器之間的關係為中心，利用能源來把自然環境改變成為技術環
境；後工業社會的『意圖』則是『人與人之間的競爭』，在那種社會裏，以信
息為基礎的『智慧技術』同機械技術並駕齊驅。由於這些不同的意圖，因此
在經濟部門分佈的特點以及職業高下方面存在巨大的不同。」因為「在另一
種意義上，我們可以說封建主義、資本主義和社會主義的序列以及前工業社
會和後工業社會的序列都是來自馬克思。馬克思主義於生產方式的定義中包
括社會關係和生產『力』（即：技術）在內。」﹝註8﹞如果說西方的資本主義
從 17 世紀以後的發展是按時間順序進行的，它的歷時性鏈接是環環相扣的；
而今天中國經濟與政治發展的不平衡性和落差性，以及它在同一時空平面上
共生性的奇觀，無疑給中國的文化和文學帶來了極大的價值困惑。因此，在
這樣一種極其複雜的時代背景下，近年來的鄉土小說所呈現出的斑斕色彩是
值得深深品味的。在那些描寫原始農耕文明和游牧文明形態的鄉土作品中，
或是表現出對靜態的田園牧歌和長河落日的禮贊與膜拜，或是再現了封建禮
教的邪惡；或是表現出對工業文明的嚮往和對鄉土意識的揚棄；或是表現出
對城市文明的仇視和回歸鄉土的情感；或是表現出對獸性、野性的膜拜和對
生態保護的濃厚興致……凡此種種，正充分顯示出鄉土小說作家在三種文化
模態下難以確立自身文化批判價值體系的表徵。當鄉土文學遭遇到工業文明
和後工業文明的誘惑和壓迫時，作家主體就會表現出極大地雙重性：一方面
是對物質文明的嚮往；另一方面是對千年秩序的失範而痛心疾首。所有這些，
不能不說是鄉土文學在三種文明衝突中的尷尬。

﹝註7﹞ 丁帆：《「現代性」與「後現代性」同步滲透中的文學》，《文學評論》2001 年
　　　　第 3 期。
﹝註8﹞ 〔美〕丹尼爾‧貝爾：《後工業社會的來臨——對社會預測的一項探索》，高
　　　　銛、王宏、周魏章玲譯，新華出版社 1997 年 8 月第 1 版，第 126、128 頁。

　　毋庸置疑，隨著農耕文明和游牧文明的逐漸衰減，也隨著中國城市的不斷擴張（據報載，中國的城市人口每年是以千萬計增長），農民賴以生存的土地大量流失，農民像候鳥一樣飛翔在城市與鄉村之間，他們中的大多數人已經不再是面朝黃土背朝天「日出而作，日落而息」的農耕者，不再是馬背上的牧歌者，他們業已成爲「城市裏的異鄉人」和「大地上的遊走者」，就像鬼子在《瓦城上空的麥田》裏所描寫的那個既被鄉村註銷了戶口，又被城市送進了骨灰盒的老農民一樣，他們賴以生存的「麥田」只能存在於虛無飄渺的城市天空之中。是誰剝奪了他們的生存空間和生存權力？他們甚至連姓名的權力都沒有了，成爲這個特殊文化語境裏的一個個「無名者」。歸根結底，他們遭遇到的是空前的文化身份認同的困境，是階級和階層二次分化的窘迫。「從流動農民初次流出的不同年代來看，在 90 年代，初次流動者更偏重於認可農民的社會身份，而對農民的制度性身份的認可在減弱，出現了對自己農民身份認可的模糊化、不確定現象，從而導致年輕的流動人口游離出鄉村社會體系和城市體系之外，由此可能出現對城市的認同危機。」〔註9〕幾億農民已經成爲「鄉村裏的都市人」和「都市裏的鄉村人」，而這種雙重身份又決定了他們在任何地方都是邊緣人，都是被排斥的客體，他們走的是一條鄉土的不歸路。「正如許多研究表明的那樣，流動農民的社會交往圈局限在親緣、地緣關係中。社會經濟的低下導致他們與城市人接觸交往的困難，而這種困難又直接妨礙著他們與城市文明同化、交融。同時，流動農民在城市接觸的是一種與他們以前社會化完全不同的價值觀念和行爲規範，他們不可避免地會感到迷茫和無所適從。這種情況可以用迪爾凱姆的『失範』來描述，表現爲個人在社會行爲過程中適應的困難，喪失方向和安全感，無所適從。」〔註10〕鄉村不是他們的，城市也不是他們的。「面對被工業社會和城市化進程所遺棄的鄉間景色，我像一個旅遊者一樣回到故鄉，但注定又像一個旅遊者一樣匆匆離開。對很多人來說，『鄉村』這個詞語已經死亡。不管是發達地區的『城中村』，還是內陸的『空心村』，它們都失去了鄉村的靈魂和財寶，內容和形式。一無所有，赤裸在大地上。」〔註11〕

〔註9〕　王毅、王微：《國內流動農民研究的理論視角》，《當代中國研究》2004 年第 1
　　　　期，第 92、88 頁。
〔註10〕王毅、王微：《國內流動農民研究的理論視角》，《當代中國研究》2004 年第 1
　　　　期，第 92、88 頁。
〔註11〕柳冬嫵：《城中村：拼命抱住最後一些土》，《讀書》2005 年第 2 期，第 160、
　　　　155、164 頁。

　　鑒於上述的特殊背景，我以為鄉土文學的內涵和概念就需要進行重新修正與釐定。〔註 12〕當農民開始了艱難的鄉土生存奔波和痛苦的鄉土精神跋涉時，我們看到的是一群既離鄉又離土的無名身份者，他們想擇良棲而息，但是誰又給他們選擇的權力呢？顯然，90 年代以來，尤其是進入 21 世紀後，離鄉背井進入城市的農民愈來愈多，他們不僅面臨著身份的確認，更需要靈魂的安妥。「農民流動呈明顯的階段性變化：1984 年以前，農民非農化的主要主要途徑是進入鄉鎮企業，即『離土不離鄉』；而 1984 年以後農民除就地非農轉移外，開始離開本鄉，到外地農村或城市尋求就業機會，特徵是『離鄉又離土』。」〔註 13〕其實，「離鄉又離土」到了新世紀已經成為中國社會不可遏制的大潮，它又呈現出了許許多多新的社會和思想的特點，這些特徵都有意無意地呈現和裸露在鄉土小說的創作之中。既然作為鄉土的主體的人已經開始了大遷徙，城市已經成為他們刨食的別無選擇的選擇，那麼，鄉土的邊界就開始擴大和膨脹了。許許多多的鄉村已經成為「空心村」，其「農耕」形式已經改變成為城市的「工作」形式；同樣，許許多多的牧場已經荒蕪，其「游牧」形式已經成為商業性的「都市放牛」。「農民工」「打工者」這一特殊的身份命名就決定了他們是寄生在都市裏覓食的「另類」，他們是一群被列入「另冊」的「游牧群體」。在那種千百年來恪守土地的農耕觀念遭到了根本性顛覆的時刻，鄉土外延的邊界在擴張，鄉土文學的內涵也就相應地要擴展到「都市裏的村莊」中去；擴展到「都市裏的異鄉者」生存現實與精神靈魂的每一個角落中去。我認為這樣的結論是有事實依據和理論根據的：「……在二十世紀末期，隨著城市的快速崛起，一個國家的鄉村史終於被史無前例地改寫、刷新或者終結。數以億計的『農民工』是這些變化的主體，同時也是強烈的感受者」。〔註 14〕

　　由於這一沒有身份認同的龐大「游牧群體」的存在，改變了中國鄉土社會的結構和生產關係，同時也改變了中國城市社會的結構和生產關係。因此，

〔註 12〕我在十幾年前所閾定的鄉土文學的邊界是：鄉土文學一定是要不能離鄉離土的地域特色鮮明的農村題材作品，其地域範圍至多擴大到縣一級的小城鎮。參見丁帆《中國鄉土小說史論》，江蘇文藝出版社 1992 年 9 月第 1 版。

〔註 13〕王毅、王微：《國內流動農民研究的理論視角》，《當代中國研究》2004 年第 1 期，第 92、88 頁。

〔註 14〕柳冬嫵：《城中村：拼命抱住最後一些土》，《讀書》2005 年第 2 期，第 160、155、164 頁。

在中國大陸這塊存在了幾千年的以農耕文明爲主、以游牧文明爲輔的地理版圖上，穩態的鄉土社會結構變成了一個飄忽不定、遊弋在鄉村與城市之間的「中間物」。其「農民工」的身份便成爲肉體和靈魂都遊蕩與依附在這個「中間物」上的漂泊者，「亦工亦農」「非工非農」的工作狀態就決定了他們在農耕文明與游牧文明向工業文明與後工業文明轉型過程中的過渡性身份。「這些『鄉村』原來都有十分穩定的結構和規範的人際關係，但在二十年的城市化工業化中業已產生了巨大的變化。這些變化無疑是顯示了這個社會在全球化與市場化的大潮之中的新的空間格局的形成，也顯示了中國變革的全部力量與巨大速度。它衝垮了鄉土中國的結構基礎，改變了『農民』生活的全部意義。一切都在逝去，一切又在重構。」〔註15〕所以，表現這些在生產形式上已經不是耕作形態的新的「農民」群體的生存現實，應該成爲當前鄉土文學不可或缺的有機組成部分。如果說美國文學史中的鄉土性的「西部文學」是從發達地區向落後的荒漠地區「順流而下」的梯度性的「移民文學」的話，那麼，當今中國在進入「現代性」和「全球化」的文化語境時，卻是從鄉村向城市「逆流而上」的反梯度性的「移民文學」。也就是說，美國鄉土文學中的文化語境是城市文明衝擊鄉村文明，而當今中國鄉土文學的文化語境卻是鄉村文明衝擊城市文明。因此，中國城市中的「移民文學」無論從其外延還是內涵上來說，都仍然是屬於鄉土文學範疇的。

值得深思的問題是，在 2004 年召開的「第 3 屆青年作家批評家論壇」會議上，作家們首先感到困惑的問題就是「鄉土經驗」重構。可以說，無論在有意識層面，還是無意識層面，作家們已經預感到表現這一龐大的「游牧群體」在城鄉之間的「遊走」的生存狀態是不可逾越的寫作現實。李洱說：「中國作家寫鄉土小說是個強項，到今天，我認爲有必要辨析一下，現代以來的鄉土寫作傳統，對我們今天的寫作、對我們處理當下的鄉土經驗，有什麼意義。也就是說，怎麼清理這些資源，然後對現實做出文學上的應對，我感到是個重要的問題。」毫無疑問，如今許多鄉土小說作家面臨的困境是：一方面是歷史環鏈的斷裂，使他們在面對現實和未來時，失卻了方向感；另一方面是面對從未有過的新的鄉土現實生活經驗，他們在價值取向上游移徬徨；再一方面就是可以借用的資源枯竭，作家需要自己尋找新的思想資源和價值

〔註15〕柳冬嫵：《城中村：拼命抱住最後一些土》，《讀書》2005 年第 2 期，第 160、155、164 頁。

資源了。鬼子說：「……我是生活在鄉土之中的，你們說鄉土文學城市化、符號化了，你要使寫作逃脫這種模式，最後無非也是發現或發明另一種『鄉土』，我估計走著走著，還是另一種符號。可能關鍵是哪種符號更可愛。」〔註 16〕所謂鄉土文學城市化，就是因為城市的邊界在不斷擴大，而鄉土的邊界在不斷地縮小，鄉土中人帶著農耕文明的憂鬱進入都市，但這並不能說鄉土文學就城市化、符號化了，而是其在與城市文學的碰撞、衝突和交融中，呈現出了一種空前的「雜交」現象——成為鄉土文學的一種新的變種。

　　也許，鄉土小說在近年來的悄然變化似乎是習焉不察的，但是，仔細釐定，這其中所孕育著的巨大裂變卻是有跡可尋的。如果無視鄉土文學的這種實質性的變化還是情有可原的，那麼，如果無視鄉土文學的存在，以為城市文學就可以取而代之的言辭就有些過激了：「『鄉土文學』這個概念是怎麼產生的呢？在近代社會向現代社會的轉型中才會出現這樣的話題。到了工業化完成後，這一概念就不存在了，必然會被拋棄。在中國這樣的社會中，最關鍵的問題是轉型期中城市人群的生活和情感問題，這是當下的前瞻性問題，現在社會的大趨勢是城市化。有人說我這是進化論的觀點，認為我對城市化說好話，其實這不涉及到價值判斷，我們不去探討城市化好不好這一問題，只是說在城市化這一進程中『鄉土文學』、『鄉土中國』肯定只是社會生活中極小部分的問題。」〔註 17〕是的，鄉土文學只有在工業文明的比較對比中才能凸顯出其鮮明的特徵，這一點我在 1992 年出版的《中國鄉土小說史論》中已經有過論證，不再贅述。但是，這並不意味著鄉土文學在工業化以前就不存在，更不意味著工業化以後鄉土文學就消失了，遠不說歐美，就拿資本主義工業化文明已經抵達世界高端的日本來說，他們仍然存在著鄉土社會生活和鄉土文學，何況在中國這個幅員遼闊的地理版圖上，農耕文明形態和游牧文明形態還未消失，當然，在相當一段時期內也不可能被消滅，儘管工業文明和城市文明在不斷地蠶食著它們，可是要想在中國一次性地完成工業文明是談何容易？更應該關注的問題卻是，即使在中國的中部地區像安徽這樣的省份居然還存在著刀耕火種的原始農耕文明的形態，這一點翻閱一下《中國農民調查報告》就不難找到答案。再退一萬步，即使中國工業文明和城市文

〔註 16〕　《2004‧反思與探索——第三屆青年作家批評家論壇紀要》參見李洱、鬼子、
　　　　　張新穎、謝有順的發言，《人民文學》2005 年第 1 期。
〔註 17〕　《2004‧反思與探索——第三屆青年作家批評家論壇紀要》參見李洱、鬼子、
　　　　　張新穎、謝有順的發言，《人民文學》2005 年第 1 期。

明達到了驚人的水平，那麼祖祖輩輩從事農耕文明活動而失去土地的人們，也不會把有幾千年意識形態慣性的農耕文明心理痕跡抹去。其實，持中國進入了城市文學的論者所忽略了的正是我需要闡釋的命題——大量失去了土地的農民倒流城市以後，給城市帶來的是農耕文明的意識形態和社會生活方式的信息，他們影響著城市，儘管這種影響是渺小而微不足道的；相反，工業文明和城市文明倒是以其強大的輻射能量在不斷地改變著他們的思維習慣。就此而言，在相當一個時期內，反映這樣的文明衝突，就成為許多作家（不僅是鄉土文學作家，也是城市文學作家）所關注的焦點，它並不是「社會生活中極小部分的問題」，而是在這一漫長的轉型期裏最有衝突性的文學藝術表現內容。

二、在價值的悖論中遊移

不要以為在一片「全球化語境」的喧囂聲中，我們就能夠與先進文化對接。由於地域、民族、體制，以及各種文化因素的制約，我們的文學處於一個充滿著矛盾衝突和極大悖論的文化狀態和語境中，即一方面是新的都市文學的興起，它帶著強烈的商業文化的色彩，在現代（工業文明）和後現代（後工業文明）文化語境中徘徊，展示著它嫵媚與齷齪的兩面；另一方面是舊有的和新生的鄉土文學以其頑強的生命力，從多角度展開了對現代物質文明的抵抗，它所面對的是與工業文明和後工業文明的雙重挑戰；同時，對鄉土社會的重新審視與反思，也成為其生命力增長的重要因素。總之，一切存在的生活都呈現出它的二重性和悖論特徵，因此，它給作家，尤其是給鄉土作家帶來了價值選擇的巨大困惑。從近幾年來的鄉土小說的創作中，我們可以強烈地感受到作家們在艱難的選擇中所走過的艱難的心路歷程。

毋庸置疑，我們絕大多數的鄉土作家僅僅站在同情和憐憫的價值立場上去完成對農民階級的人道主義的精神按摩是遠遠不夠的：「西北地區兩極分化還是比較嚴重，農村存在很多問題。剛實行承包責任制的時候，生機勃勃，但如今，強壯勞動力都進城了，農村只剩下『老弱病殘』。農村城市化是社會轉型期的必然現象，犧牲一兩輩人的利益也是必然的。農民永遠是很辛苦的，是需要極大的關懷的群體和階層。」〔註18〕誠然，能夠看到鄉土社會生活的危機，並關心著這個群體的疾苦，已經是很有文化批判精神的底層意識了，

〔註18〕《賈平凹答復旦學子問》，《文學報》2005 年 3 月 31 日第 1590 期第 1 版。

但是，如果我們不能從更廣闊的社會背景下來超越普泛的人道主義價值觀，從而確立新的有價值意義的「鄉土經驗」，就會在轉型期失去最佳的觀察視角和創作視角。可以看出，所有農耕文明在與工業文明、後工業文明衝突中的農民心理的劣根性和優根性的交混與雜糅，都形成了一種悖反現象，呈現出它的雙重性，而作家在這種悖反的現象中往往會產生強烈的困惑，形成價值理念的傾斜與失控。如果說在鬼子的《瓦城上空的麥田》中用過多的筆墨傾注了對那些既失去了土地又失去了身份認同的農民抱以深深地同情和憐憫，給予主人公人道主義和人性的關懷，表現出一個作家強烈的批判現實主義的情懷，使作品達到了較高的批判現實主義高度的話；那麼，彌散在作品中的不為人們所覺察的那種對浪漫鄉土的過份迷戀與美化，又不能不說是對歷史進化的一種隱含的諷刺，儘管作家是處在一種「無意後注意」的狀態之中。也許，正是作家這種無意識的書寫，卻暴露出了從五四以來的鄉土小說由於「鄉土經驗」的一成不變，所造成的鄉土小說難以跳出闐定的單一化主題模式的弊病——非批判即頌揚。而在當今這樣一個農民大遷徙的時代裏，許許多多鮮活的生活恰恰為我們的鄉土作家提供了一個「鄉土經驗」發展進化和多義闡發的藝術空間，為作家在價值理念定位時提供了一個可依持的多個參照係數。就此而言，「鄉土經驗」的轉換確實是作家們亟待解決的價值立場問題了。作家所面臨的價值選擇並非是往常的非A即B的簡單選項了，他們在選擇書寫「下層苦難」時，在「哀其不幸，怒其不爭」的憤懣中，須得考慮另一種文明所隱含著的歷史進步作用；而他們在選擇書寫「田園牧歌」時，也不得不顧及對靜態之美的農耕文明意識形態的無情批判。

如果說高速發展過程中的西方資本主義在19世紀向20世紀過渡時，也遇到過價值選擇的兩難境地的話，那麼，由於他們的文化背景要比現時的中國簡單得多，所以，儘管他們也成為「迷惘的一代」，但是其價值取向卻是明晰的：「儘管城市代表了農村文化拒不接受的那些受到污染的價值觀，但是中西部的人仍然嚮往在田野勞動之餘美化自己的家庭生活。他們的視野越過城市，似乎看到了根據自己的經歷所回憶起的，或書本上所記載的，或從親友們的談話中所瞭解到的新英格蘭村莊。這些點滴的知識構成了他們想像中的文明社會的基礎，幫助他們形成了上流的禮儀、禮貌和正確的態度的準則。這樣的做法不僅使中西部人避免了城市興起的後果，而且也使他能及時回顧一個由於面臨中西部更為肥沃的土地的競爭造成的新英格蘭砂礫土壤的衰退

以及工廠的出現而不復存在的世界。」〔註19〕顯然，從歷史進化的角度來看，這種觀念有礙社會進步和人性的發展，但不可忽視的是，那「迷惘的一代」與當下中國所處的文化語境是不盡相同的，他們之所以用保守主義的態度來對待城市生活方式卻能得到認同，就在於他們的「移民運動」是呈梯度進行的，是從一個充滿著「城市經驗」的文明形態向另一個「鄉土經驗」形態的透視與轉移之中，不存在兩種文明板塊的直接碰撞。所以，抵禦城市文明的那些「受到污染的價值觀」成為普泛性的共識。但是，如果我們今天也用這樣的眼光去衡量中國的鄉村文明和城市文明，就難免陷入一元認知的陷阱。

而中國當下的許多作家，尤其是年輕作家的心目中，「鄉村經驗」是模糊的、悖反的，顯然，這是與他們的價值觀念取向的遊移是呈正比的：「說到關於鄉土的寫作，好像總離不開『鄉村經驗』。就是說，我們已經從鄉村撤出，那些鄉村生活，已經退到身後，像昨天的夕陽一樣懸在記憶的天幕上。不是麼，今天，在我們面前，高樓林立，浮華遍地。」「與一直在鄉村的黑夜裏摸爬滾打的經歷相比，城市霓虹燈下的那些『鄉村經驗』往往更像那麼回事。」「我有了一點教訓，開始正視自己的鄉下人身份，也就是說，正視自己的『鄉村經驗』。我這才注意到，我那一雙炫耀的皮鞋，底下沾滿了鄉村的泥。我一步一步走回記憶的鄉村，並在現實的鄉村駐足。」「我們或許需要強調生長莊稼的鄉村才是真實的，但鄉村生長夢幻，夢幻改變鄉村，這也是真實的。」〔註20〕從這些出自同一個作家的同一篇文章的充滿著悖論的文字中，我們不難理解這些年輕的鄉土作家所面臨著的困惑與選擇的兩難。一方面是沿襲著五四以降的居高臨下的用知識分子啟蒙的「鄉土經驗」來書寫鄉土的記憶，這必然需要城市文明作強大的參照和依託；另一方面是像沈從文那樣站在一個「鄉下人」的立場上去批判城市文明給鄉村帶來的災難，在一定程度上又忽略了工業文明和城市文明的「現代性」的歷史進步意義，這又必然需要捨棄參照系而孤立狹隘地去觀察鄉土社會生活。

如何區別當下和五四的文化背景的差異，選擇更適合歷史發展的價值理念與創作道路，也許有的批評家還是比較清醒的：「我們討論鄉土中國時不能局限於原有的固化的鄉土概念，就是說你在討論村裏的事的時候不能就僅僅

〔註19〕〔美〕Larzer Ziff：《一八九〇年代的美國——迷惘的一代人的歲月》，上海外語教育出版社 1998 年 10 月第 1 版。
〔註20〕馬平：《我的另一個鄉村》，《文學報・大眾閱讀》2005 年 4 月 1 日 2 版。

是村裏的事，和城市隔絕，和中國社會的變動不發生關係。」〔註21〕「『五四』以來的作家大多數是從農村出來的，書寫鄉村的時候，本來應該是最動人的，因爲這跟他們童年記憶有關，但很多作家採取的方式是拋棄故鄉——也許把『鄉土』換成『故鄉』會更好理解一點——生活在別處。這種姿態必然會導致對鄉村現實的改寫，這種改寫不僅發生在鄉土文學中，哪怕對城市的現實，不是也存在著改寫嗎？」〔註22〕是的，我們不可以忽略城市文明和工業文明作爲強大參照系對「鄉土經驗」的制衡與催化作用，但也不可以忽略作爲鄉土文學根本的面對鄉土現實的精神，光憑「童年記憶」的書寫往往是有毒的，那種對鄉土文學的「改寫」是致命的，價值的失範必然會給鄉土文學作家作品帶來文學史意義上的偏離。其實，這個問題從 80 年代開始就已經在鄉土作家作品中呈現過，像賈平凹的《雞窩凹人家》、《臘月·正月》、《小月前本》等，像鐵凝的《村路帶我回家》、《哦，香雪》等，像鄭義的《邊村》、《老井》等，像張煒的《古船》、《秋天的憤怒》等，像王潤滋的《魯班的子孫》等，都可以清晰地看出作家在兩種文明衝突中所表現出的惶惑的價值理念，田園式的農耕文明和牧歌式的游牧文明以其魅人的詩意特徵牽動著作家的每一根審美的神經，使其陶醉在純美的情境中而喪失文化批判的功能；而工業文明的每一個毛孔裏都沾滿了污穢和血，其猙獰可怖的醜惡嘴臉又使作家忘記了它的歷史槓桿作用，而陷入了單一的文化批判，於是，一元化的審美或批判成爲五四以來鄉土作家難以擺脫的創作枷鎖。其實，創作主體的惶惑也好，眩惑也好，困惑也好，一直延續至今都沒有得以解決，甚至隨著中國工業文明和城市文明越來越發達而愈加凸顯。這不能不說是近一個世紀以來，由於鄉土文學理念的停滯不前而帶來的低水平創作重複的關鍵問題。

閱讀了近年來的幾百部鄉土小說，就我的能力所限，只能將此大致分爲三類：一類仍是描寫鄉土社會生活的舊題材作品，其中既有反映農耕文明生活內容，又有反映游牧文明生活內容的。既有浪漫主義手法的，又有現實主義理念的；一類是屬於鄉土小說新的題材領域，它就是描寫農民進城「打工」生活的題材；一類亦屬於鄉土小說新的題材疆域的作品，那就是所謂生態題材小說。

就第一類題材的鄉土小說而言，我們看到的作家價值理念的困惑是：一

〔註21〕參見李洱、鬼子、張新穎、謝有順的發言：《2004·反思與探索——第三屆青年作家批評家論壇記要》，《人民文學》2005 年第 1 期。

〔註22〕參見李洱、鬼子、張新穎、謝有順的發言：《2004·反思與探索——第三屆青年作家批評家論壇記要》，《人民文學》2005 年第 1 期。

味地沉湎於對農耕文明和游牧文明的頂禮膜拜和詩意化的浪漫描寫，而忘卻了將現代文明，乃至帶著惡的特徵的新文明形態作爲參照系，這就難免造成作品的形式的單一和內容的靜止。其大多數作品至多停留在對鄉村「苦難」的人性化的書寫層面，就連魯迅式的文化批判鋒芒都鈍化了。究其原因，我以爲有一個很重要的因素就是這十幾年來對西方「後現代」理論的誤讀，把西方已經經歷過了的資本主義高速發展階段切割掉，盲目的與他們同步地去尋找田園牧歌式的原始社會生活形態與自然社會生活形態，這無疑是一種錯位的價值觀。我們才剛剛向工業文明和城市文明邁步，許多農耕文明與工業文明的矛盾衝突還未解決，倘若把一個凝固的農耕文明和游牧文明直接與後工業文明相對接，那種對工業文明時段的省略所帶來的民族心理的損失和傷痛將會更甚。無疑，在農耕文明中，「首先同人發生衝突的是自然。在人類生存史上，人的大部分生活本身就是一場與自然的爭鬥，目的是要找到一種控制自然的策略：要在自然界尋得棲身之地，要駕馭水和風，要從土壤、水和其他生物中奪取食物和滋養。人類行爲的許多準則就是在適應這些變化的需要中形成的。」〔註23〕其實，誰也不願意把自己的生活置放在人與自然搏鬥、刀耕火種的落後的文明語境中，歷史的進步就在於召喚人在社會發展的進步中去尋找最佳的人性表現，而非停下腳步蜷縮在低級的、原始的文明社會生活形態之中。因此，對於那些大多數的鄉土小說創作者而言，需要首先解決的問題就是拋棄那種把迷戀農耕文明當作思想時髦的價值傾向，將複雜的問題複雜化，而決不是簡單化。

　　就第二類題材的鄉土小說而言，我們看到的價值理念困惑是：作爲創作主體的作家一俟進入這個創作領域，大多數作家首先確立的價值理念就是鮮明的道德批判。這一視角絕無錯誤，但是這個沿用了一百年的人道主義視角卻往往成爲作家向更深層面——人類發展和社會進步開掘的阻礙。不錯，我們看到了工業革命過程中「人」的喪失（卓別林在百年前的默片《摩登時代》裏就諷刺過它的「現代性」），但是，比起前現代的農耕文明，它卻是一種歷史的進步：「作爲勞動者的人設法製造物品，在製造物品的過程中他夢想改造自然。依賴自然就是屈從自然的反覆無常。通過裝配和複製來再造自然，就是增進人的力量。工業革命歸根結蒂是一種用技術秩序取代自然秩序的努力，

〔註23〕〔美〕丹尼爾・貝爾：《資本主義文化矛盾》，趙一凡、蒲隆、任曉晉譯，生　　活・讀書・新知三聯出版社 1989 年 5 月北京第 1 版，第 199 頁。

是一種用功能和理性的技術概念置換資源和氣候的任意生態分佈的努力。」〔註24〕比起農耕文明人與自然的爭鬥，工業文明的技術和複製雖然表現出了它的雙重性，但它畢竟是人類的一次很大的歷史進步，我們的作家決不能熟視無睹，否則我們就會對許多事物失去基本的判斷能力。就像有的文學史論家描述「迷惘的一代」作家那樣：「這些作家脫離了舊的東西，可是還沒有新的東西可供他們依附；他們朝著另一種生活體制摸索，而又說不出這是怎樣的一種體制；在感到懷疑並不安地做出反抗的姿態的同時，他們懷念童年時的那些明確、肯定的事物。他們的早期作品幾乎都帶有懷舊之情，滿懷希望重溫某種難以忘懷的東西，這並不是偶然的。在巴黎或是在潘普洛納，在寫作、飲酒、看斗牛或是談情說愛的同時，他們一直思念著肯塔基的山中小屋，艾奧瓦或是威斯康星的農舍，密執安的森林，那藍色的花，一個他們『失去了，啊，失去了的』（如托馬斯・沃爾夫經常說的）國土；一個他們不能回去的家。」〔註25〕過份的對農耕文明和游牧文明的自然之美與舒緩的節奏之美的迷戀和激賞，同樣是一種思想的浮淺和殘缺，或許藝術的殘缺是美的，而思想的殘缺絕不是美的。也許有人會以為，作家只對作品的審美功能負責，他甚至無需對人與社會、生活與道德作出價值判斷。許許多多的世界名著都表現出了作家的困惑意識，像托爾斯泰那樣的思想徬徨也絲毫沒有防礙他成為大作家。但是，有一個不可忽視的前提就是：時代不同了，工業革命走到今天的情形托爾斯泰和巴爾扎克們沒有看到，如果站在今天的立場上來看，不要說他們了，就是馬克思、恩格斯也得修正自己的觀點。所以我們不僅需要道德批判和文化批判，還更需要對兩種文明，甚至三種文明衝突下的人與人、人與自然的關係作出合理的判斷，以便賦予作品和人物新的鮮活的血肉。

就第三類題材的鄉土小說而言，可能籠統地將它概括為「生態小說」是不合適的，因為，雖然環境保護、生態保護在中國雖然已經到了一個岌岌可危的地步，但是，它和西方後現代意義上的生態文學是有本質上的不同的，因為，「後工業化秩序對於前兩種秩序不屑一顧。由於獲得了顯著的工作經驗，人生活得離自然越來越遠，也越來越少與機器和物品打交道；人跟人生活在一起，只有人跟人見面。群體生活的問題當然是人類文明最古老的難題之

〔註24〕 〔美〕丹尼爾・貝爾：《資本主義文化矛盾》，趙一凡、蒲隆、任曉晉譯，生活・讀書・新知三聯出版社 1989 年 5 月北京第 1 版，第 199 頁。

〔註25〕 〔美〕Malcolm Cowley：《流放者的歸來——二十年代的文學流浪生涯》，張承謨譯，上海外語教育出版社 1986 年 10 月第 1 版，第 6 頁。

一，可以追溯到洞穴和氏族時代去。然而，現在的情況已經有所不同。形式最古老的群體生活不超出自然的範圍，戰勝自然就是人群生活的外在共同目的。而由物品聯繫起來的群體生活，則在人們創造機器、改造世界時給人們一種巨大的威力感。然而在後工業化世界裏，這些舊的背景對於大多數人來說已經消失。在日常工作中，人不再面對自然，不管它是異己的還是慈善的，也很少有人再去操用器械和對象。」〔註26〕關鍵就在於在我們的地理版圖和精神版圖上還清晰地標有農耕文明和游牧文明的標記，還在人與自然、人與機器的爭鬥和交往之中，我們的物品還沒有極大的豐富，一切「舊的背景」還沒有消失，我們的人民還在大量的「操用器械和對象」，否則就難以生存。一方面是溫飽，一方面是發展，我們的價值取向就更偏重於後者。而我們的「生態小說」卻更多的是農耕文明和游牧文明中那種帶有「神性色彩」的鄉土書寫，從90年代郭雪波開始創作的「狼系列」題材，到如今姜戎的《狼圖騰》，其實中國作家都是在演繹著一曲神性圖騰的無盡輓歌，是典型的傳統鄉土社會生活中對神的祭拜與謳歌。由此我想到了賈平凹所創作的《懷念狼》，除了作品中反映出的對人類天敵的敬畏之情的神性色彩外，恐怕更多的是作家面對現實的鄉土社會所不得不發出的人與自然爭鬥的吼聲，無奈地表現出農耕文明對動物世界的殘酷的一面。從這個意義上來說，當我們還不能完全擺脫人與自然的直接關係時，那種生態和諧的理念是乏力的。就像《懷念狼》中所描寫的那樣，如果不去打狼，狼就要禍害鄉村和農民。要知道，我們的鄉土還是在一個與獸類爭奪資源的弱肉強食的文化語境中，與後現代的理論家們一同去呼喊生態保護的口號，是一種奢侈的思維觀念，起碼是一種不在一個物質層面和文明層面上的不平等的對話。因此，在調適我們的價值觀的時候，就得充分考慮到「生態小說」的錯位現象給中國的鄉土小說所帶來的價值倒錯。

另外，須得注意的問題是，許多理論家和評論家都毫不猶豫地提到了五四新文化先驅者提出的所謂張揚「獸性」的理論。殊不知，他們所提出的這一「獸性」理念是針對那個贏弱的國民性和民族性的，恰恰是站在人的立場上來仰視強大的「獸性」的。從這個意義上來說，關注生態平衡是對的，但是，忽略了人的生存和發展，那是更危險的，起碼在當今中國這樣一個特殊文明形態下來大肆描寫和宣揚生態小說，可能還是一種文學的奢侈活動。

〔註26〕〔美〕丹尼爾‧貝爾：《資本主義文化矛盾》，趙一凡、蒲隆、任曉晉譯，生活‧讀書‧新知三聯出版社1989年5月北京第1版，第199頁。

　　綜上所述，我們可以看出，在這樣一個三種文明相互衝突、纏繞和交融的特殊而複雜的文化背景下，中國鄉土小說既面臨著種種思想和審美選擇的挑戰，同時又邂逅了重新整合「鄉土經驗」，使鄉土小說走向新的輝煌的契機。所有這些，正是中國的鄉土小說作家們應該深刻反思的問題。惟有反思，我們才能獲得新生。

第三節　中國鄉土小說創作審美觀念的蛻變

　　在中國現代小說史上，人們對於「鄉土文學」流派的存在一直是抱肯定態度的。由於魯迅和茅盾對「鄉土文學」閾限和時限的界定；也由於半個多世紀來人們對「鄉土文學」的狹隘理解，鄉土小說便沿著一條從廣闊到逐漸狹窄的道路前行。

　　從創作的主體來看，五四新文化運動前後，魯迅、茅盾等一代知識分子從廣袤的鄉土社區進入了繁華的都市社會，各種新的思想潮流在推動著他們的哲學思想進入一個新的成熟階段，他們在尋求救國救民的道路中徹悟到拯救中華民族凝滯的文化心理狀態，是文學的第一要義。因此表現在他們創作中的主體意識往往是客觀地展示出蠻荒的習俗、封建的禮教對人的肉體殺戮和精神戕害。作者有意識地將愚鈍麻木的靈魂與所謂的「都市文明」對比而形成強烈的反差，拉開時空的距離，使之形成一種間離的效果，從而把一種可憎的固態民族文化心理展現在讀者面前。而魯迅先生自己就是鄉土小說創作的第一個偉大的實踐者。他的《祝福》、《故鄉》、《阿Q正傳》等傳世之作就是以一個清醒的革命知識分子的主體意識站在思想家的歷史高度來俯視著筆下的芸芸眾生的魂靈，並以曲筆予以形似客觀實則主觀的藝術觀照。魯迅筆下的藝術形象是由他青少年時期，甚至更久遠記憶裏的原型脫胎而來的（這一視角，正是魯迅為鄉土文學所規定的描寫角度），而魯迅卻能將他（她）們雕塑成不朽的藝術形象，這大概首先須得歸功於作者深邃的哲學意識，他跳出一般人的思維範疇，進行多維的思考，鳥瞰式地描述著芸芸眾生相，高屋建瓴地抽象出一個哲學的總命題；揭示出國民劣根性以引起療救的注意。可以這樣說，正因為獲得了這種俯視的藝術視角，魯迅和茅盾等大師的鄉土小說才具有高人一等的大家風範。茅盾的「農村三部曲」（《春蠶》、《秋收》、《殘冬》）亦是站在超越一般的哲學思想境界來揭示出社會發展的趨勢的。然而相形之下，被魯迅和茅盾稱為「鄉土文學」的小說作家們，如蹇先艾、裴文中、

許欽文、王魯彥、黎錦明、李健吾、徐玉諾、潘訓、彭家煌、許傑、王任叔等人的作品，雖然「有異域情調來開拓讀者的心胸」，但還缺乏一種整體把握形象的高層次的哲學主體意識，或者說，這種整體性的主體意識只是些支離破碎的、未成系統的、居於自覺與不自覺之間的朦朧哲學意識。因之茅盾一再強調「必須是一個具有一定的世界觀與人生觀的作者」，才能成為真正創造「鄉土文學」上品的作家。

從解放區走出來的一批「鄉土文學」作家，在藝術描寫方面，他們的作品在「異域情調」和語言格調上可謂達到了爐火純青的地步。但是，這批作家在這生於斯、長於斯的鄉土中長大，只是接受單一的文化薰陶，對都市文化缺乏瞭解，倘又對外來文化很少問津，則可能產生一種心理排外力。於是，其主體意識缺乏參照系，沒有對比的哲學意識應該說是殘缺的意識。所以儘管他們在「鄉土文學」的某些局部方面：如民俗描寫、風格語言、藝術描寫方面對「鄉土文學」有所推進和發展，但「魯迅風」（我所理解的「魯迅風」應首先是魯迅那特有的超前的強烈哲學主體意識）的失卻，使得這些畢生為「鄉土文學」而奮鬥的作家們的視線始終處在一個向作品內涵和作品人物平視的角度上。這種平視狀態決定了這些作品缺少大家風範，處在第二流的水平而不能超越。趙樹理的作品不能不說是中國鄉土小說的驕傲，由他而產生的「山藥蛋派」亦著實為中國的小說史增添了耀眼的光輝。孫犁的小說不能不說是中國鄉土小說的另一枝奇葩，它亦曾為許多人所推崇。以他為創始人的「荷花澱派」也確實輝煌高漲過一陣。然而，這種向作品和描寫對象平視的致命傷不能不限制了它們的發展。我國 50 年代到 60 年代掀起的現實主義的廣闊道路和現實主義深化的瞬間熱潮也終因沒有達到魯迅的哲學思想高度而夭折（當然，其中政治干擾也是重要因素之一），不能不說是鄉土文學的一大遺憾。

當現實主義的接力棒傳到浩然手上時，我們可以清楚地看到現實主義的畸變和墮落（當然，這主要是歷史氛圍所造成的，並不能歸咎於某一個作家），作家完全是站在一個對作品的內涵和作品的形象進行仰視的視點上，完全喪失了自身的哲學主體意識，成為「高、大、全」英雄形象的奴隸，毫無整體地把握藝術對象的能力。

由此可見，直到 80 年代，中國鄉土小說的創作就作家而言，走的是俯視→平視→仰視的越來越狹隘的路。

　　80 年代以後，尤其是近兩年來的鄉土小說創作呈現出一派繁榮振興的景觀。究其原因，一方面是繼五四新文化運動以後的第二次思想解放，給作家們提供了哲學的、文學的、乃至於文化諸方面的參照系。另一方面，從事鄉土小說創作的作家們的哲學修養和文化知識及文化素養顯然要比從前的作家有所提高，而且，其中有一部分人在動亂年代裏體驗到了中國社會最低層——鄉土社區中最帶有中國社會本質特徵的生活——那種封閉的、凝固的民族文化心理狀態給了這部分作家最直觀的感受和形而上的哲學啓悟。如果說 60 年代末到 70 年代末，人們尚未清晰地看到這場浩劫與長期以來中國的封建意識有著直接的血緣關係的話，那麼隨著思想解放與哲學意識的強化，作家們（尤其是中青年作家）鮮明地表現著具有當代性的主體意識。誠然，在新時期的鄉土小說作家中還沒有出現象魯迅、茅盾那樣的大家，但就整體而言，他們作品所折射出的哲學意識顯然優於四、五十年代，同時亦普遍強於二、三十年代。就其陣容來看，同一層次較高水平的作家就有幾十之眾。他們雖然分佈在各個具有鮮明地方色彩的農業社區，然而人們再也不可能以此來劃分地方流派了，流派隨著生活觀念和藝術觀念的演變，隨著作家主體意識中的個性張揚而趨於解體。其中最爲典型的範例就是「湘軍」的藝術解體，同是反映描寫一個地區的鄉土生活，然而作品所釋放出的哲學觀念和文學觀念，乃至描寫方法都顯得迥然不同。「湘軍」中的韓少功與何立偉，不但成爲「湘軍」的藝術觀念（師承周立波的藝術風格）的逆子，而且亦成爲「舊我」的叛徒。顯而易見，哲學意識和主體意識的強化，造成了當今小說的另一種格局——展示一個多元的藝術世界成爲一種創作的時尚。

　　這兩年的「文化熱」、「尋根熱」幾乎把鄉土小說作爲中國文壇的一個大試驗場。光怪陸離的小說寫法使人們瞠目結舌，連什麼是小說都搞不清了，人們對這些小說的闡釋莫衷一是，開放性的小說結構把小說送進了不知是「地獄」還是「天堂」的境界。

　　但是無論怎麼變，我們都可以看到這樣一個事實，即作家的主體性與作品中人物的主體性在不斷交叉錯位中顯現出主題的多義性和命題的多元化，使作品充滿著捉摸不透的寓意性。如果說五四以後鄉土小說創作走著一條從俯視→平視→仰視的狹窄的現實主義之路的話，那麼這次小說結構的開放，似乎是把作家的主體性與作品中人物的主體性交混成一個俯視、平視、仰視錯綜變幻的多視角的藝術世界。而且模糊的中性背景、語焉不詳的敘述，企圖作出跨越時

空的最大限度的歷史概括，這些給鄉土小說帶來了較大的閱讀障礙。對此，批評界的觀點各執一端，恐怕只能有待於歷史作出公正的評判了。

　　韓少功的《爸爸爸》的出現使鄉土小說創作進入了一個新的里程，正如李慶西所言：「它打破了傳統小說的全知觀點。關於這一點應加以說明的是，韓少功並非從角度、視點意義上否定藝術世界的主體性，即是說，它考慮的並非表現的功能，而是主體認識的有限性。」從這個意義上來說，任何一個偉大的主體意識都不是十全十美的，最起碼在預測未來這一點上他是蹩腳的。所以，就是以魯迅式的俯視來觀照藝術對象，亦難免會有時代的局限。而韓少功這種多視角的創作方法對縮小這種局限性起著至關重要的作用。

　　有人預言當今的小說創作是主觀表現的時代，而客觀再現的現實主義的時代已經衰亡。其實不然，現實主義還有其強大的生命力，只不過它在變化之中獲得新生。賈平凹等人的創作可以說一直是堅持現實主義創作方法的（當然，它是變體意義上的現實主義），他甚至還借鑒拉美結構現實主義的方法來寫長篇鄉土小說《商州》。他的鄉土小說創作可謂中國作家之冠，其生命力經久而不衰。即使是韓少功的《爸爸爸》也脫不了現實主義的原型，有人說它是魔幻現實主義作品也不無道理。總之這些作品均是將現實主義的再現方法與後現代主義的表現方法相融合，相交錯，從而形成一個多視角的時空境界，以達到表現一個多元的藝術世界之目的。也許這正是文學面向世界、面向未來所作出的自我掙扎。

　　中國的鄉土小說一開始便表現出強烈的悲劇意識。從魯迅的《祝福》、《故鄉》、《阿Q正傳》等開始，那種悲涼的旋律一直縈繞在我們的靈魂深處而經久不息。魯迅先生敢於直面慘淡人生的痛苦，他的作品具有一種形而上深度的悲劇性情緒。魯迅認為，悲劇是把人生有價值的東西撕毀給人看，他在創造阿Q這個不朽形象時，把那個有價值的生命痛苦地描寫成無價值的生命，本身就蘊含了巨大的悲劇性，而全篇中對阿Q形象採用的調侃筆調，正是藝術家「整個情緒系統激動亢奮」和「情緒的總激發和總釋放」（《偶像的黃昏》）。作家試圖用一種難以體驗的痛苦和毀滅來闡釋一種對人生與生命進行否定之否定的哲理批判。這個哲理似乎並不深奧，但在封建統治長達幾千年的中國並非是一個淺顯的哲學命題。魯迅的悲劇觀一直是建立在對人與生命的肯定基礎上的，怪就怪在他往往通過否定的形式在對人的劣根性進行揚棄的過程中來肯定人和生命之主體的。正如他在評論蹇先艾的《水葬》時所表現的觀

念一樣，一方面是對冷酷的悲劇的首肯，另一方面又讚歎「這冷酷中的母性之愛的偉大。」這種矛盾心理就決定了他在雕塑自己悲劇藝術形象時所採用的那種「曲筆」。這種「曲筆」則使得悲劇藝術形象更富有深邃的魅力和更有神秘的朦朧感。這種悲劇藝術觀念所形成的描述形態，是一般的鄉土小說作家所不能企及的，五四以後，除了像茅盾、葉紫、沈從文、艾蕪等少數作家有時局部地能達到這種悲劇藝術境界以外，能夠達到這一境界的甚少。只有抵達這一悲劇境界，才具有大家的風範。

相反，解放區的鄉土小說作家們似乎更倚重於喜劇的追求，他們對於生活抱著極度的熱忱，塑造出無可厚非的典型人物形象。趙樹理筆下的二諸葛、三仙姑在一片詼諧和善意的笑聲中走向了滅亡。正如魯迅所說，作者是把人生無價值的東西撕毀給人看。然而，在具有頑強生命力的隱形的封建意識的汪洋大海之中，喜劇漸漸失去了自身的藝術張力和彈性，人們似乎倦怠了廉價喜劇的模式，喜劇苦於不能表現出人生的深沉與曲折而困擾惶惑。就連趙樹理這樣出類拔萃的鄉土小說作家亦不得不修改著自己的審美觀念。五十年代，他的鄉土小說創作也漸漸地染上了淡淡的悲劇色彩。「中間人物」論正是這種審美觀念的投影，「現實主義深化」的需求也正是這位語言大師感到了喜劇表現的力不從心而發出的由衷感歎，「山藥蛋派」的同仁們也與他們的領袖一樣，始終不能擺脫創作的慣性而衝出喜劇式正劇的樊籬而另闢蹊徑。至於「荷花澱派」，由於他們一直固守著自己的描寫風格與審美觀念，就更不可能向悲劇靠攏。

就藝術來說，從 50 年代到 70 年代，是一個沒有悲劇的時代，而沒有悲劇的時代本身就是一個悲劇。鄉土小說創作在外力的壓迫下，失落了自己最好的載體。於是，鄉土小說進入了一個創作的最低點。

70 年代末，由於「傷痕文學」的勃起，悲劇意識又重新在中國文壇復萌，鄉土小說當然也不例外。但是我們必須看到這一時期的悲劇創作，只是平面地展示十年動亂的殘酷，以及在殘酷的精神壓迫下與肉體毀滅中得到永生的柏拉圖式的「崇高」精神。似乎這一時期的作家太側重於古典悲劇的「崇高」信條。而不能從根本上去揭示那個時代以及那個時代的人的本質。這種膚淺的悲劇既沒有概括出封建意識的歷史淵源與本時代的血緣關係，又沒能更深刻地剖析出人的更深層心理和本質特徵。這當然主要是由歷史條件限制所帶來的認識局限造成的。

　　80年代以後，韓少功的《西望茅草地》和《風吹嗩吶聲》雖具備了那種悲劇快感的昇華，但又少了魯迅式的「曲筆」。屬於這一類的鄉土小說創作甚多，如梁曉聲的《這是一片神奇的土地》、《今夜有暴風雪》等。它們往往以恢宏的悲壯氣氛感染著人們，停留在「引起人們的憐憫與同情」的悲劇藝術境界之中。然而這種古典主義的「崇高」精神似乎不再能包容進入80年代的現代人對悲劇的審美需求了。於是，注入新的悲劇審美內容，則是刻不容緩的當務之急。

　　我以為，第一個改變悲劇審美觀念，使之與魯迅悲劇觀近似，使之富有當代悲劇審美意識的鄉土小說創作是少鴻的中篇小說《夢生子》。作品的悲劇性就在於作者寫出了傳統的封建文化（當然是以文革作為前景，整個封建傳統文化作為大背景）對於人的戕害。那種調侃式的曲筆藝術描寫不僅酷似魯迅筆法，而且注進了新的描寫手法——情節與細節的極度誇張變形所造成的怪誕內容是達到一定悲劇藝術高度「真」的新手法；注進了新的審美意識——對人和生命的理解。它所創造出的悲劇人物是一些人的精神狀態的二重分化和組合的裸現。他們緊緊地與作者的哲學意識（也許這是作者不自覺的哲學意識然，而作品本身所釋放出的哲學能量是可觀的）相契合，使得悲劇效果在接受主體的不同層次上得以闡釋。當然，近年來與之類似的作品甚多，如阿城的《棋王》、陸昭環的《雙鐲》、暢克祥的《玉河十八灘》、賈平凹的《商州》系列等，都具深刻的悲劇意識（雖然它們尚未像《夢生子》那樣具有更典型的意義）。而這種悲劇性的鄉土小說創作究竟怎樣發展下去呢？有人預測目前這些悲劇作品「是對古典人道主義及其內核『崇高』精神的揚棄。從而更接近於現代世界藝術對人性的理解。」〔註27〕我以為我們的時代如果缺少了悲劇將是審美意識的不健全，尤其是這個改革時代，則更需求悲劇作改造民族文化心理的先導。

　　新時期鄉土小說的悲劇審美意識有待於系統地完善與成熟。

第四節　20世紀中國地域文化小說簡論

一、理論與軌跡

　　整個20世紀，隨著小說地位在文學史上的不斷提高，文學批評家和文學史家們將小說和小說家的分類已經精確到了職業、行當和年齡檔次。但是，

〔註27〕李潔非、張陵著，《被喚醒的美學意識：悲劇》，載《文學評論》一九八六年第二期。

在幅員遼闊、地大物博的國土上，在五千年文明史根深蒂固的文化薰染下，在 20 世紀社會動盪的民族心理文化嬗蛻中，本世紀的中國地域文化小說所呈現出來的異彩，尚未引起人們尤其是新時期以來的文學批評家和文學史家們的足夠重視。

這裡須得強調的是：所謂地域文化小說，並不是簡單地以地理性的區劃來歸納小說和小說家；也不是單純以小說的文化類別和特徵來區別不同的作家和作品。而是通過這個「雜交學科」派生出一種新的小說內涵特徵。簡言之，「中國地域文化小說」既要具備地域、群種、小說三個要素；同時，更不能忽略由這三個要素而組合成的小說背後的斑斕而深厚的各種各樣的政治的、社會的、民族的、歷史的、心理的……文化內涵。

首先，「地域」在這裡不完全是一個地理學意義上的人類文化空間意義的組合，它帶有鮮明的歷史的時間意義，也就是說，它不僅僅是一個地理疆域裏特定文化時期的文學表現；同時，它在表現每個時間段中的文學時，都包容和涵蓋著這一人文空間中更有歷時性特徵的文化沿革內容。所以說，地域文化小說不僅是小說中「現實文化地理」的表現者；同時亦是「歷史文化地理」的內在描摹者。據說美國「新文化地理學派」認爲文學家都是天然的文化地理學家，其熱門的「解讀景觀」就是從歷史和地理兩個維度來解析文學的模式。

其實，注重小說的地域色彩，這在每一個小說家，每一個批評家，每一個文學史家來說，都是在有意識和無意識之間形成了一種穩態的審美價值判斷標準。從西班牙的塞萬提斯的《堂‧詰訶德》到法蘭西的巴爾扎克的《人間喜劇》，從英國的哈代到美國的福克納和海明威，再到拉美的博爾赫斯、馬爾克斯，幾乎世界上每一位成功的大作家都是地域小說的創作者，更無須說 20 世紀的中國小說了。從魯迅、沈從文、茅盾、巴金、老舍到新時期「湘軍」、「陝軍」、「晉軍」、「魯軍」……的異峰突起，幾乎是地域特徵取決了小說的美學特徵。就此而言，越是地域的就越能走向世界，似乎已是小說家和批評家們共認的小說美學準則。美國小說家兼理論家赫姆林‧加蘭曾精闢地指出：「顯然，藝術的地方色彩是文學的生命力的源泉，是文學一向獨具的特點。地方色彩可以比作一個人無窮地、不斷地湧現出來的魅力。」「今天在每種重大的、正在發展著的文學中，地方色彩都是很濃鬱的。」「應當爲地方色彩而地方色彩，地方色彩一定要出現在作品中，而且必然出現，因爲作家通常是

不自覺地把它捎帶出來的；他只知道一點：這種色彩對他是非常重要和有趣的。」〔註28〕勃蘭兌斯曾經給浪漫主義文學下過一個非常精彩的定義：「最初，浪漫主義本質上只不過是文學中地方色彩的勇猛的辯護士。」「他們所謂的『地方色彩』就是他鄉異國、遠古時代、生疏風土的一切特徵。」〔註29〕在中國，五四時期由周作人所提出的一系列文學的「風土」和「土之力」、「忠於地」的主張，也正是強調小說的地域特徵。他認為：「風土與住民有密切的關係，大家都是知道的：所以各國文學各有特色，就是一國之中也可以因了地域顯出一種不同的風格，譬如法國的南方有洛凡斯的文人作品，與北法蘭西便有不同。在中國這樣廣大的國土當然更是如此。」〔註30〕茅盾可謂是中國地域文化小說的理論建設者和實踐者，在他主政《小說月報》時，就在《民國日報》副刊「文學小辭典」欄目中加上了「地方色」詞條：「地方色就是地方的特色。一處的習慣風俗不相同，就一處有一處底特色，一處有一處底性格，即個性。」〔註31〕1928 年茅盾為此作了詳盡的詮釋：「我們決不可誤會『地方色彩』即是某地的風景之謂。風景只可算是造成地方色彩的表面而不重要的一部分。地方色彩是一地方的自然背景與社會背景之『錯綜相』，不但有特殊的色，並且有特殊的味。」〔註32〕由此可見，早期的中國作家們很是在乎小說地域審美特徵的。至於後來茅盾在 1936 年給中國鄉土小說定性時，不僅僅是強調了小說「異域情調」的審美饜足，而且更強調了小說作家主體的「世界觀與人生觀」對小說審美的介入。

綜上所述，我們不難看出，地域特徵對於小說審美特徵的奠定是如此地重要。但是，就小說的創作實踐來說，由於各個作家對地域特徵的重視程度不一，也就是說有的作家在創作小說時進入的是「有意後注意」的心理層次，有的作家進入的卻是「無意後注意」的心理層面，這就造成了小說地域特徵的顯在和隱在、鮮明與黯淡的審美區分和落差。我以為，地域文化小說之所以強調其地域性，起碼是有以下幾點構成了它的審美因素。

〔註28〕赫姆林・加蘭：《破碎的偶像》，《美國作家論文學》，劉保端等譯，生活・讀書・新知三聯書店 1984 年版，第 84 頁。
〔註29〕勃蘭兌斯：《19 世紀文學主潮》第五分冊，人民文學出版社 1997 年版，第 19 頁。
〔註30〕周作人：《地方與文藝》，《之江日報》（十週年紀念號），1923 年 3 月 22 日。
〔註31〕茅盾等：《民國日報》1921 年 5 月 31 日副刊《覺悟》。
〔註32〕茅盾：《小說研究 ABC》，見吳福輝編《二十世紀中國小說理論資料》第 3 卷，北京大學出版社 1997 年版，第 57 頁。

　　首先，地域人種是決定地域文化小說構成的重要因素。「從地域學角度研究文藝的情況和變化，既可分析其靜態，也可考察其動態。這樣，文藝活動的社會現象就彷彿是名副其實的一個場，……作品後面的人不是一個而是一群，地域概括了這個群的活動場。那麼兼論時空的地域學研究才更有意義。」〔註33〕而「地域人種」就是「群種」的「活動場」。

　　所謂「地域人種」，就是一個居群的居民集團。相對而言，他們因為地理障礙或是社會禁令而與其他居群集團所形成的民族心理、民族文化人種的內在特徵的反差，以及構成這一居群集團特有的遺傳基因和相貌體徵（人種的外在特徵），制約著這一居群集團人種的生物學和社會文化學意義上的存在。作為小說，不僅是要完成其外在特徵的描摹，就如早期現實主義作家注重地域性的人種相貌、服飾、風俗習慣描寫那樣，直觀的外在描寫與地域文化小說的審美特徵有著一種初始性的血緣關係；而且，地域文化小說還須更注重內在特徵的底蘊發掘，尤其是在風俗人情的描摹中透露出這一居群人種別於他族他地的文化特徵。關於這一點，下文將作詳盡論述。

　　其次，地域自然也是制約文化小說的重要審美因素。

　　所謂「地域自然」，就是自然環境為地域人種的性格特徵、文化心理、風俗心理、風俗習慣……的形成所起著的重要決定作用。這種「後天性」的影響，亦成為地域文化小說所關注的最重要的內容之一。《漢書·地理志》中對自然環境影響人種作出了精闢分析：「凡民函五常之性，而其剛柔緩急，音聲不同，繫水土之風氣，……好惡取捨，動靜之常，隨君上之情慾。」按地域的自然環境條件來區別人種性格還是有一定的道理的。因為，自然環境在很大程度上制約著地域人種的文化心理和行為準則，所謂「一方水土養一方人」就是這個道理。而地域文化小說對自然景觀、氣候、風物、建築、環境的描寫情有獨鍾，它在很大程度上豐富了地域文化小說的美學表現力。

　　再者，地域文化則是地域文化小說的根本，如果前兩者只是地域文化小說形成的外部條件，而「地域文化」則是地域文化小說不可或缺的內在因素。我們這裡所說的「文化」不是指那種狹義的文化，而是泛指包括政治、經濟、社會、歷史、民族、心理、風俗……等各個層面的一切制約人的行為活動的、內在的人文現象和景觀。無須列舉西方自中世紀以來的現實主義與浪漫主義的地域文化小說創作所自然而然流淌出來的人性和人道主義的人文哲學汁

〔註33〕 金克木：《文藝的地域學研究設想》，《讀書》1986 年第 4 期。

液，就本世紀以來的中國地域文化小說所折射出的人文光芒，已然是一道絢麗多彩的文化風景線。魯迅的地域文化小說以其璀璨的人性內涵與憤懣的人文情緒，鑄造了五四小說的民族文化之魂，那種對民族根性振聾發聵的靈魂叩問，可說是喚醒了幾代中國知識分子的良知；同時，亦以其強大的哲學文化批判的思想穿透力，奠定了 20 世紀小說以文化爲本，以文化爲主體構架的文本模式，尤其是地域文化的文本模式。當然，在整個 20 世紀的中國地域文化小說創作的歷史長河中，作爲地域小說中的文化消長，是以時代的創作風尚而隨之變化的。但是，無論怎麼變化，作爲地域小說的母題，其文化內涵是無論如何也抹煞不掉的，它已經成爲一種小說創作的固態心理。

從地域人種（由大到小的地理意義上的居群集團分類）、地域自然（由域區劃分的自然環境景觀）到地域文化（由表層的政治、經濟、歷史、風俗等社會結構而形成的特有的民族、地域的文化心理），由此而形成的中國地域文化小說的美學特徵，在整個 20 世紀波瀾壯闊的文學史長河中，呈現出了最爲壯觀的小說創作景象，它無疑成爲本世紀異彩紛呈的藝術景觀中最爲燦爛奪目的一束奇葩。

20 世紀從魯迅開始的地域小說跋涉，一開始就顯現出了它強烈的地域色彩。魯迅筆下浙東人種、環境、文化的風俗畫描寫幾乎爲五四文化小說奠定了不可磨滅的地域文化胎記。阿 Q、孔乙己、閏土、祥林嫂們的面影既是充滿了浙東人個性的「這一個」藝術典型；同時也力透紙背地刻畫出整個中國人的民族文化心理的共性特徵。魯迅從外部和內在的兩個端點展開了地域文化小說創作的作家悲劇心路歷程。

沿著這條地域文化小說的軌跡，一大批五四以後的地域小說家們著眼於對悲劇性的文化內涵揭示，以期來完成五四人性和人道主義的文學母題。魯迅說「已被故鄉所放逐」的蹇先艾和許欽文都是用「異域情調來開拓讀者的心胸」的鄉土小說作家。一個是從老遠的貴州走近文化圈的作家，他的《水葬》、《在貴州道上》可謂地域文化小說的佼佼者，可惜他的作品甚少。一個是浙東鄉土地域的描摹者，他的《瘋婦》、《鼻涕阿二》與《祝福》、《阿 Q 正傳》有著異曲同工之妙。他們的風格之所以受到魯迅的稱道，正是在他們的地域風景、風情、風俗的描寫背後，透露出了五四文學悲劇文化的人性色彩。另外一位倍受魯迅青睞的作家是臺靜農，他的小說之所以被魯迅稱爲「優秀之作」，首先是它的地域性的描寫，然後是那「孤獨」的人性文化內涵的力度：「能

將鄉間的死生，泥土的氣息，移在紙上的，也沒有更多，更勤於這位作者了。」〔註34〕臺靜農的《天二哥》、《吳老爹》、《蚯蚓們》、《負傷者》、《燭焰》雖多為短製，但其在風俗人情的背後所釋放出的深刻哲學文化內涵是一般五四作家們難以比擬的。彭家煌的地域文化小說可謂較早的「湘軍」作品之翹楚，他的短小說雲詭波譎，漫溢著濃烈的地域色彩。在輕鬆諧趣的風俗描寫中，透露出具有沉鬱諷刺文化內涵的主題來。他的《慫恿》、《活鬼》、《喜期》、《喜訊》等地域小說已經在技巧上相當圓熟：「濃厚的『地方色彩』，活潑的帶著土音的對話，緊張的『動作』，多樣的『人物』，錯綜的故事的發展·──都使得這一篇成為那時期最好的農民小說之一。」〔註35〕乃至有人認為：「彭君那有特出手腕的創制，較之歐洲各小國有名的風土作家並無遜色。」〔註36〕

當然。像王魯彥、王統照這樣的地域作家，之所以在文學史上葆有一定的地位，關鍵就在於他們的作品在描寫中國農村潰敗景象時，平添了風俗畫的地域人種、自然的描摹。像王統照的長篇小說《山雨》最受人寵愛的卻是「地方色彩」的描寫。茅盾說它「到處可見北方農村的凸體的圖畫」。

這裡，我們須得涉及文學史上的一個最為敏感的問題，即如茅盾這樣的作家。他的創作實踐：《子夜》及「《蝕》三部曲」、《野薔薇》、「農村三部曲」以及《林家鋪子》、《當鋪前》、《小巫》、《泥濘》、《水藻行》等小說，究竟哪些作品是優秀作品？孰高孰低？孰優孰劣？我想，其實用茅盾早期的美學觀（也是晚期不斷流露出的隱形審美心理）來衡量，是不難看出的。「《蝕》三部曲」和《野薔薇》在心理描寫上是最驚世駭俗的，它們在文化思想內涵和悲劇風格上是卓有建樹的，但其地域文化色彩並不濃鬱。而《子夜》和「農村三部曲」等雖有主題先行之嫌·但是它們所呈現出的地域文化色彩（包括《子夜》的描寫的五光十色的都市文化風景線）足以抵消小說文化主題顯在直露的審美缺陷。尤其像「農村三部曲」和《水藻行》這樣的描寫浙江農村的風俗畫面，更是令人歎為觀止。從中，我們可以看出，題材不是決定小說審美內涵的重要因素，而地域文化風俗色彩卻是左右小說審美力度的重要因素。

〔註34〕魯迅：《中國新文學大系·小說二集序》，見《魯迅全集》第 6 卷，人民文學出版社 1981 年版，第 255 頁。

〔註35〕茅盾：《中國新文學大系·小說一集序》，見趙家璧主編《中國新文學大系·小說一集》，上海文藝出版社 1981 年版，第 28 頁。

〔註36〕黎錦明：《紀念彭家煌君》。

如果說「文學研究會」的大部分小說作家在致力於「為人生」的寫作過程中，更注意地域文化小說的社會結構和悲劇審美的描摹和闡揚，那麼，像廢名、沈從文這樣以「田園牧歌」的「曲筆」來抒寫中國宗法農業社會中人的「生命流注」（沈從文語）的作家，則更注重地域文化色彩的描寫。這成為「京派」小說的一種藝術風格徽標。他們的作品在一片溫馨祥和、沖淡恬美的氛圍氛圍中充分體現出「田園詩風」的綿長韻味：竹籬茅舍、荼畦山林、鳥語花香、小橋流水、白雲蒼狗、月華塔影、邊城古鎮……，構成了地方風俗畫的長長風景線，深深地影響著幾代中國小說家。淡化情節、淡化人物，把小說當作散文和詩來抒寫的作家，恐怕要算廢名（馮文炳）和沈從文了。然而，在濃鬱的地域風俗色彩的描寫背後，這些作家作品是否失落了文化的根本呢？回答應該是否定的。同樣，沈從文們的作品也是以五四人性和人道主義的眼光來掃描人的生命受到政治和文化壓迫而變形的痛苦過程的。只不過他們所用的是「曲筆」而已。這一點綠漪女士（蘇雪林）則看得很清楚，她認為：沈從文的小說是很有「野獸氣息」的，「他很想將這份蠻野氣質當作火炬，引燃整個民族青春之焰。」「沈氏雖號為『文體作家』，他的作品不是毫無理想的。不過他這理想好像還沒有成為系統，又沒有明目張膽替自己鼓吹，所以有許多讀者不大覺得，我現在不妨冒昧地替他拈了出來。這理想是什麼？我看就是想借文字的力量，把野蠻人的血液注射到老態龍鍾，頹廢腐敗的中華民族身體裏去，使他興奮起來，年輕起來，好在 20 世紀舞臺上與別個民族爭生存權利。」〔註37〕可見，沈從文的小說在「反文化」、「反文明」的寫作過程中，不是消解地域文化小說的文化內涵和意義，而是從人和自然的和諧統一中，找到了反抗封建專制和反抗在城市文明的物質壓迫下人性泯滅的通道。作為「京派小說」的中堅人物，沈從文們在地域風俗畫的描寫上走入了「田園詩風」的極境；而在地域文化內涵的發掘中，他們更具有人性的深度。他們「只想造希臘小廟，選山地作基礎，用堅硬石頭堆砌它。精緻、結實、勻稱……這種廟供奉的是『人性』」，「為人類『愛』字作一度恰如其分的說明。」〔註38〕

就「社會剖析派」的小說創作來說，其地域文化色彩較為濃鬱的作家作品，可能要算是像吳組緗、沙汀、艾蕪這樣的短篇小說高手了。吳組緗的《簌

〔註37〕蘇雪林：《沈從文論》，載《文學》1934 年第 3 卷。
〔註38〕沈從文：《〈從文小說習作選〉代序》，《沈從文文集》第 11 卷，花城出版社 1984年版，第 46 頁。

竹山房》以其「秋墳鬼唱鮑家詩」的「鬼氣殊多」的特有情境，顯示了地域文化小說的神秘主義魅力，而《一千八百擔》和《樊家鋪》這樣爲人熟知的作品則更能體現出它們的地域文化色彩。沙汀的《在其香居茶館裏》之所以成爲教科書式的小說範本，其中最重要的因素可能就在於它的地方色彩與鄉村政治文化內涵的完滿融合。艾蕪小說之所以成爲一種美的範式，除了「想借自然的花朵來裝飾灰色和陰晴的人生」〔註 39〕的文化內涵闡釋外；更重要的還是想借「描畫山光水色的調色板」（周立波語）來表現旖旎多姿的邊陲自然景觀，以及那帶著濃鬱異國情調的風俗畫卷。

在「東北作家群」中，無論是蕭紅還是蕭軍，抑或是端木蕻良，那北國的地域文化色彩都十分濃烈醇厚。讀《呼蘭河傳》使你墜入那帶有童話般的地域風情中，而《科爾沁旗草原》的一曲牧歌將你引領進邊塞草原的詩韻之中。

可以說，在 20 世紀中國文學史的歷史長河中，30 年代對「巴蜀文學」中李劼人的長篇小說《死水微瀾》的忽視，是不能容忍的。這部可作爲中國地域文化小說典範的作品，無論從地方色彩，還是文化底蘊來說，都堪稱一流。李劼人後來創作的長篇巨製《大波》亦仍然保持著地域文化小說的特有風格。可惜的是 50、60 年代由於某種文學傾向的偏頗，使其「明珠暗投」了。

即使是在 40～70 年代，小說逐漸走上了單一的爲政治服務的軌道，其地域色彩的描寫也還存在，在一定程度，它成爲遮掩空虛的政治文化內涵的審美飾品。趙樹理的小說，如果沒有濃鬱的地方色彩和人物性格支撐，或許早就成爲政治「傳聲筒」的犧牲品了，他的「山藥蛋派」也就灰飛湮滅了。而孫犁所苦苦追尋的亦正是那地方色彩給作品平添的詩情畫意，否則，「荷花澱派」所賴以生存的美學基礎就被抽空了，劉紹棠們的風俗畫卷也就悄然褪色。即使像柳青、浩然那樣的長篇巨製，除了地方色彩還能構成小說的某些內在審美機制外，《創業史》和《金光大道》還有多少人物特徵和文化內涵可以供後人借鑒和發掘呢？如果說像《紅旗譜》那樣的作品還能在「十七年文學」中成爲值得一書的優秀之作，其審美的引力仍然是它的地域色彩，當然，它在人物塑造和文化內涵的揭示中，也多多少少與同時代的作品有所區別，「距離」使它產生了美感和魅力，同時也使它的生命力更有恒久性。

新時期以來，因著地域色彩被小說家和批評家們所高度重視，中國地域文化

〔註39〕周立波：《讀：〈南行記〉》，見胡德培編：《中國現代作家選集·艾蕪》，人民文學出版社 1986 年版，第 255 頁。

小說便有了長足的發展。可以毫不誇張地說，中國地域文化小說作為新時期小說創作的一種主流傾向，它標誌著中國小說的成熟與飛躍。正由於為了打破小說為政治服務的僵化模式，人們才用充滿著地域文化色彩的小說來割裂小說一元化的行為模式，以形成小說的多元格局。從汪曾祺重溫 40 年前那一個溫馨的夢境，續上「京派小說」的香火；從劉紹棠標舉「鄉土小說」的大旗，在京東大運河畔尋覓一方土地的神韻；從賈平凹、路遙、陳忠實等為代表的「陝軍」的戀土情結中；從古華、莫應豐、孫健忠、彭見明等為代表的「湘軍」異域風情描寫中；從趙本夫、蘇童、葉兆言、范小青、儲福金、張國擎、李杭育等充滿著「吳域文化特徵」的創作中；從扎西達娃、殘雪等充滿著迷狂色彩的地域描寫，到「後現代」們的都市風景線的文化探索中；從「尋根文學」中韓少功、阿城、鄭萬隆、陳建功等充滿著「異鄉異國」的風土人情描寫，到「最後的浪漫理想主義」者張承志、張煒的充滿著宗教色彩的地域風俗描寫中；從「新寫實」方方、池莉、劉恒、劉震雲的對原生狀態的地域文化風俗描寫，到「現實主義衝擊波」裏的劉醒龍、王祥夫、何申等的充滿著具象寫實的新風俗畫的描寫中；從軍中作家莫言、周大新、閻連科等到沿海邊地作家阿成、遲子建、張欣、尤鳳偉、邵振國等作品中的豐厚地域色彩描寫成分中……，我們看到的是一個中國地域文化小說空前繁榮的景觀。從某種意義上來說，由於小說地域文化色彩的審美特徵所形成的「異域情調」的審美饜足，使得影視文學在走向世界、走向西方的道路上取得了長足的進步。張藝謀們所追求的電影視覺效果基本上是源於中國地域文化色彩的美學效應，從「黃土地」走出的中國文化之所以受到西方人的青睞，其重要的因素就在於地域反差中所形成的人種、社會、文化、風俗、宗教的審美落差，倘使沒有這個審美的落差，一切「異域情調」都被淡化消解了，也就談不上什麼美的驚異了。如果沒有莫言的《紅高粱》的小說母本，也就沒有電影《紅高粱》那種視覺衝擊效果；如果沒有劉恒小說《伏羲伏羲》那充滿著地域文化特徵的內涵作底蘊，也就不可能有《菊豆》式的風俗風情畫面的強烈效果；如果沒有蘇童《妻妾成群》的地域風土人情描寫，張藝謀何能在《大紅燈籠高高掛》裏找到一個新的電影美學的支點？雖然他將小說中江南場景移向了山西的喬家大院，但仍抹不去小說中那濃鬱的地域特徵、歷史風貌和風俗色彩。可以說，電影美學家們的成功往往是在擷取了小說家們在小說中最富表現力的一尾錦羽即作家們美學表現中的最精華部分——地域色彩、文化底蘊、風俗畫面、宗教人情，為中國電影走向世界鋪上了錦雲如織的「紅地毯」。

綜觀中國 20 世紀地域文化小說，我們似乎可以得出這樣的結論：任何失卻了地域文化色彩的小說，在一定程度上都相應地減弱了其自身的審美力量。地域文化色彩，不僅僅是一種形式技巧和主題內涵意義上的運用，它作為一種文體，一種文本內容，幾乎就是小說內在特徵的外顯形式，是每一個民族文化和文學表現力與張力的有效度量。就此而言，地域、文化、小說所構成的鏈式內在邏輯聯繫是甚為重要的。

地域，從廣義上來說，它是中華民族（種族）與幅員遼闊的中國（地理）——人與自然所構成的疆域居群關係。而從狹義上來說，它是在這遼闊的疆域居群內更小的種族群落單位與地理疆域單位的人與自然的親和關係，也就是中國各民族及其棲居地之間的風土人情、風俗習慣等審美反差所形成的地域性特點。作為文學，尤其是小說描寫的聚焦，它是否能夠成為作家主體的一種自覺，是衡量地域文化小說的首要條件。但倘若它不能進入作家的自覺意識層面，而只是在作家主體的無意識層面展開，也還是能夠進入地域文化小說的風景線之中的。我以為，最好的地域文化小說可能是那種從無意識走向有意識，再進入信馬由繮的無意識層面的小說家的超越境界。正如從「見山是山，見水是水」到「見山不是山，見水不是水」，再到「見山還是山，見水還是水」的審美超越過程一樣，進入最高境界的地域文化小說的審美表現應成為一種高度和諧的自然流露。

文化，它應是地域文化小說豐富內涵的礦藏。它應充分顯示出人與文化的親和關係。從某種意義上來說，一部地域文化小說，如果在地方色彩的表現過程中不能揭示豐富的文化內涵，它便失去了作品的文學意義，只不過是一種「風物志」、「地方志」似的介紹。因此，作為地域文化小說，它所不可或缺的正是對斑斕色彩的多種文化內涵的揭示，無論你是主觀還是客觀，這種包括政治、經濟、社會、民族、心理……等各個層面的廣義文化內涵的描寫，一定要成為地域文化小說形中之「神」，詩中之「韻」，物中之「魂」。否則，地域文化即失去了文學之根本。

地域文化小說，它應是包容多種藝術形式的地域文化特徵的小說。就 20世紀地域文化小說來說，首先，它是以現實主義創作方法和技巧為主體內容的，這不僅是現實主義的創作方法和技巧從形式上來說更適合於跨時空、地域、民族、居群的閱讀和審美接受；同時，它亦更適合於接納現實主義那種博大精深的文化批判內涵。其次，作為現代主義創作方法和技巧的實驗基地，

有些地域文化小說對現代主義創作方法和技巧的借鑒，大大豐富了地域文化小說的表現力。諸如殘雪的《黃泥街》以及馬原、洪峰、扎西達娃的一些作品，對推進地域文化小說的藝術發展有著歷史性的進步意義；正是因為前兩種藝術形式的衝撞，在80、90年代，才可能產生出第三種小說藝術形式和方法技巧。那麼，現實主義和現代主義創作方法和技巧的融合，促進地域文化小說胎生了另一種「雜交」作品：80年代受拉美小說巨匠馬爾克斯「魔幻現實主義」的影響，韓少功以《爸爸爸》完成了地域文化小說從「現實」和「現代」兩個軀殼中蛻變的過程，以另一種新的形式技巧來完成一個文化批判的母題。而《馬橋詞典》亦以獨特的地域文化特色，也可以說是將地域特徵進行藝術的顯微和放大，完成了藝術形式上的另一次蛻變，即使它的蛻變過程有著明顯的模仿痕跡，但也無論如何有著形式拓展的歷史進步意義。

仍然是那位著名的美國小說家和批評家加蘭在上個世紀之交就預言了美國文學的 20 世紀未來：「日益尖銳起來的城市生活和鄉村生活的對比，不久就要在鄉土（地域）小說反映出來了──這部小說將在地方色彩的基礎上，反映出那些悲劇和喜劇，我們的整個國家是它的背景，在國內這些不健全的、但是引起文學極大興趣的城市，如雨後春筍般地成長起來。」加蘭所描述的100年前美國社會景象，在很大程度上與中國現今的社會文化景觀十分相似。他所預言的地域文化小說要從以鄉土小說為中心的基點轉向城市這個物質的怪物身上的結論，不僅成為 20 世紀美國文學的現實，同時也成為了西方 20 世紀文學的歷史；更重要的是，它還將成為中國 21 世紀文學的未來。那種凝固的文化形態已被騷動的反文化因子所破壞，由此在地域文化中所形成的亙古不變的穩態文化結構──人種、居群、風俗、宗教等人文因素──將面臨著崩潰、裂變的過程；都市的風景線所構成的新的地域文化風景線，則都是地域文化小說所面臨的新課題。怎樣去描摹和抒寫新世紀的地域文化小說的新景觀，這是每一個作家和批評家為下一個世紀所承擔的歷史重負。

二、個案例析

邵振國 90 年代小說創作中的風俗畫、風情畫和風景畫，表明他是一位堅守自己精神家園、堅守自己藝術風格的作家。

藍天、白雲、綠洲、戈壁、沙石、大漠、長河、陽關、飛天、麥浪、雪野、果園、森林、古長城、莽原、寨堡、岷山、大青山、棧道、草灘子、黃

羊、狼群、獐子、拐棗、沙棘、牛車、馬廄、磨盤、犁頭、鋼叉、木鍁、院落、炕頭、壯漢、女人、豐乳、肥臀……這一組組意象構成的大西北的風俗畫、風情畫和風景畫，成爲邵振國小說創作中的鮮明地域紋印標幟。

邵振國是屬於那種始終堅持著自身風格的作家，他不能也不可能像時下一批大起大落、大紅大紫的青年作家那樣跟著商品大潮的感覺走。正因爲文壇還有這麼一批堅守自身藝術風格和思想的作家在，中國的純文學陣地才有了那麼一份固定的綠色，才有了屬於文學和藝術的那份永恒的生命力。

認識邵振國還是15年前的事，那時，我在人民文學出版社參與《茅盾全集》的編輯校注工作，適逢邵振國赴《當代》編輯部修改成名作《麥客》，那時我們能夠會面的場所只能是食堂，記得有次飯後蹲在出版社的院子裏聽他談及甘肅的人情風俗，給我留下了深刻的印象。後來讀了他的《麥客》，便更感到親切動人。再後來陸陸續續讀到他的一些作品，便是一種平靜而沖淡的審美心境了。

如今再翻動邵振國這一部部中短篇小說，不由得心裏一陣悸動。無可置疑，邵振國的小說迎面撲來的那股地域文化的氣息，那裏挾著西北民俗風情的氤氳，足以能夠使他的小說成爲中國20世紀地域小說中的一枝奇葩。其實，比《麥客》更好更耐讀的小說，在邵振國的創作中比比皆是。像《河曲、日落復日出》這樣的作品，我是把它當作三首人性詩、風俗畫來閱讀觀賞的；在河曲雪壩的背景下，那個從人性深處走來的「造簽的人」，爲我們展開了一幅奇詭堂奧的人生畫卷，在這裡，時間凝固了，瞬間的人性定格，給我們留下了美學的想像空間。九回的河曲彎道峽谷中走來的「淘金人」，在充滿著神話色彩的氛圍中，闖進了一個如詩如畫的世界：「當日頭將落去的時候，下游的草壩子是那樣美，美麗得令人恐懼。草野、天空，全然是透明的，無一絲污濁的雲氣，也許這下游剛下了一陣透雨，一道寬得不能再寬的彩虹，由南到北，深深地嵌進天角。」這分明是散文詩的筆法，它使我想起了廢名、沈從文、孫犁和汪曾祺，但細想，它似乎又多了一層異域的風俗色彩。河曲下游漂泊而來的「首飾匠人」與女老闆、癡漢之間的糾葛鋪衍在如夢的浪漫哲理故事之中，隨著「一方雪的世界的塌落」，我們畢竟終於看到了人性的升騰。所有這些故事的敘述和語言的生動描繪都在廣袤的西北風俗畫中展開，無疑是給小說平添了更加迷人的色彩。在粗獷中加進的悲壯，在細膩中織入了淒婉，剛柔相濟，動中有靜，詩情畫情，構成了邵振國小說創作詩意的風景線。

　　作爲新近的力作，中篇小說《雀舌》猶如一篇纏綿悱惻的淒婉長詩，其雋永綿長的人生哀歌如泣如訴。從中我們看到了人性的裂變，看到了文化交替給人帶來的物質和精神的困惑，看到了愛情和道德的沉淪，看到了性欲膨脹給人帶來的人格兩重性。由此，我們不難看出，邵振國的地域風俗畫小說中揉進了相當深刻的文化含量。洗世的一生終於沒有重複老一輩的路轍，這並非是一開始就命定的，而是社會經濟基礎的變動使他最終脫離了原先的文化運行軌道。淳樸的民風古俗的崩塌，人性中善和美的淪陷，是不以人們的意志爲轉移的，豈是一個是與非、對與錯可以了結的事情。作家將這樣的文化尷尬推到了那遙遠的西北邊地，足見社會轉型期的文化慣性力之巨大。表現這類母題的小說尤數《遠鄉夫婦》最爲動人，最見功力。鄭家邦帶著他人的媳婦孩子私奔到這邊遠的小鎮，他們與「土地主」李媽媽、李家爸的種種糾葛，衍化出的那種利與義的文化道德的衝突，被邵振國置放在人性的聚焦點上進行放大，就更凸現了處在現在進行時的文化裂變給人們心靈帶來的極大困惑的人生命題。流暢的文筆，曲折的故事給小說增添了無限的可讀性，好看易讀成爲這篇小說新的特徵，但是與另外一篇同是以故事取勝的中篇小說《張大使記》相比，《遠鄉夫婦》中的風俗畫、風景畫、風情畫的描摹並未消遁，從中，我們可以吮吸到風俗氛圍帶來的溫馨與羅曼。這樣的風格同樣浸潤在中篇小說《大河水》中，作者將一個現代故事置放在一個古樸而又迷離的風俗圖畫中，由此而展開了人性在文化裂變中的全部墮落過程，在金錢物質的誘惑下，陳文輝不僅出賣了戀人的肉體，同樣也褻瀆了戀人的精神，我原以爲作者是要以一個悲慟的故事結局來了斷陳文輝的這段人生情愫，未料作者用詩化的故事「突轉」，完成了一個賦有淡淡哀愁的結局——梅與胡楊子的私奔出逃預示著他們重歸人性的家園，但是，誰又能保證胡楊子在急驟的經濟浪潮拍打下的物欲世界裏不重蹈陳文輝的覆轍呢？！

　　「西出陽關無故人」的不毛之地，歷來是逃犯出沒的棲居地，《拐棗》便是在重彩潑墨的風俗畫和風情畫中展現了人性的格鬥，不同歷史背景下的兩代囚徒逃犯，最終會成爲這塊土地上生生不息的種子，歷史賦予這塊土地上人的堅韌性，不管歷史的變遷如何劇烈，始終改變不了的是人性和人道的內涵。在這部中篇小說中，我似乎讀出了邵振國在回歸精神家園中的執著與堅韌：一方面是「歷史的必然」，另一方面是人性執著的美質。這就注定了作者選擇在悲劇中表現出樂觀主義的態度，那首歌謠永遠地迴蕩在這充滿著邊塞

詩意的葡萄園中：「曹家祖居陽關外，幾輩子骨頭沙石裏埋……」，這縈繞在陽關外的歌聲，正寓言著那不屈人性的巨大生命力。

《黑石碑》簡直就是一首超越時空的古樸的人性悲歌，在那疏勒河古河道旁，在那大片大片的河石上，在那紅柳叢中，在那莽莽的沙漠中，流淌著的是一首首人性的狂放戀歌，在採擷鎖陽的路途上，杏兒和張抱骨留下了一串串充滿著野性的詩篇。那曾家大院與歷史的流動一樣，成為阻隔人性的樊籬，但是，超越時空的人性卻成為邵振國筆下的永恒存在。

讀《哈什哈爾》這樣的小說，使你有置身於塞外伊甸園的感覺，作者雖然注重於故事情節的營造，但是濃鬱的葡萄園氣息致使小說充滿了浪漫的溫馨，也正是雨兒說不清道不明的種種戀情給小說蒙上了一層羅曼的悲情。這篇小說的成功處並非在於多角的戀愛構成的故事的曲折性，而在於大量的人物內心獨白和意識流的運用，為小說平添了諸多的「新浪漫主義」的色彩。緣此來尋覓那小說的古典情韻，或許讀者諸君能夠找到一個最佳的閱讀窗口。

同樣是要寫那逝去了的苦難生活，並使它更具有浪漫色彩，我以為邵振國近乎於自傳體的中篇小說《河西行》的弊端就在於作者一味地陷入了故事的敘述中，而且囿於線性的陳述，忘卻了風俗畫、風情畫、風景畫的背景描摹，忘卻了對形式和技巧的刻意追求，便使得這篇作品真的顯得呆板而缺乏鮮活。我以為小說中 60 年代政治鬥爭的氛圍描寫壓過了上述的藝術性和技術性描寫，有鑽進 70 年代創作俗套的嫌疑，儘管小說中尚有許多風俗和風情的點綴，然而這僅僅是點綴而已。

一般說來，短篇小說創作是最能體現一個作家水平高低的試金石。我以為邵振國的短篇小說最能體現他的風格，並且亦最有美感生命力的篇什仍是那些用重彩濃墨抒寫風俗畫、風情畫、風景畫的作品，這些作品雖然缺乏時間的清晰維度，但正是在這一點上，小說超越了時空的閾限，富有了屬於自身空間的藝術張力。《白龍江棧道》中的人物幾乎都是浮雕式的，作者並不注重用故事來塑造性格，而是用大量的風俗描寫和異域情調的畫面來構造小說整體的藝術效果，甚至使你感到陷入了背景的營造中，但正是這樣的構圖才真正形成了小說搖曳多姿的特殊地域文化色彩和風俗情調。我們從那幅充滿著異域情調的青藏高原油畫中，看到的是人性的魅力和文化的魅力。在那響徹耳畔的不斷出現在小說中的「噢—駒、駒、駒、駒—」的「喊大山」的吆喝中，我們聽到的是人性的回聲和歷史的回聲，道爾吉和昂夏兩人完成的不

是宗教的禮儀，而是充滿著人性哲理的靈魂洗禮。小說在風俗畫和詩的交響中最終完成了人性內容的抒情，給人以久久的回味。同樣，《毛卜喇之夜》這樣的作品並不注重故事和人物的描摹，看似漫不經心的隨意潑撒，然而，作品最終以一個突發事件凸現了人物的性格，將假惡醜與真善美的兩極像揭謎一樣呈現在讀者面前。讀這樣的作品，可以看出作者的藝術手腕，看似不經意，卻是苦心孤詣。它使我想起了契訶夫、梅里美、莫泊桑、魯迅、沈從文、孫犁等這樣的短篇聖手的某些手法。當然，能夠達到這樣高水平的短篇在邵振國的作品中還不是很多。

《遠嫁》和《上堡子楊青柳綠》雖然是抒寫現實題材的作品，但是其風俗畫和濃鬱地域色彩彌漫其中，便有了幾多西北風情的本色，作為一個遠在江南的讀者，仍能給我審美的饜足。

《豌豆秧兒》、《灘歌》、《在 312 國道旁》都是著重抒寫現實生活中的矛盾衝突，其中《豌豆秧兒》和《在 312 國道旁》更具有邵振國的藝術風格，只是《灘歌》的寫法和風格很能使人聯想起「山藥蛋派」的藝術路數。

這是一個消滅風格的時代，布封那句「風格即人」的名言至今已不再被現代小說家，尤其是「後現代」的晚生作家們所看重，甚至把風格視為一種僵死的模式而唾棄之。說句大實話，這些年來文壇是「城頭變幻大王旗」，那許多貌似新潮的小說做法，往往都是摹仿西方的贗品，從手法技巧的摹仿借鑒發展到思想、主題、情節，乃至細節的摹仿，這恐怕就談不上是借鑒了。正是由於年輕作家懸浮在都市中，生活在單調的生活空間裏，缺乏深厚的人生經歷與人生經驗，缺乏生活中貼近自然的一面，所以只能躲在高樓的一隅中獨白「私人話語」。當然，生活無處不在，任何生活都是生活，是創作的真諦與常識，然而，大家都去反映、傾吐同一樣的生活和內心情感，那麼，就與我們蝸居在千篇一律的火柴盒式的公寓裏又有何兩樣呢？文學一俟失卻了多樣的色彩，它的藝術生命還能長久嗎？

邵振國的小說創作雖然沒有那種即時性的轟動效應，但是，他的小說是具有較為穩定的風格的，風格可能因時代而埋沒了他，但風格亦會因歷史而成就了他。相信未來的文學史上會留下屬於有風格的作家作品一筆的。

在這物欲橫流的時代，堅守自己的精神家園不易，同樣，堅守自己的藝術風格也不易。

邵振國在未來的創作中能執著地走下去嗎？！

第四章　鄉土的困惑與危機

第一節　鄉土小說的多元與無序格局

　　在現代文學史中，我們的作家、批評家、文學史家力圖在鄉土小說這一創作領域內尋覓恢弘壯麗「史詩」的希冀已經成為泡影。在本世紀的最後幾年裏，中國文學裏的「史詩」和「大家」意識無疑正在被創作的多元與困惑所消解和替代，而創作的多元與困惑卻推動著小說藝術的發展。因而，本文試圖通過這種多元與困惑的描述來窺探鄉土小說創作的走勢，以期發現中國從農業社會向工業社會乃至後工業社會轉型時的小說藝術變化。

一、走出田園風景線，尋覓失落的政治問題

　　誰都不會忘記文藝為政治服務給作家創作留下的消極影響，新時期文學的騰飛亦正是在擺脫了這種影響的前提下取得的。新時期之初，當汪曾祺第一次把四十年前那個田園舊夢送給讀者時，人們似乎從這田園風景線的描摹中找到了一種與政治主題剝離的新方法，從中發現了小說所具有的美感功能，雖然這種美感尚帶有古典主義的風範，但它足以令人陶醉。正如汪曾祺在《大淖紀事》的創作中所說：「我以為風俗是一個民族集體創作的生活的抒情詩。」〔註1〕這一「抒情詩」的顯現發出的是文學創作游離政治的信號，它不僅僅帶來了當時風俗畫小說的泛化，同時，也帶來了現代文學史學界對於沈從文這樣的田園浪漫詩人的重新認識，甚而將沈從文這位田園牧歌的頌者在文學史上的地位拔高到了驚人的程度。無可否認，這股清新的田園之風猶如一泓清泉流過千萬讀者

〔註1〕　汪曾祺：《〈大淖記事〉是怎樣寫出來的》，《讀書》1982 年第 8 期。

的心田，使人忘卻「傷痕」之創痛，平復了夢魘的纏繞。比之「傷痕」之後的「反思」，諸如《芙蓉鎮》《拂曉前的葬禮》《爬滿青藤的木屋》《遠村》《綠化樹》《天雲山傳奇》《在沒有航標的河流上》《犯人李銅鐘的故事》《蝴蝶》等，田園浪漫詩篇輕輕地撇開了那種凝重的主題，以輕靈的美感內涵向政治化的母題告別。雖然兩者的基本母題同樣是在回歸五四以來的文學主旨——以人道主義和人性的復歸來抨擊一切醜惡的現實。但是，從四十年代末以後一直習慣了政治化母題薰陶的廣大讀者，在聽到了一種不同的表述方式後，卻更熱衷於此，他們似乎找回了那雙能聽得懂「音樂」的「耳朵」，找回了那種體驗美的感覺和經驗。這也就是田園浪漫詩式的小說一時興起的根本緣由。

但是，在這塊古老的土地上，在這個擅長於思考的民族裏，人們是難以擺脫對政治的熱戀的。「尋根文學」歸根結底是一次尋覓民族政治文化出路的文學運動。我們且不管這次運動的得失與否，就其所倡導的民族文化主張，卻恰恰和五四新文學運動的方式方法何等地的相似乃爾。一批以知青作家爲代表的「尋根」主流，在這塊古老的鄉土田園裏演繹的仍是那說不盡道不完的「政治文化」，他們作品的母題始終沒有離開作爲中國「文化」的主要支撐物——政治母題的籠罩，無論王安憶的《小鮑莊》也好，韓少功的《爸爸爸》也好，阿城的「三王」也好，賈平凹的「商州」系列也好，它們的表層結構雖然充滿著迷人的「文化」色彩和魅力，但在其深層結構中卻處處表現出對那種規範化政治意識的抨擊或禮贊，對儒道釋這一中國文化的眷戀最終仍是「政治情結」所致。

從表面上來看，新時期小說在一次一次與政治告別中愈走愈遠，最後走入了「新潮小說」之中，走向了「新寫實小說」之中。誠然，這兩股小說思潮和運動，作爲一種現象，它們對於中國小說的發展和多元化格局，作出了不可低估的成績；作爲一種小說運動的過程，它們既有合理性又有必然性。然而，僅僅把它們作爲一種對政治的悖反和偏離，卻非客觀。「新潮小說」操起「純形式」和「純技術」的敘事武器，試圖走出「田園牧歌」式的田園風景線，來表現感覺世界的主觀意識，它們的描寫視閾儘管能夠逃避外在田園風景線的客觀性摹寫，但卻始終不能也擺脫不了那個政治文化心理的糾纏，在那些靈魂世界的裸露中，我們看到的是「形式」的外殼裏裏藏著的一種對舊有的政治文化秩序的懷疑。這本身就是一種對政治文化的介入，只不過「外包裝」更加嚴密而已。如果說馬原這樣的作家更注重「純形式」的外

包裝的話，那麼，像洪峰、殘雪這樣的作家則更趨於對外殼下的敘述感興趣。為什麼「新潮小說」在整個 80 年代中後期很快就趨於自生自滅的狀態呢？其中最重要的原因就在於它們遠離讀者，甚至拒絕專門性閱讀，忽視接受美學在當代創作中的至關重要的作用，忽視和低估了廣大讀者在閱讀的「歷史積澱」中所具有的深層的「政治文化」期待視野因受障礙而不能得以宣泄的審美事實。而「新寫實小說」之所以能夠較為成功地獲得讀者的青睞，除了它的「寫實」形式更易為人所接受外，最重要的是它對政治社會文化現象的介入呈「放大」式的顯現狀態，在顯現過程中，讀者很能找到其中的「自我」，得到審美情感的宣泄。同樣，「新寫實小說」中的大量鄉土作品也如「新潮小說」一樣，拋棄了田園風景線的描摹，對田園牧歌式的抒情抱以鄙視的態度，但它對深層的民族鄉土文化心理的揭示一次又一次表述了作者對鄉土政治文化顛覆的熱衷和樂此不疲的韌性精神。不管劉恒、劉震雲們採用什麼樣的觀點，他們作品的政治文化母題都是異常深刻而莊重的，只不過這種母題的表現在不同作家和不同時空裏有時呈顯現有時呈隱匿狀態罷了。劉震雲的長篇小說《故鄉天下黃花》就是一個最為鮮明的例證。作家的這種對政治文化母題的關注已達到了幾近赤裸裸的地步。小說表述的是作者對於顛覆幾千年來形成的鄉土政治文化格局的無奈與憤怒。那種強烈的人道主義和人性的主觀意念的介入，形成整部作品的唯一視角。儘管它是包裹在「反諷」的透境當中。「新寫實小說」之所以尚可延續其藝術的生命力，而不像「新潮小說」那樣走向速朽，其根本原因就在於它在不同程度上既滿足人們的審美需求又滿足人們的「政治文化」的自我宣泄。從中我們可以明顯地看出，當「新潮小說」之路已趨窮途時，一些作家明智地重新選擇了「新寫實」的路途，過去作為「新潮」代表作家的一些人，不是跳出了「敘述遊戲」的圈子了嗎？乾脆拆除「外包裝」，直捷進入社會性的政治問題。

　　儘管 80 年代初的那種對政治母題的巨大熱忱已不再可能成為文學尤其是這個農業社會文化轉型期的熱點。但是，人們隱意識中的政治文化需求，仍舊會通過作品，尤其是鄉土小說加以表現。儘管烏托邦式的田園浪漫的時代已經終結，出現在人們面前的是一個分崩離析的精神世界和色彩斑斕的物質世界。寧靜、溫馨、和諧、美麗的鄉土氛圍和秩序已被喧囂、躁動、猙獰、醜惡的龐大現代經濟機器所吞噬。政治文化格局被嚴重顛覆的現狀將自然而然地被折射於作家的筆底，這是任何人都不可抗拒的，你要表現中國農村的

現狀嗎？你要裸現這駁雜的鄉土心理世界嗎？你就不能拋棄這一母題的誘惑，這就是藝術家的良心。我不能預言目前所倡導的所謂「新體驗小說」在創作過程中有何新的美學意義，但它卻不能也不可能偏離政治文化母題的內容表述。從目前有影響的鄉土小說作家來看，周大新、劉醒龍、閻連科、劉玉堂、許謀清等都無不對鄉村政治文化格局（包括物質和精神的雙重錯位）作出了即時性的深刻描寫。如果說周大新的《向上的臺階》是從縱向將鄉村政治文化鑲嵌在廖懷寶這個人物心靈中的一部當代農村政治演變史的話，那麼劉醒龍的《鳳凰琴》《村支書》《黃昏放牛》《農民作家》《秋風醉了》等系列中篇小說則從若干個橫斷面剖示了當今農村文化格局中光怪陸離的物質與精神的雙重錯位現象。可以看出自「新寫實」之後，這批作家並不注重外在形式的改造和修正，而是直接地將鄉村政治文化格局的歷史性顛覆和變異展示給讀者。甚至有些作者還部分採用了「通俗文學」的操作方法，直捷獲取「鄉下人」作為鄉土小說的閱讀對象。

誠然，政治文化母題在鄉土小說中的發掘和拓展尚遠遠沒有到位，但作為多元無序格局下的二十世紀末鄉土小說乃至整個中國文學創作的最為重要的表現形態，它應受到普遍性的關注。因為我們正處在一個由農業社會向前工業社會經濟乃至後現代主義文化過渡的駁雜而光怪陸離的轉型時間，在巨大落差壓力下的鄉土文學所作出的文化反彈，怎能熟視無睹呢？

二、走出史詩的困境，尋覓死亡詩意的悲喜劇

當中國作家們對所謂「全景式結構」的「史詩性」作品發生懷疑時，幾乎在整個 80 年代裏就已淡化了長篇小說的「史詩情結」，像《芙蓉鎮》那樣的結構方式已成為新時期的歷史。甚至，人們對「史詩」的審美價值亦發生了根本性的懷疑和動搖，即便是《戰爭與和平》式的巨著也不一定適合於如今的審美需求。然而，當我們仔細釐定近年來長篇鄉土小說創作時，就不難發現作家們似乎又重新對大跨度的歷史時間發生了興趣？隨意拈出幾部長篇便可見端倪：陳忠實的《白鹿原》、劉震雲的《故鄉天下黃花》、劉恆的《蒼河白日夢》。尤其是《白鹿原》已被許多評論家定性為「史詩性」的作品：「《白鹿原》無疑具有更大的文化性、超越性、史詩性。」〔註2〕且不說這作品空間跨度是極其有限的，不再合乎舊有的「史詩性」巨著的概念，就其作家創作

〔註2〕 雷達：《廢墟上的精魂——〈白鹿原〉論》，《文學評論》，1993 年第 6 期。

的本意來看，時間和空間在小說中只不過是表現人、社會、歷史、文化的一種外在式，是一種敘述方式的需要而已。小說家究竟要在這裡表現什麼？大而言之，藝術家們都似乎有一種回眸的藝術本能，他們試圖在民族文化心靈歷程中尋覓到一種蒼涼感，找到一種暫棲靈魂驛站的慰藉，由此而尋求一種新的現代悲劇美感精神。「史詩」的外在結構形式在這裡已不重要，它已經成為一種小說的「道具」而已。就其對「史詩性」的「悲劇英雄」內容來看，如今的小說家幾乎都成了舊有美學判斷的叛逆者。

誠然，《白鹿原》是描寫宗族的歷史文化變遷，但作家的視點並非停滯在時間性的歷史事件的更迭上，一個個人物的故事都聚焦在人物心靈的變化過程中，雖然這個「過程」尚留有許多「飛白」之處，甚至被割斷了因果鏈條呈反性格邏輯的「二律背反」狀態，然而，整個作品並不注重於時間跨度（改朝換代）給主人公心靈帶來的性格驟變；也不在意空間跨度（場面轉換）會給主人公心理帶來的變化契機。而是把整個支撐點放置於這個「近乎人格神」〔註3〕的悲劇性審美描寫上，從而揭示出傳統政治文化強大的生命力。人物的性格是凝固的，它不受外界因素的制約，而卻以強大的「自我」人格力量去輻射周圍，雖然這種傳統的人格包孕著真善美和假惡醜的兩極內涵。從中我們可以發現這樣一個事實：作家既不是在追求「史詩」的審美效應（這種審美效應或許在視覺藝術中還能造就一種動態的美感而博得觀眾的喝彩，但在小說審美領域內，最主要的還是靠「內在的眼睛」來尋覓靜止中的動態之美的），亦不是在追求對悲劇人物的英雄行為的禮讚。這是一個沒有英雄的時代，因而，那些古典主義的悲劇觀念已不再適用於這類悲劇人物，悲劇的崇高美學價值判斷已被完全消解了。每一個人物都包孕著道德倫理的兩極和文化性格的分裂，因而在這種人格的背反下，儘管作家並沒有意識到其悲劇所具有的「存在」意義，但它畢竟超越了欲達理想而又不能達到的歷史的必然性的悲劇陳規。陳忠實說：「當我第一次系統審視近一個世紀以來這塊土地上發生的一系列重大事件時，又促進起初那種思索，進一步深化而且漸入理想境界，甚至連『反右』、『文革』都不覺得是某一個人的偶然判斷的失誤或是失誤的舉措了，所以悲劇的發生都不是偶然的。都是這個民族從衰敗走向復興復壯過程中的必然，這是一個生活演變的過程，也是歷史演進的過程。」〔註4〕

〔註3〕　雷達：《廢墟上的精魂──〈白鹿原〉論》，《文學評論》，1993 年第 6 期。
〔註4〕　《陳忠實答李星》，《小說評論》，1993 年第 3 期。

也許，作者的原意是想通過「歷史演進的過程」來折射人物的民族文化心態的冥頑性，道出「歷史的必然」的悲劇性。但是，它再也不能通過人們的視知覺把「崇高」或「同情與憐憫」送入悲劇審美的歷史軌跡。悲劇，它在當代人的審美視域中，那種死亡的詩意不再是理想和崇高的組合，不再是引起同情和憐憫的激情，它的那種普泛的人性和人道主義力量還存在嗎？從某種程度上來說，現代悲劇精神正在走向消亡悲劇與喜劇臨界點的審美極端，雖然人們尚未從目前的創作現象中概括出定性的悲喜劇相混合的理論意義來，但從種種的創作發展趨勢來看，我們很難不從米蘭·昆德拉那裏得到啓迪：「悲劇把對人的偉大的美好幻想奉獻給我們，帶給我們安慰。喜劇則更爲殘酷：它粗暴地將一切的無意義揭示給我們，我覺得人類所有的事情都包含著它的喜劇性的一面，它們在有些情況下，被承認、接受、開發；而在另外的情況下，則被遮羞。真正的喜劇天才並不是那些讓我們笑得最多的人，而是那些揭示出一個不被人知的喜劇的區域的人。歷史始終被看作一個只能嚴肅的領地，然而，歷史不被人知的喜劇性是存在的。有如性的喜劇性（難於被人接受）之存在。」〔註5〕尼采所說的「悲劇的安慰」顯然亦不適用了。悲劇羼入了米蘭·昆德拉所說的這種新的喜劇性質，這是「一個不被人知的喜劇的區域」，這種悲喜劇在抒寫歷史這塊「嚴肅的領地」時，我們往往看不清作家的「表情」，他（她）有時似乎是莊嚴的，有時似乎戴上了小丑的面具，有時似乎在故作姿態。敘述「表情」與敘述內容往往呈逆反情狀，這種敘述情狀當然更適合於表現人格的分裂。如果說這在《白鹿原》這部恢弘的民族文化心靈歷程作品的描摹中還表現的不夠充分的話，那麼，在《故鄉天下黃花》和《蒼河白日夢》這兩部作品中就表現得更爲突出了。有人已經把這種敘述情狀歸納爲「反諷結構」了，但是，所需指出的是，「反諷」最終是產生喜劇式的審美內容，而這部作品中仍摻有那種對悲劇美學效應的追求之痕跡，有時亦可清楚地看到作家摘下「面具」後表現出的真誠：「總之，在我看來，劉震雲的反諷，並沒有局限於審視所謂『生活的原生態』的喜劇效果。」〔註6〕而是把悲喜劇相混淆，表現出一種對歷史的輕鄙和不屑：「《故鄉天下黃花》是寫一種東方式的歷史變遷和歷史更替。我們容易把這種變遷和更替誇大得過

〔註5〕 米蘭·昆德拉：《小說的藝術》，生活·讀書·新知三聯書店 1992 年版，第 121 頁。

〔註6〕 陳曉明：《漫評劉震雲的小說》，《文藝爭鳴》，1992 年第 1 期。

於重要。其實放到歷史長河中，無非是一種兒戲。」〔註7〕難道作家在抒寫歷史變遷和更替時是沒有美學原則和目的的嗎？這並非符合作品的實際。作家所追求的是一種新的「死亡的詩意」，劉震雲筆下的人物在一片戲謔性的鬧劇聲中，在那毫無崇高和莊嚴的歷史中頹然倒下，這些人生是無價值的，但這段歷史孰能說無價值？巨大的死亡詩意蘊藉在這歷史的鬧劇中，無論劉震雲們是否意識得到，它依然存在。如果說劉震雲並不突出這一審美內容的話，那麼陳忠實在《白鹿原》中卻十分清晰地表達了這種對死亡詩意的新追求：「在死亡大限面前深掘靈魂，更是《白鹿原》的一大特色。它寫了很多生命的殞落：小娥之死，仙草之死，孝文媳婦之死，鹿三之死，白靈之死，兆海之死，朱先生之死，黑娃之死……真是各有各的死法，充分表現了每一個人都是獨一無二的人，一反過去有些作品在死亡描寫上的大眾化、平均化、模式化的平庸。」〔註8〕我認為這不僅僅是對個體生命悲劇描摹的一次獨特發現，它的獨特之處更表現在作家通過對這些死亡的描寫發現了一種歷史文化的詩意，正如主人公白嘉軒那強大的雄性生殖力一樣令人驚悸顫慄。而劉恒的《蒼河白日夢》卻從歷史的夢境中慨歎人性的扭曲和變異。從而從死去了的歷史情境中解脫出來，得到一種心靈的慰藉，這裡似乎沒有「死亡的詩意」，但我們從人的囚籠中看到了歷史死亡的詩意。歷史雖然尚未完全翻過這沉重的一頁，但是，我們卻在這些作品中看到阿Q們的面影，讀到魯迅式的「吶喊」與「徬徨」。頗有意味地是，中國的鄉土小說幾乎走完了一個世紀的歷程。而魯迅在世紀初的「吶喊」竟也在本世紀末得到回應，這並非是一種循環往復的怪圈，而是歷史在正告人們：「人」的命運、民族的命運的「新陳代謝」還遠遠沒有完成。魯迅先生應該說是第一個使用「佯謬」、「反諷」的「曲筆」來抒寫阿Q這一形象的，這一悲劇形象的內涵卻是用喜劇的外殼形式包裹著的。作者試圖通過阿Q這一人物的表象世界的虛擬性創造，來達到擺脫現實生存痛苦逃遁到表象世界裏去的目的；但另一方面那種咀嚼痛苦，在痛苦中獲得悲劇性審美快感的誘惑又使他著力對阿Q的個體生命進行一次又一次的否定之否定的肯定性價值判斷。這就形成了「酒神精神」和「日神精神」相交、悲劇和喜劇相合的特殊審美現象。可以說，在追求「死亡的詩意」的審美要求下，許多鄉土小說在對人和民族的靈魂拷問中麋集於對大跨度的歷史

〔註7〕　劉震雲：《整體的故鄉與故鄉的具體》，《文藝爭鳴》，1992年第1期。
〔註8〕　雷達：《廢墟上的精魂──〈白鹿原〉論》，《文學坪論》，1993年第6期。

追問的焦點上。和魯迅先生遙遙相對，他們一個站在世紀的前端，一個站在世紀的末端，同樣試圖在「世界原始藝術家」的角度來反觀人類和民族的痛苦，希冀在世紀的轉折點上看到一次「死亡的詩意」帶來的人類歷史的蛻變：「現實的苦難就化作了審美的快樂，人生的悲劇就化作了世界的喜劇。」〔註9〕這種二度循環的悲喜劇境界似乎成為鄉土作家的共同的烏托邦世界。在文化破滅、精神淪喪的「浮華世界」裏，「死亡的詩意」追求不乏為一種新的刺激，爾後也許又是「傍徨」和追求。

三、走出理性的精神家園，尋覓神秘的野性曠野

或許，自莫言的《紅高粱》開始，那種充滿野性原始驅力的「繆斯」又被重新召回藝術的殿堂。大約從三十年代以後，文學逐漸進入了理性的精神家園，在有秩序的審美規範中徜徉，五四時期的那種以「獸性主義」作驅力來弘揚人性解放的呼聲漸退。儘管三十年代瞿秋白將魯迅比擬為羅馬神話中的萊謨斯，「他回到『故鄉』的荒野，在這裡找著了群眾的野獸性，找到了掃除奴才式的家畜性的鐵掃帚，找著了真實的光明的建築」，「是的，魯迅是萊謨斯，是野獸的奶汁所餵養大的……他從他自己的道路回到了狼的懷抱。」〔註10〕無獨有偶，蘇雪林在三十年代亦從另一個角度闡釋出值得弘揚的沈從文鄉土小說的「野獸氣息」來：「這理想是什麼？我看就是想借文字的力量，把野蠻人的血液注射到老態龍鍾、頹廢腐敗的中華民族身體裏去，使他興奮起來，年青起來，好在二十世紀舞臺上與別個民族爭生存權利。」「他很想將這份蠻野氣質當做火炬，引燃整個民族青春之焰。」〔註11〕如果重新估價這兩位鄉土小說巨子，我們似乎不難發現他們血管裏汨汨流淌著的野性思維的特徵。然而，這種野性思維直到80年代的一曲《紅高粱》才又被重新拼接延續下來。這被文學遺棄了半個世紀的「潘多拉的盒子」，一旦被打開，作家的理性便處於失控狀態，它們跨出了有秩序格局的精神家園的樊籬，在清新自由的野性的曠野和荒原中吶喊著，傍徨著。誠然，這種野性思維的濫觴帶來了審美的變異和新鮮感，帶來了鄉土小說多向度的審美渠道和文化內涵。就像繪畫技

〔註9〕 周國平：《悲劇的誕生·譯序》，見〔德〕尼采：《悲劇的誕生》，生活·讀書·新知三聯書店 1987 年版，第 2 頁。

〔註10〕 瞿秋白：《〈魯迅雜感選集〉序言》，《瞿秋白選集》，人民出版社 1985 年版，第 526～527 頁。

〔註11〕 蘇雪林：《沈從文論》，《文學》，1934 年 9 月第 3 卷第 3 期。

巧第一次打破了「黃金分割」的對稱和諧美一樣，它帶來了鄉土小說的一派
生機。一時間，蠻荒的背景、原始狀態的自然關係、風俗人情、暴力、食、
色、性……那些美醜膠著、善惡相混、真假雜糅的原始性、原生態的描寫一
齊湧入鄉土作家的筆底。幾乎所有的鄉土小說都在不同程度上「染指」於這
類描寫。無疑，這種充盈著野性的描寫增強了視知覺的審美效應，小說不再
構架在理性規範的「畛畦」中，曠野和荒原更具有開闊的視閾，更具有野性
的魅力。當莫言把「我爺爺」和「我奶奶」在如血的「紅高粱」地裏野合的
特寫鏡頭第一次推向讀者時，人們對於「性力」的驚訝猶如外星人的入侵。
隨著《伏羲伏羲》等大量的性味無窮的描寫鏡頭的裸露，通過電影這個「現
代鬼怪」的傳播媒體的介入，已不再成為野性思維的障礙。作為對生命圖騰
的崇拜，這種對野性的張揚並不與沈從文式的充滿自然情態的和諧寧靜的性
描寫相一致，它對其誇張始終充滿著一種強烈的文化內涵：對個體生命的潛
能的發掘成為作家「群體性」的藝術追求。從王安憶的《崗上的世紀》以後，
出現於 90 年代的鄉土小說在很大程度上在性描寫的區域內將此作為一種文化
的隱喻和審美的特殊符號。而新近的所謂「陝軍東征」，集體造就了一次野性
「大越位」現象似乎是一種新的信號。這和另一種鄉土小說的寫法顯然有著
質的區別，劉醒龍、周大新、許謀清等，甚至劉玉堂這樣的鄉土作家遵循恪
守的是那隨著情節的需要而出現的含有社會屬性內容的性描寫規模，而陳忠
實們卻是將此作為文化的載體、歷史的載體，賦予其深沉的美學禮贊。正如
雷達所言：有些描寫是「可以當作抒情詩來讀」〔註 12〕的。在林林總總的性
描寫中，你盡可以找到其文化衝突、心靈衝突、歷史衝突的合理性，這在雷
達的分析文章裏（《廢墟上的精魂——〈白鹿原〉論》，《文學評論》，1993 年
第 6 期）都作了獨到的精闢的分析，無須再贅言。然而作為一種文化現象，
一種創作的趨勢，從積極意義上來說，性的浪漫化是五四新文學運動呼喚人
的解放在本世紀末的最後呼應，它有利於健壯民族文化心理的雄強之力，修
正、再造民族文化心態的新質。另一方面，從消極意義上來說，作為一種文
化的譫妄，一種文明的背反物，它是否會引導民族文化心理進一步迎合物欲發
展的需求，向人欲橫流的物質世界傾斜而完全拋棄理性束縛，走向精神的「荒
原」乃至墮落成為告別「靈」的動物性肉體，徹底的獸性皈依呢？這種擔心當
然是多餘的，但真理往往再向前跨一步就會成為謬誤的古訓似乎還是適用的。

〔註12〕雷達：《廢墟上的精魂——〈白鹿原〉論》，《文學評論》，1993 年第 6 期。

在這一點上，似乎劉恒的創作顯得大膽而又適度，從《伏羲伏羲》開始，到《蒼河白日夢》，同樣是把性描寫置於中心位置，同樣是將其作為歷史和文化的載體，某種節制野性泛濫的情緒在作家創作主體中得到一定和諧的調適，完全沒有「過把癮就死」的創作情緒支配，這樣，雖然在藝術上沒有造成感官的刺激性「快感」（這裡所說的「快感」是特指審美內容的形而上感覺），沒有《白鹿原》裏那種淋漓盡致的性描寫所引發的文化聯想更令人覺得驚詫和新銳。但這種理性的制約似乎是必要的。兩種形態的性描寫所表現的野性放逐的程度的不同，孰優孰劣？也許即時性的價值判斷本身就是一種錯誤的選擇，只有與事件拉開一段歷史的距離以後才能廓清其真實面目。但從藝術的直覺來看，矯枉過正畢竟要多走些彎路。形而下的描寫泛濫當然是與野性思維的放逐有關，完全放棄理性的「天馬」終究有歸槽之時，只是希望不再是以放棄野性的形而下描摹為前提。中國的小說歷史仍舊是如此殘酷。誠然，重歸「伊甸園」並不意味著對野性思維的否定，那個教會亞當和夏娃「羞恥」的蛇固然是一種邪惡的象徵，但這畢竟是一種人類打破性蒙昧的歷史進步。我們亦不必為野性的放逐而感到恐懼和悲哀，應該相信藝術家會在創作過程中完成自我調適。

顯然，目前的鄉土小說創作是呈多元的、無序的格局，在不同作家和作品那裏，這種無序和多元的格局帶來的是一種藝術的自由空間。

走出田園牧歌的青年作家們向著鄉村矯情的歌手發出了鄙夷的呼喚，在他們皈依鄉村政治文化的描寫領域時，表現出了一種難隱的鄉土情感。至今，響在我耳畔的仍是那次在「中德鄉土文學研討會上」劉震雲和莫言「仇恨故鄉」的驚人之語：「從目前來講，我對故鄉的感情是拒絕多於接受。我不理解那些歌頌故鄉或把故鄉當作溫情和情感發源地的文章或歌曲。因為這種重溫舊情的本身就是一種貴族式的回首當年和居高臨下的情感的表露。」〔註13〕或許，這是對故鄉介入的另一種方式，是人性和人道主義走入極致的表現。他們在重新走入鄉村政治文化秩序時，能給二十世紀的中國鄉土社會帶來歷史性的總結嗎？當然，我們並非是要藝術家回答這樣的政治性問題。而它們存在的美學價值和社會價值不正是由此而折射嗎？

當「史詩」不再成為作家創作主體追求的美學對象時，追逐那種「死亡的詩意」則成為眾多鄉土作家的自覺。悲劇不再成為「崇高」和「引起同情和憐憫」的古典情感時，那種咀嚼痛苦，視之為歡樂的悲劇新質在成長，尋

〔註13〕劉震雲：《整體的故鄉與故鄉的具體》，《文藝爭鳴》，1992年第1期。

找悲劇後面的文化內涵，將喜劇的審美特徵作爲添加劑摻入悲劇，使之成爲亦悲亦喜又非正劇的「悲喜劇」，或恐是藝術的使然、時代的使然。這種變異帶來了新銳的審美感覺，但它能否成爲一種固定的審美形式呢？

當理性的精神家園的樊籬被衝破後，野性思維帶來的巨大引力和反動力同時並存，鄉土小說作家將怎樣去選擇應走的路徑呢？

中國的經濟正以它碩大無朋的巨口啃噬著中國的文化，尤其是中國鄉土文化所遭受的擠壓更令人觸目驚心。這無疑爲鄉土小說作家提供了最好的表現契機。在這無序的多元的格局下，創造出一部部色彩斑斕的優秀鄉土小說，爲本世紀的中國文學抹上最後一片雲霓，當是鄉土小說家的歷史使命。儘管我們不能強求作家在一種模式下「生產」，也不能以一種美學規範來進行統一「操作」，也無須爲迎接新世紀的小說曙光搔首弄姿，但我們應無愧於二十世紀的鄉土小說。

第二節　鄉土小說：多元化之下的危機

無可置疑，新時期的中國鄉土小說逐漸走入了一個多元化的格局，這種開放格局也無疑給鄉土小說的創作帶來了無限生機，可以毫不誇張地說，新時期的鄉土小說在整個小說領域內是作爲一個主流體系而存在的，它幾乎在左右著小說發展的走向。從莫言的「三紅」（《透明的紅蘿蔔》、《紅高粱》、《紅蝗》）到《豐乳肥臀》，從劉震雲的《塔鋪》到《天下故鄉黃花》，從賈平凹的「商州系列」到「走出山地」的系列作品，從張煒的《古船》到《九月離言》和《柏慧》，從張承志的《北方的河》到《金牧場》……再加上 90 年代新崛起的一大批新鄉土小說作家，諸如劉醒龍、何申、閻連科、劉玉堂、尤鳳偉、關仁山、呂新、王祥夫……其陣容可謂蔚爲壯觀。尤其是近年來的「陝軍東征」，以《白鹿原》爲領銜的一大批西北作家的力作，幾乎激活了這兩年來的鄉土小說創作。然而，我們亦不能不清楚地看到，在鄉土小說創作中，同樣存在著當下整個文壇所充滿著的種種垢病。鄉土作家的異化問題、平面化寫作問題、題材與主題的處理問題……凡此種種，無不困擾著鄉土小說的發展和生存。

一

比起中國二三十年代的鄉土小說作家來，新時期的鄉土小說作家所面臨的「鄉路」選擇呈現出一種梯形的階梯式走向。首先，它須得打破從四十年

代到八十代以來的鄉土小說創作中的政治性籠罩和僵化的寫作模式，重新回到批判現實主義的道路上來。第二步就是實行現實主義的開放，將理想主義（張承志等人的作品）、浪漫主義（汪曾棋等人的作品）、現代主義（王蒙等人的作品）……均融匯於鄉土小說的創作之中，奠定了鄉土小說在新時期文學中的堅實穩固的地位。第三步就是進一步多元化，不僅將西方和拉丁美洲的文學技巧和方法都像過電影一樣學了一遍，同時亦在很大程度上大量吸收了西方的文化思潮和哲學思潮，由此而產生了鄉土小說的無序格局。進入 90年代以來，隨著文學的失重，隨著大批所謂把小說作爲一種商業化謀生手段的「小說人」的出現，即便是一向以嚴謹著稱的鄉土小說領域，也或多或少出現了一些令人扼腕的失誤。倘若不能糾正，鄉土小說亦如其他小說創作一樣，是難以走出「商業遊走」的怪圈的。

當反映論在 80 年代後期就失去了它主宰小說世界的優勢和魅力時，小說主體世界的失落已油然而成小說創作的時髦，也許，那種單調乏味的創作方法給人們的接受心理帶來的是極大的審美疲倦，正是由於此，才將反映論連同它的優長面一起送上了斷頭臺。但是，也正是小說主體的失落，造成了鄉土小說作家的異化格局，當小說創作完全甩掉了政治、時代、社會的負載後，小說家在金錢的誘惑和驅使下，變得貪婪而猙獰。從 1992 年以來，大量假冒僞劣的鄉土小說在全國各地的書店和書攤上層出不窮，這其中就不乏許多打著「陝軍東征」的幌子的僞鄉土小說。在純粹的肉欲的感官描寫背後，實則上是充滿著銅臭味的商業利潤在作家與書商之間起著槓桿作用，在完全消解了主體性的作家那裏，一切所指和能指都是指稱爲商業行爲，眞正的作家是不存在的，他是一個遊走在金錢中的鬼魂，「鬼魂西行」正說明一些陝西作家，尤其是一批新近作家正處在一個異化的過程中，它也局部侵蝕著一批知名作家的作品。無可否認，作家異化的現象已瀰漫文壇，鄉土小說領域更是重災區。

鄉土小說作家的異化現象還表現在他們在文學失重的形勢下，找不到表現的座標，在盲目的「敘述遊戲」中失卻了自我。我們不否定從 80 年代就開始的對西方現代派以及後現代派的文學技巧的有益借鑒，它在某種程度上大大豐富和推動了新時期小說表現技巧的完善。然而，我們也不得不指出：自80 年代後期的先鋒實驗小說，到 90 年代以降的所謂晚生代小說作家，過份地熱衷於「設謎」式的敘述遊戲，將內容與主題進行充分的消解，在所謂純技

術性的敘述話語中自得其樂，製造出越來越多的閱讀障礙，拒絕一切他者閱讀，哪怕是專門性閱讀。如果說韓少功「爸爸爸」式的敘述還未脫離對民族劣根性的揭示，馬原、洪峰的敘述尚未對內容和主題進行毀滅性的顛覆，那麼，所謂 90 年代的晚生代小說作家卻在這條道路上越走越遠。如果鄉土小說沿著這條道走下去，那必定是一條死胡同。

倘使五四的人文旗幟上寫著「個性」兩個字的話，那麼，它在本世紀的文化思潮中一直是起著積極進步的作用，正是在這一口號的驅動下，才產生了五四以來的一大批以魯迅為代表的優秀作家。然而，90 年代以來的所謂晚生代小說作家，其中不乏極少數的新興的鄉土小說作家，在所謂的個性化、私人化的寫作幌子下，拒絕一切社會和他者的介入，完全把小說創作作為一種自我的即時性消費和個體靈魂的洗滌。我們並不一味地反對個人化、私人化的寫作，作為一種文學樣式，它的存在只是一種文學種類的補充，但是如果把它作為一種普泛的寫作模式加以推廣，那將是鄉土小說創作的一場災難。在竊竊私語之下，不但作家被異化了，而且小說也被異化了。

無疑，新時期以來，西方文化哲學思潮中對中國小說界影響最大的是弗洛伊德、尼采和薩特，我們不能否認這三位先哲的思想和學說給文壇所帶來的巨大衝擊波有其重大的積極意義，它為徹底摧毀僵化的極左思潮起著不可忽略的作用。然而，我們亦不能不看到它給中國小說，尤其是中國鄉土小說所帶來的負面效應也是甚巨的。像是潘多拉的盒子被打開了，弗洛伊德的性心理學在中國的鄉土小說作品中俯首即拾，自從張賢亮的《男人的一半是女人》和莫言的《紅高粱》問世以來，在鄉土小說領域內，大量的性描寫已然成為不可或缺的添加劑。我們不反對那些與主題和情節有關，並明顯帶有社會屬性的自然形態的性描寫，而決不贊成那種只把性描寫作為感官刺激，只當作招攬讀者的「黃色素」，只為商業利潤而著想，只為宣泄個體欲望的文學佐料，如果中國鄉土小說僅僅是為性描寫而存在，那將是中國鄉土小說的悲劇。如其這樣，倒不如去重印諸如《肉蒲團》之類的明清豔情小說了，而鄉土小說的重要存在價值就在於對中國鄉土社會作出的深刻解剖，唯此，鄉土小說才有其自立於小說之林的必要。尼采的強力意志和酒神的悲劇精神確確實實在 80 年代中期激活了許多小說作家的創作熱情，《紅高粱》中「我奶奶」那種敢愛敢恨、敢生敢死的狂放性格為中國鄉土小說的人物畫廊提供了另一種性格範式，可謂是一個進步。然而一旦這種悲劇精神泛濫，則必將鄉土小說引入歧途，如果不是這種精神的泛滋，

莫言的《豐乳肥臀》也不至於這樣毫無節制地漫遊在、陶醉在酒神的蠱惑中不可自拔，以至消解了應有的價值判斷。補藥下得過重，非但不能吸收，還往往會中毒，藝術的辯證法就是如此。薩特的「存在與虛無」、「他人即地獄」的理論在80年代中期獲取過許多中國作家的青睞，於是，人生的虛空、虛空的人生不僅成爲鄉土小說人物主體的主導意識，同樣也成爲作家主體的主導意識。我們不主張作品只注重所謂的教化功能，但是一部作品如果完全消解和刪除了它的人生指導作用，作品還有存在的必要嗎？作家還有存在的必要嗎？意識形態只有優劣高下的選擇，而任何作家都沒有消除它的權力！目前看來，這種刪除式工作在鄉土小說領域內尚未成風，但我們一定須得杜絕這種由都市小說洶洶傳染而來的創作疾病。

社會的驟變必然帶來作家心理的異化，其實這並不可怕，可怕的是作家們不能把握自己，耐不住寂寞，被一時的名利所惑，從而導致創作的失誤。

二

進入90年代以來，中國的小說創作逐漸走向了一個平面化的寫作過程，消解文化批判精神，取消人文關懷，鄙棄理想主義，幾乎成爲一種小說創作的時尚。這種風氣應該說首先得到了一些鄉土小說作家的頑強抵抗和反擊，張承志所提倡的「清潔精神」，張煒所尋覓的「精神家園」，都從不同的視角向這種平面化的寫作發起了攻擊，雖然他們有時還帶有某種宗教的偏執，還有一些言不由衷，即理論與創作實踐有著脫節的現象，然而，這種清醒的認識無疑是鄉土小說作家的一種寶貴精神財富。

五四文學的靈魂是什麼？它就是深刻的文化批判精神。這種文化批判已經融化在幾代中國作家的血液之中，然而，不可忽略的是，新近有些鄉土小說作家在傚仿所謂「後現代」的寫作過程中，試圖在拆解鄉土母題中獲得一種所謂新的審美快感，從客觀上來說，它似乎是對反映論和認識論的一種反動，但從本質上來說卻是對文學母題，以及人類生存的共同母題的褻瀆。我們不去奢談什麼「人類靈魂的工程師」的職責，就做一個作家的基本人格來說，那種文化精神的守望應該是小說創作的基本守則，如果連這一點都不能做到，那他只能是一個文化掮客而已。這些作品比那些主題指向不甚明確的作品更有害，因爲它更有自覺意識，更能消解五四以來奠定的人文主義精神大廈。

　　一部好的小說當然或多或少的要表現出一個作家的人文主義世界觀，這是不以任何人的主觀意志為轉移的，儘管一些人企圖像安泰那樣拔著自己的頭髮離開地球，但是他的小說無論如何都會自然而然地流露出一種作家主體的傾向，諸如那些一再瓦解小說生成意義的新潮作家們所持的文化思想武器完全是以文化虛無主義為哲學背景一樣，他們不可能在小說中完全消滅思想和主題存在。以魯迅為代表的鄉土小說流派一直標舉著人文主義的旗幟，以人道主義、人性為小說創作的母題，使中國鄉土小說一直沿著健康的道路發展。五四的文化批判精神之所以在今天遭到了冷落，甚至於鄙視，當然是和人們對幾十年來的文學的教化論的逆反心理有關，但是，把一個作家對社會的文化守望職責也視為一種類似宗教的布道和馴化，並加以攻擊與鞭撻，試圖以文化虛無主義取而代之，這只能是民族文化的深深悲哀。作為即將步入二十一世紀的中國鄉土小說作家，其正途只能是繼續沿著五四的道路向前走，任何旁門左道只會使鄉土小說創作陷入死亡的深淵。

　　就目前的鄉土小說創作來看，絕大多數作家還是能夠在充分把握時代和社會的脈搏中，表現出一個作家應有的社會良知和人類道義感。在與取消主體價值判斷的頑強鬥爭中，他們寧可退回到批判現實主義的創作方法中去，也絕不屈服那種消解一切的寫作者們的嘲笑。近年來之所以在小說創作，尤其是鄉土小說創作中，掀起了一股重塑現實主義的風氣，就是對文化虛無主義的一次宣戰，就是對人類文化基本母體的一次強有力的召喚。劉醒龍、何申、周大新們雖然不免被「後現代」理論家們所嘲笑，尤其是他們近乎老巴爾扎克式的創作方法，更不為新潮小說家們所齒。但是這種對日趨成為小說潮流的取消「深度模式」的平面化寫作的反動力，無疑是一次對人類文明和走向邊緣的人類文化的打撈與拯救。在國內一些新銳理論家看來，那些「寓言化」式的寫作時代已經一去不復返了，新的時代「狀態」就是消解一切「元」的「新狀態」，「民族寓言」式的寫作完全是不合時宜的，他們認為「個人性被淹沒在『民族寓言』之中」（這裡須得說明的是，他們所說的「個人性」與五四所倡導的「個性」並不是一回事）。所以，純粹的敘述性描寫、無主體個人化的宣泄、拒絕一切人文的「內容」和「意義」的介入、走進作家「零度」情感的「佳境」、走進作家自娛的「內心獨白」之中……才是中國新潮小說發展的時代走向，除此一切都是非「現代」的，而且還須「後」。我們認為，不加分析地普遍去盲目地反對「敘述」革命給小說帶來的歷史進步也不是歷史

辯證法的態度，無疑，80 年代中後期崛起的「先鋒小說」，尤其是馬原、洪峰為代表的鄉土小說作品，在「敘述」的層面打響了小說技術革命的第一炮，它無疑是為新時期的小說進步作出了有益貢獻的。但是，隨著時代的發展，也隨著小說的發展，人們已經感觸到，「純形式」、「純技術」的敘述語言的操練，並非是小說發展的主導方向，於是，「新寫實」小說的出現就是對「敘述」獨白話語的一次反動。「新寫實」小說以「故事」和「內容」的建構完成對小說「意義」的母題揭示，使人們獲得閱讀的審美快感，回到小說的「內容」和「意義」的本體上來。雖然它們在形而下的道路上走得過遠，愈到後來愈呈現出它的弊端來，但它有其進步意義，從某種意義上來說，「新寫實」小說為新時期的鄉土小說創作提供了一個從主題學視閾重新認識世界的可能性，作家們重新肩負起對人類社會的道德評判和文化生存的介入。「新寫實」小說作家們由於過份地沉緬於對生命本真的形而下的欲望的描述，他們最後也逐漸在主體世界中模糊了自身的道德價值判斷，使小說創作重入迷途。那麼，繼「新寫實」之後的所謂「後現代」的理論和小說範本的出現，則是一種對二十世紀人文精神的一種全面的顛覆和瓦解，它不僅從「內容」和「意義」的層面來消解小說的內在功能，而且在「敘述」話語的層面亦消解掉二十世紀以降的審美規範。「後現代」試圖接過西方嬉皮士的精神作為自身的主體意識，去書寫中國「遊走的一代」，表面上他們似乎借鑒的是塞林格式的西方話語，打著所謂「東方主義」的旗號，實際上卻是在全面顛覆著二十世紀以來五四文化先驅們所建構的人文精神的殿堂。就當下「後現代」的創作狀況來看，它的精神主要在都市小說中流行和蔓延，鄉土小說尚較少觸及，但如果我們不加警惕，則很有可能造成一種鄉土小說創作的新走向。

綜上所述，我以為，針對 90 年代小說界所蔓延著的一股濃重的世紀末的頹廢情緒，作為一個有著深厚現代文化傳統的鄉土小說領域的作家，應該恪守自己的人文精神，用自己的主體意識去感觸這個紛繁複雜光怪陸離的世界，創作出一部部充愧於作家良知也無愧於人類靈魂的鄉土小說作品來。

三

由於人們對主題制約作家藝術創造力的鄙夷，近年來小說的零散化成為時尚，於是作家們在小說的題材上大做文章。無可否認的是，由於幾十年來「主題先行」政治壓迫，使小說創作走進了一個為政治服務的「簡單的傳聲筒」

的死胡同。新時期以來，小說創作的零散化和「無主題變奏」導致了小說家們一是對「內心獨白」情有獨鍾，二是對邊緣題材趨之若鶩。前者導致了「個人化」寫作的泛濫（上文已作闡述，這裡不再贅言），而後者則導致了「獵奇化」寫作的泛濫。尤其是鄉土小說，更是在層出不窮的人為「陌生化」過程中，表現出對「重塑歷史」的無限熱衷和對「再造人生」的孜孜以求。我們不否認新時期以來由於題材領域的不斷擴大，使小說變得愈來愈豐富多彩，但我們也不能不看到，由於作家過份地倚重題材的新奇性和人物的原生性，便出現了大量的鄉土小說作家一齊湧入歷史題材的峽谷之中，營造複製著一幅幅杜撰出來的「歷史的鮮活圖景」。可以看出，所謂「新歷史主義」的大量藍本都出自鄉土小說，由於莫言、蘇童、余華等人的成功，也由於克羅齊的「一切歷史都是當代史」的理論箴言的蠱惑，許多鄉土作家在「紅高粱」、「妻妾成群」和「一個地主的故事」的模式陰影籠罩下不能自拔，喪失了自我創造的能力。在家族史、土匪史和宗教史的演義過程中，作家們津津樂道的是用自我的想像與虛構來改寫歷史，歷史只是一個花瓶，它只須好看，不必追究客觀的真實，在這樣的思潮下，鄉土小說創作滑入了一個背離了現實世界的怪圈，從而亦從根本上消解了作家主體對歷史客體的介入。放縱自我，也就是放縱歷史；放縱歷史，也就是放縱了小說的本體。當然，在歷史題材的創作中也有上乘之作，像陳忠實的《白鹿原》那樣的歷史題材的小說之所以成功，就在於作家在抒寫歷史的同時，以強烈的主體意識和那種割不斷的鄉土情結去客觀再現（而非表現）那一段逝去的時空。作家對題材的選擇，完全是在於表達自己對那個既定主題的熱望，而非只是把歷史當作一個書寫欲望的容器而隨心所欲、為所欲為。因此，對那些在鄉土小說領域裏一味把玩歷史的小說玩家們，我們只能為之扼腕，並奉勸其不要在這條道上走的太遠。歷史記憶的還原要求作家對鄉土生活作出深刻的文化心理批判和透視，需要作家在歷史記憶的復活中充分駕馭題材，為文化母題的表達而進行有限的合理的想像與再造。我們不能因為「主題」一詞曾經給小說帶來過深重的災難，就因噎廢食，捨棄一個作家人文主義基本立場的表達，任小說沉浸在一片原始題材的漫溢和無稽想像的飄遊之中，我們要發揚的是五四鄉土小說的新人文主義傳統，即在充分擴張題材的基礎上去表達自己的人性與人道主義立場和觀念。

　　無疑，90年代以來，鄉土小說創作受到了都市小說思潮與觀念的衝擊與影響，在消解主題的道路上愈走愈遠，在散漫的題材中尋找原始性的閱

讀快感，甚而追求一種潛在的商業性價值，尤其是以王朔以及新近的所謂「晚生代」為代表的小說作家，更是以一種所謂在邊緣遊走的狀態來展示其題材的新奇和怪誕，充分消解除掉小說的「意義」生成。作為鄉土小說，其靈魂之所在就是在處理題材時充分表達作家對主題「意義」構成的立場和觀念，捨此，就無路可走，就是消解自身。當然，這裡的「意義」是一寬泛的概念，它是相對於生存空虛和文化虛無而言的。當無意義感成為一種中國世紀末的時代病時，如果作家們不是在對這種現象的描寫中採取的是一種文化批判的態度，而是直接以一種認同與放縱的態度來處理題材，則是中國民族文化的悲哀。據說，自弗洛伊德以來，維也納精神學已經發展到了第三學派，即弗蘭克的「意義治療」學派，他們所要治療的就是人類的精神創傷——揭示「無意義生活之痛苦」，讓人類「活出意義來」（《無意義生活的痛苦》和《活出意義來》是弗蘭克的兩本代表作）。正是在這個意義上來說，小說家們，尤其是中國的鄉土小說作家們，對於自己的歷史使命是責無旁貸的。

在這裡，我想再次提出關於「啓蒙」話語的問題。啓蒙話語作為二十世紀的一個重要命題，它所揭示的全部內涵就在於使中國的文學進入了一個現代化的進程，它要掙脫的是幾千年來封建主義的桎梏，這個歷史性的重任尚遠遠沒有完成，它的歷史使命主要落在致力於鄉土小說的作家身上。因為目前否定啓蒙話語的呼聲此起彼伏，在所謂「新儒學」、「新國學」、「新歷史主義」、「後現代主義」的理論狂潮的包圍之中，我們更能感觸到啓蒙話語的「意義」的所在，更能體會到作為一個中國鄉土小說作家的巨大人文重擔的壓力。啓蒙話語是一個跨世紀的過程，它的任務須得延續到下一世紀的，這一文化母題是鄉土小說取之不盡、用之不竭的題材之源，因此，鄉土小說作家千萬不要認為反啓蒙思潮成為當今小說作觀念的一種時髦，就捨本逐末、隨波逐浪，放棄了鄉土小說創作新傳統的根本。

四

我曾經一再強調過中國鄉土小說，乃至整個世界鄉土小說的鮮明標幟就在於它的地域性和風俗畫，凡是成功的鄉土小說作家都不會放棄這兩個描寫視點的。如果以此來衡量新時期以來的鄉土小說，我們可以看出，任何一部有影響的鄉土小說都呈現出這種特徵。從老一代鄉土小說作家（如劉紹棠、

汪曾棋等，前者繼承了「荷花澱派」的風格，後者繼承了「京派」小說的風格）到新一代鄉土小說作家（如賈平凹、陳忠實、路遙等組成的「陝軍」，如葉蔚林、韓少功等組成的「湘軍」，如成一、呂新等組成的「晉軍」，如莫言、劉震雲、閻連科、周大新等一大批人組成的大「軍旅鄉土小說」作家群，我之所以稱他們是「軍旅鄉土小說」作家，就是因為他們各自的主要作品都是以鄉土為描寫對象的，而且呈現出強烈的風俗畫色彩和地域化色彩。還有以張煒、尤鳳偉、劉玉堂、李貫通等人組成的新突起的「魯軍」，以及遍佈全國的諸多鄉土小說作家高手），新時期的鄉土小說可以說在地方色彩和風俗畫上的描寫成就已遠遠超過了五四時期的鄉土小說，這種小說描寫的神韻甚至滲透到影視媒介之中，被一些導演們作為一種電影美學的手段來進行視覺藝術的再創造，促使他們走上鋪滿鮮花的領獎臺，可見這兩個描寫視點對鄉土小說來說是何等重要。但是，我們也須看到，在濃墨重彩的地域性風俗畫背後還潛藏著走火入魔的危機。

　　過份地把地域性描寫作為鄉土小說創作的前提和依賴，必然會導致鄉土小說的描寫單調與貧乏。不可否認的是，由於像韓少功那樣刻意地模仿拉丁美洲魔幻現實主義，創作出了如「爸爸爸」這樣的既有文化「意義」深度，但也是詰屈聲牙，充滿著晦澀難懂的地域風俗方言之謎的作品，這樣的作品一旦成為一種鄉土小說的潛在意識，就有可能破壞整個鄉土小說的審美形式和內容。因為它在某種意義上來說是拒絕一切非本地域讀者的閱讀的，人們不可能拿一本關於風俗和方言的大百科全書來對照小說進行閱讀，因而鄉土小說作家所作的一切在藝術和內容上的努力都是徒勞無益的。可以這樣說，新時期在地域描寫上最有藝術特點和藝術造詣的鄉土小說是來自西北和湖南的大批作品，其中大部分作品並沒有在地域性的描寫中走得過遠，但也有極少數的作品卻沉溺於鄉土小說的地域性的描寫的噱頭和賣弄之中，致使人們在閱讀過程中產生一種本能的反感和厭惡，這是鄉土小說創作的毒瘤，如不予以割除，將會貽害鄉土小說的正常發育和生長。

　　風俗畫描寫作為鄉土小說創作必不可少的重要前提，它為鄉土小說的詩情畫意增添了斑斕的色彩。新時期的鄉土小說之所以取得了輝煌的藝術成就，其重要的因素就在於它在風俗畫描寫的領域內比五四以來的鄉土小說有了長足的發展，首先是汪曾祺繼承了沈從文和「京派」小說的衣鉢，

為恢復小說的浪漫詩意而再開新時期田園小說的先河；再就是以劉紹棠為首的所謂「新鄉土小說派」繼承了「荷花澱派」小說的風格，重溫了田園牧歌的舊夢；更令人注目的是新時期「湘軍」崛起，眾多的湖南小說高手創作的為全國所矚目的鄉土小說力作奠定了「湘軍」在前新時期文壇上的流派霸主地位，他們在如詩如畫的風俗畫的大背景下抒寫了一曲曲人生的悲歌，從某種意義上來說，他們創造的是一種鄉土文學文體，是一種寓嚴肅的沉重的人生內容於詩情畫意之中的鄉土小說文體；以賈平凹、陳忠實、路遙等為首的「陝軍」更是以「黃土地」為風俗背景，把「西北風」吹遍大江南北；「山藥蛋派」當然也不乏趙樹理的傳人，而且在風俗畫描寫上超出了過去「山藥蛋派」的閾限；即使是一些江南才子，也在部分鄉土小說創作中充分舒展了自身風俗畫描寫的非凡才華……這林林總總所組成的新時期鄉土小說的風景線，足以在二十世紀的小說藝術畫廊中佔有舉足輕重的藝術地位，然而，進入 90 年代，鄉土小說的風俗畫日漸衰微，許多鄉土小說作家逐漸放棄和遠離了風俗畫的描寫，熱衷於「故事」的營造或「敘述迷宮」的設置，也許，他們認為自己拋棄的是幼稚的浪漫情懷和過時的寫作文體，捨此，不但不可惜，反而是鄉土小說的一種進步。但我以為這是一種鄉土小說的退化現象，從某種意義上說，消滅風俗畫描寫就是消滅了鄉土小說的立命根本。汪曾棋的鄉土小說曾經作為一種「文化小說」的文本風靡文壇，如今，除他本人的少得可憐的一些小說創作外，尚有誰去問津此種風俗畫小說文體呢？劉紹棠自《蒲柳人家》、《花街》、《瓜棚柳巷》、《蛾眉》等鄉土小說創作高潮過後，雖然在理論上舉起了「新鄉土小說派」的大旗，但是在創作實踐中少有後繼者能以振聲發聵的力作立足於鄉土小說創作之林，其問題的重要癥結所在就在於風俗畫描寫的衰敗造成了京郊鄉土小說作家的沉淪，如果不能在這一點上認識到自身的不足，是難以走出困境的。「湘軍」的解體是有著多方面的原因的，除開各種客觀因素外，也是新近的一些鄉土小說後輩從主觀上放棄了風俗畫的描寫。「陝軍」中的鄉土小說作家絕大多數還是堅守著那一方風俗畫的「黃土地」，所以在 90 年代仍處於不敗之地，但就其中堅人物賈平凹來看，這兩年來的一些失誤並不在於他的小說反映的主題出了什麼差錯，而是他在選材上的錯誤，寫他不熟悉的都市題材，其鄉土的風俗畫依然鑲嵌之中，顯得不倫不類，風俗畫的陰差陽錯造成了賈平凹小說藝術上的失敗。大約是在呂新等人的努

力下，「山藥蛋派」才逐漸改變了它的呆板面孔，突破了這一流派不注重風景畫和足能表現風俗畫的諸多描寫功能的運用，但是他們為什麼在全國的鄉土小說領域內不能成大氣候，其緣由就在於除了在藝術上缺乏精雕細琢外，可能還取決於其風俗畫描寫的不力。一批江南才子雖然不完全是以鄉土小說為創作的重心，但是他們的鄉土小說其影響甚大，從「妻妾成群」模式到「一個地主的故事」的模式，可謂充滿了無盡的才氣，尤其是人物描寫則更有靈氣，但是，其江南水墨風俗畫的特色並不鮮明，一般讀者觀眾所接受的那如詩如畫的風俗畫面則是電影導演所添加的，而且，把小說中的江南人物場景移植到山西民居之中，亦未能動其小說的整體格局，因此，特色的被消解也是鄉土小說的大忌。在這裡，我不能過多地舉例說明風俗畫在鄉土小說中的衰敗，然而目的有一個，寄希望於致力鄉土小說的作家們對這些問題引為注意。

　　當然，90年代後的鄉土小說創作所存在的問題還遠不止這些，限於篇幅，不再贅敘。但有一個問題不得不在這裡再次闡述一下，這就是在80年代就有人提出過的鄉土小說消亡論的問題。這一問題已經引起了一些從事鄉土文學的批評家們的注意，我曾在80年代就駁斥過這種觀點，至今我的觀點仍舊不變。我並不認為從事鄉土小說就具有巨大優越感，一味地沉溺於鄉土主義的家鄉優越感之中，而缺乏對鄉土世界的悲劇性批判，同樣也是鄉土小說的致命悲哀。然而，有人認為中國鄉土小說產生的重要社會背景是以幾千年來的農業自然經濟作依託，而今中國社會已經步入了一個完全轉型的階段，城市以其血盆大口吞噬著、蠶食著鄉土，因而作為依賴經濟基礎的鄉土小說創作亦必然消亡。持這種論調的人違反了一個基本的常識，這就是，在任何社會裏，作為人的基本生成條件，他是不能離開土地的，也就像人不能離開空氣和水一樣。亦如西方社會雖然已進了後工業時代，但是他們的鄉土小說創作仍經久不衰。其原因就在於養育一方人的土地以其蓬蓬勃勃的生長物哺育和滋潤著整個世界的鄉土社會。我們不必擔心鄉土小說這一題材的消亡，倒是須得注意在這一題材領域內有人會消解掉其五四以來的人文精神的新傳統，消解掉鄉土小說的悲劇創作傳統。

　　鄉土小說有著廣闊的創作前景，即使是到了二十一世紀，它仍是中國小說家們馳騁的廣袤原野，但要讓其沿著我們所設計的人文道路前行，卻是需要我們付出巨大代價的。

第三節　新時期鄉土小說與市井小說：民族文化心理結構的解構期

> 文化上的每一個進步，都是邁向自由的一步。
>
> ——恩格斯

新時期鄉土小說和市井小說在不斷撞擊中呈現出一種表體分化而核心交融的文化現象，即它們都是面臨著民族文化心理內結構的裂變狀態。以往，是這種共同的民族文化心理把這兩種不同題材的創作籠罩在同一文化框架之中。（五四以後的所有「鄉土文學」的小說創作都未突出這一文化心理結構）；而今這兩種不同題材的創作又面臨著這一強大的文化心理積澱的共同挑戰，試圖打破以往的平衡狀態，從而獲得新的歷史和美學的意義。它們在交叉滲透的過程中進化著民族文化心理，改變著心理機制的定勢。倘使我們從它們撞擊的焦點上來進行宏觀地透視，便可看到一種畸變的文化心態是在掙脫同一民族文化心理的鎖鏈中獲得審美價值確證的。它們在試圖共同超越民族文化心理定勢的交點上趨同。

一、一九七九～一九八四：鄉土和市井小說家的困惑

在路遙的《人生》和鄭義的《老井》等反射城鄉交叉地帶的作品中，似乎最能體現這種城鄉反差和落差下的趨同傾向。你可以看到這樣一個事實，無論是高加林，還是孫旺泉，都不約而同地有一個現代化和傳統化的象徵對應物相互撞擊的現象出現。由這兩種人物性格（實則是兩種文化形態）的撞擊而形成的主人公內心世界的分裂狀態，似乎成為我們民族文化心理發展到這個時代的一個整體象徵。高加林在經過城市生活的一番洗禮後，重新面對黃土時的無限感慨，正是那種沉重的土地觀念給予不僅是老一代，亦是新一代農民的幾乎是不可推卸的精神枷鎖，新一代農民企圖從中掙脫出來的困難，並非在於那個油糧戶口的形式束縛，更重要的是在那片土地上牢牢生長出來的傳統意識給他們帶來的心理悲劇，這是一個並不值得引以為耀的復歸。而《老井》裏孫旺泉的自覺「復歸」卻是牢牢地建築在新一代人企圖打破傳統文化心理對於家鄉人們的束縛。一個是想掙脫傳統意識的汪洋大海而不得；一個是自覺地投身於這個汪洋大海，試圖做一次哪怕是悲壯的犧牲。然而，不管怎樣，作者在對傳統和現代文化心理的抉擇上，表現出了模棱兩可的朦朧意識。

　　隨著《新星》的出現，人們很快就注意到了這樣一個二難命題：李向南表面上是一個現代文化的象徵物，而他的心理深處卻是受傳統文化心理（即帶有濃厚封建「清官」意識的）所支配。這部作品鮮明地表現出作者本身在兩者之間跳躍時飄忽不定而最終不能把握的情緒。

　　一方面是對民族傳統文化的深刻眷念（這裡面確實有許多美好的東西值得留戀）；另一方面是對重建現代文化心理的熱切嚮往。這就同時形成了鄉土小說和市井小說創作中作家主體意識的矛盾；同樣，呈現在作品之中乃是一種人物主體意識的兩極分化。鄉土小說和市井小說的創作就是在這種文化衝突的過程中消長發展的。

　　顯而易見，一大批中青年作家在鄉土小說創作領域內表現出一種對人物把握不定的困惑和一種主體意識失落的現象。這種困惑現象似乎給前兩年的文學創作帶來了一些生機。鐵凝在創作《啊，香雪》時，一方面是頌揚現代文明衝擊偏遠山村時給少女們帶來的靈魂顫動時的喜悅；一方面又似乎在追戀著被打破了的田園牧歌式的寧靜安謐的夢幻。實際上，我們完全可以把作品中的人物情節看作是兩種文化心理撞擊的象徵。這種對新生活的追求與對往日平靜的失落之間的矛盾心理，同樣也強烈地體現在賈平凹這樣優秀的青年作家創作之中。他的《雞窩窪的人家》、《臘月·正月》等便是以強烈的性格反差來體現著民族傳統的倫理道德在新的物質文明中逐漸崩潰瓦解、遷移變位的事實。那種美與醜的觀念的易位，確實是每一個從傳統文化氛圍中生活過來的人所不能容忍和接受的。然而這種易位絕不是以傳統意志為轉移的。作者的高明處就在於沒有將自己的主體意識強加給人物，這就給作品帶來了多元哲學意蘊的生機。《雞窩窪的人家》表面上是在敘述著一個古老的易妻故事，然而，這兩個家庭的重新組合正象徵著農村中兩種生活方式和思想觀念在互相撞擊過程中的錯位，他們各自的選擇正清晰地傳達出新的文化心理在漸變的母胎中躁動的足音。而在《臘月·正月》中，那個傳統文化心理的對應物（也是一尊偶像）韓玄子的精神衰敗，以及人們崇拜偶像的易位，不正是農村中商品經濟觀念壓倒小農經濟觀念的絕妙象徵嗎？

　　像這類的鄉土小說創作當然甚多，這在前兩年的文學創作中是站在潮頭位置上的。它無形中似乎成為改革時代作家與社會統治思想同步的一種聯盟意識。讓兩種文化心理在改革的大潮中搏擊，從而閃現出耀眼的火花。由此而表現出的一種深厚的民族文化的自省意識困擾著對於傳統文化抱以憂患的

作家們。

　　當然，無可否認，也有一批作家因缺乏這種對於傳統民族文化心理的自省意識而一味眷念田園牧歌的穩態結構，表現出一種失落的惆悵，看不到民族文化心理所面臨的危機和挑戰，更看不到民族文化心理的進步是在不斷的危機和挑戰中得以前進的眞諦。受著凝固的傳統文化心理的制約，他們的作品只能在文學的愉悅功能層次上得到審美價值的確定。由此可見，作家的主體意識爲不能在哲學層次上得以昇華，用一種新的歷史眼光去把握客體形象，其作品必然會陷入傳統文化意識的泥淖之中。即如像《桃花灣的娘兒們》這樣表面上有許多新鮮時代氣息的作品，而由於作家的主體意識尙在一個傳統文化心理的統攝下，因此在整個藝術觀照過程中，始終是以傳統文化心理去指揮著人物心靈歷程的趨向，以凝滯的光線去照射出固態的優美情境，而未能表現出傳統文化心理與現代文明內世界之間因撞擊而產生的火花。這樣的作品可能由於作家的藝術才華而攪動著人們內心的一時波瀾。然而，這樣的作品內核所顯示的深層民族文化心理卻是凝固而無活力的固態結構。

　　這種情況表觀在前幾年的市井小說創作之中，則尤爲明顯。毋庸置疑，一批中青年作家（尤其是中年作家）沉緬執著於傳統文化心理的穩態結構。他們盡情用自己優美或雄健的筆觸去抒寫一幅幅市井風俗畫，那種特異的風情和美學格調大大地滿足了許多讀者的「異域」審美需求。然而，在作家主體意識的統攝下，其人物往往是以一種傳統倫理道德的優秀典範之象徵予以價值確證的。這些作品往往是在一種「返樸歸眞」的美學風範中體現出一種傳統文化心理的「回歸」意識，以此來召喚著失落的痛苦和痛苦的失落。這類市井小說大都局限於歷史題材的創作，如鄧友梅的《煙壺》等，馮驥才的《神鞭》等，汪曾祺的《受戒》、《大淖紀事》等。當然，也不乏近距離的現代都市題材，如劉心武的《立體交叉橋》等，陳建功的《找樂》等等。這些作品中的人物都在追求著一種新的心理平衡，表現一種在追求過程中失落的心理悲劇。林立的高樓、現代化都市的喧囂打破了那種亙古有之的寧靜和諧氣氛，人與人之間的那種固態的舊文化關係是一種解體的象徵。人們似乎在呼喚面臨著危機的儒、佛、道三合一的中國文化的偉岸形象的再生，夢幻著重建秩序井然的「都市裏的村莊」。這種固態的深層民族文化心理意識並非由於強大的新的城市文化衝擊而趨於全面崩潰。相反，它有時以強大的生命力和熾烈的穿透力悄悄地滲透到城市文化當中，時時改變和修正著民族文化心

理整體易位的趨向。難怪有人一再哀歎想消滅鄉土文學而建立正宗的城市文學而不得。其中最重要的因素就在於這種民族的鄉土文化的「集體意識」在不斷地影響和改變著城市文學的運行軌跡，最終達到改變城市文學的形象，而我們面臨的任務不是要消滅這種「鄉土文學」的文體（我不以為這僅僅是題材，而應看成一種文體），而是要改變民族文化心理的陳舊觀念。當然，我們也不可忽視，城市文學在橫移和借鑒的過程中也在不斷影響和改變著鄉土文學趨向的反作用。中國文學就是在兩種文化的不斷互斥、互融的交叉過程中更新、發展和完善的。

可以清楚地看出，前幾年在鄉土小說創作中表現出的一種傳統文化回歸意識的同時，則有更多的作家看到了這種回歸意識於民族文化心理的改善和發展是無補的。於是，率先折射出這種民族文化心理在這個時代的蛻變過程，成為那一時期鄉土小說和市井小說作家們追求的風範和義不容辭的責任。然而，那一時期的鄉土小說作家們明顯地表現出了一種困惑兩難的情緒。這就是一方面對於舊文化的眷戀，表現出一種「懷舊」的「情緒」；另一方面又對現代文明與文化進行追求，表現出一種「喜新」的「期待」。因此，以一種新的當代意識和歷史觀來衡量本時期的鄉土作家作品，可以斷言，由於作家的主體意識中還缺乏一種對於民族文化心理的批判精神，至少許多作家是以一種優劣對開的方式來表現這種困惑情緒的。所以，它尚不能打破固態的民族文化心理的格局而獲得突破性的民族文化心理進化。而本時期的一些市井小說創作中更多地則是表現對於傳統文化的眷戀之情。市井小說的作者們更多的恐怕是對於民族文化心理的失落而歎息，進而呼喚著寧靜和諧之美的歸來。

二、一九八五～一九八六：鄉土和市井小說的蛻變

一九八五年和一九八六年，中國文壇在喧囂和騷動中獲得了本體的自由。且不說文學在多層次上獲得的自由空間，就以中國鄉土小說在與市井小說的不斷互斥、互融中所獲得的同步當代意識來說，便足以使人覺察到了中國文學發展的強大足音。

隨著「尋根文學」運動的出現，鄉土小說進入更高層次的蛻變（雖然目前對於「尋根文學」的看法仍各執一端，然而誰也不應否認這個運動本身是文學自身的進步和進一步覺醒），無疑，「尋根文學」是使鄉土小說進入更高層次的一次直線運動，它喚醒了朦朧的自覺。鄉土小說不再是把焦點放在表現

一種新舊思想衝突的表面主題意蘊上了，而更多地是帶著一種批判的精神去發掘民族傳統文化心理的「集體無意識」對於民族文化整體進化的戕害。韓少功的《爸爸爸》、《女女女》，王安憶的《小鮑莊》，張承志的《黃泥小屋》，鄭萬隆的《異鄉異聞》系列，賈平凹的《商州》系列，李杭育的「葛川江」系列，譚力、昌旭的《藍花豹》，陳源斌的《紅菱角》，晨哥的《神曲》，莫言的《紅高粱》系列，陸昭環的《雙鐲》，楊克祥的《玉河十八灘》，古華的《貞女》，李貫通的《洞天》等等，雖然這些作品還局部流露出一些對於那種蛻變的倫理道德和文化心理張揚情緒，但是從總體上來說，它們都以一種批判的歷史眼光去揭示蒙昧的民族文化心理定勢所釀成的人的精神變態和生理變態。這些作品絕不是對於病態的民族文化心理的醜惡展覽，而是鮮明地表現出作者們嚴肅的人生態度。有人認為這是「某類反城市的地理學和倫理學在一片『尋根』聲中悠然出現。過剩的歷史意識和鄉土意識綿綿不絕地從腦皮質的記憶細胞群間瀉湧而出，支配了作家的審美操作程序」，「這是價值退化和表象時間反演的出色例證，它表明某種文化惰性可能是鄉土（或邊塞）意象的搜索行動的主要心理背景，這種品質猥瑣的惰性借助審美表象獲得超度與合理化。浸潤於國民性聖水中的當代文學，因此便暴露出了它的可愛的劣根性。」〔註14〕恰恰相反，此種論者曲解了作家們對於傳統文化心理的有意或無意的本能排拒的態度，只能看到了表面的「審美操作程序」的變態，而忽視了民族文化心理的易位，忽視了作品中闡釋出的對於民族文化心理積澱的批判精神（當然，如前所敘，這些作品中或多或少，或隱或現地保留著對於國民性中「優質面」的張揚），但最起碼，這些作品繼承了魯迅式的深刻否定的批判精神——批判，成為這些作品的精髓。而倡導「楚文化」也好，「秦漢文化」也好，「吳越文化」也好……那只不過是美學範疇的形式與符號問題而已，而與作品所顯示的內容則不一定是完全吻合的標記。這些作品所呈現出的總體意向則表明：中國民族文化心理中太多阻滯歷史前進的因素，亟待重整與改造。當然，鄉土小說創作不僅僅局限於對於歷史題材的發掘——有許多鄉土小說的時空不確定性表現得就很明顯。時空的交叉把中國民族文化心理放在一個整體的背景下展開，更能表現出歷史的積澱顯示出超時空的穩態結構。

如果說以上這些作品還帶有對民族文化心理批判的不徹底性，那麼，像少鴻的《夢生子》這樣的小說則是更具有徹底批判精神和對待傳統文化心理

〔註14〕 朱大可：《半個當代文學和它的另半個》，《文論報》1986 年 4 月 11 日第 8 版。

進行徹底否定的代表作。這些作品對於現代人的心理演示就在於徹底否定凝
固的民族文化心理板塊結構的視點上。它們以一種誇張「變體」的藝術形式，
挖開民族文化心態深層的醜惡結構形態，予以變形的展示，以達到徹底否定
之效果。我們不應認為這僅僅是一種醜行的展覽，如看不到作者對於這種民
族文化心理的抨擊和高亢的反叛情緒，則無疑會曲解和削弱這些作品的社會
功能。這種對於傳統文化心理持徹底否定態度的作家作品為數甚少，可是我
們是否能從中看出鄉土小說創作正向一個更深層次開掘的表徵呢？這種試圖
從根本上動搖傳統的民族文化心理根基的動因，是否預示著鄉土小說創作的
另一種趨向呢？

可以預料，目前鄉土小說創作正處在一個哲學層次上的突破期，即作家
對民族文化心理定勢需求突破的自覺意識的形成期。人們似乎感到如果不能
在這一層次上取得突破，這就意味著我們的鄉土小說始終在一個平面上來呈
現著兩種思想、兩種性格的衝突，在一種固定框架中表現淺層次的社會內涵，
而不能以一種新的當代意識和歷史觀念去透視歷史和現實，以及藝術地觀照
紛呈的生活現象。打破這種民族文化心理的凝固狀態，使之獲得騷動不寧的
流動，在奔騰喧囂的流動中注入新的文化和生命的因子，我們的鄉土小說創
作的母胎中才將會產生具有更強生命力的時代寧馨兒。

這種迫切的需求同樣激動著市井小說的創作。在展現現代都市風俗畫和
風情畫的過程中，有許多市井小說作家表現出一種超前意識。徐星的《無主
題變奏》，陳建功的《鬈毛》，殘雪的《蒼老的浮雲》和劉心武的《鐘鼓樓》
似乎要比程乃珊的《藍屋》、《窮街》和諶容的《減去十歲》等更具有一種個
性的張力。如果說《鬈毛》代表著市井小說中更具世俗氣息的「平民意識」
的覺醒（反映出下層文化與上層文化在時代潮流衝擊下的合流），以盧森為軸
心的現代普通青年在尋找自己生活位置過程中的人生態度是令人深省的。同
樣，這在徐星筆下的主人公的心理世界裏得到了更微妙貼切的表現。那種處
在新舊文化心理衝突交叉點上的苦苦掙扎的孤獨情緒，使你感到民族文化心
理撼動時的驚悸和新的文化心態不確定時的煩躁。那麼，從另一個視角去考
察徐星的《無主題變奏》，則可以看到市井小說中表現出的更具有現代精神的
知識青年的無名煩惱（反映出上層文化與下層文化面臨著的共同困惑），主人
公處在對於民族文化心理幻滅後又找不到新的生活位置時的莫名痛苦，這種
痛苦看似有些矯揉造作，實際上，你不能不承認，現代西方文化與傳統文化

相撞擊時給人們心靈上帶來的極大錯位，它促使一大批有現代意識頭腦的知識青年產生了極大的危機感和困頓感。這種危機感和困頓感所顯現出的普遍的「精神陽痿」情緒反映在作品中，必然造成了主人公的虛無主義的人生態度。一切都「沒勁兒」，一切都是空幻的影像。這一點又與陳建功小說中的人物相吻合——對於懷疑後又無路可覓的絕望情緒——成為這一時期城市上層文化與下層文化心態的重要特徵。有人把這種人物形象歸納為「多餘人」的形象範疇。然而，無論如何，作家在目前中國「城市意識」（一種東西方文化互斥互融後的新意識形態）的普遍焦灼感尚未到來之前就敏銳地體察到現代文化與傳統文化撞擊後的心靈律動和微弱回響，這無疑是一種文化心理趨向把握的超前意識，這種超前意識對於民族文化心理的更新、完善或重新建構起著心理準備的作用，或許在以後更大的文化撞擊下會給人們少帶來些驚恐與惶惑。

這些表觀現代人孤獨感的超前意識愈是深沉，就愈使得普通人難以接受和理解，例如殘雪的小說就是這樣的範例。她的《蒼老的浮雲》則是在誇張現代中國人與人之間隔膜與人的異化心理時，對於那種建築在中國人心理基礎之上的文化「巨疣」進行了深刻的解剖，從而達到對於傳統文化心理的否定性的審美確證。殘雪的小說表現的不僅僅是孤獨與隔膜，而更多地是孤獨與隔膜背後的憤懣與反叛。

而劉心武的《鐘鼓樓》卻幾乎是想以眾多的中國人的心態組合成具有史詩藝術效果的心靈交響樂。與他的《無盡的長廊》一樣，作者所要表現的不是那種歷時的心態發展過程，而是在追求表現進入現代文明社會的各種人的共時心態效果。

誠然，綜觀近年來鄉土小說和市井小說的創作，其色彩之絢麗，其內涵之廣博，遠不是寥寥數語可以概括與歸納的，但有一點是可以看清楚的，即兩者的創作主體都面臨著共同的民族文化心理機制的解構，然而，這種解體與重構如何進行最優化的選擇呢？

三、鄉土小說與市井小說創作的前景

鄉土小說與市井小說的創作面臨著突破共同的民族文化心理的制約，因而從某種意義上來說，它們在同一困惑下得以聯盟。那麼，作為創作的主體，作家們面對固態的民族文化心理的崩潰，究竟選擇怎樣的道路前行呢？是採

用穩健的對傳統的民族文化心理採取優勝劣汰的「重建」說呢，抑或採取徹底的否定性批判，對之進行重新換血的理論呢？實際上，文學界的鄉土小說與市井小說本身就帶有這兩種鮮明傾向。這就使得鄉土小說與市井小說作家在不能含糊的前提下陷入了哲學沉思的困境之中。

　　一方面，中國儒學的中庸之道掣肘著知識分子的思維定勢：「中國的現代化進程既要求根本改變經濟政治文化的傳統面貌，又仍然需要保存傳統中有生命力的合理東西。沒有後者，前者不可能成功；沒有前者，後者即成為枷鎖。」〔註 15〕使西方文化在與民族文化的交融滲合過程中，獲得一種新的民族文化心理機制，似乎成為一大批作家所夢寐以求的標準化哲學意識。這種哲學意識左右著鄉土小說與市井小說創作內涵的局部更新與改造，但始終擺脫不了傳統民族文化心理的「陰影」籠罩。作家們彷彿在一種二律背反的、二元對立的「怪圈」中盤桓。

　　另一方面，又有一種徹底否定性的結論在疾呼著：「因為中國是一個『高度一體化的整體』，它的抵抗力、保守力相當強大，所以要變就必須整體地變，沒有別的道路可以選擇。」「傳統文化的破產，使中國面臨著全面的危機」〔註 16〕我以為，「危機」說只不過是為了造成一種氛圍，從而在達到全盤否定傳統文化心理的同時，要求建立一種全新的現代文化心理。這種矯枉過正、聳人聽聞的姿態首先就給許多人造成了心理上的壓力。實際上，大多數作家都不敢苟同這種哲學觀念。然而從創作實踐來考察，鄉土小說創作中與這種觀念稍相吻合的便是少鴻的《夢生子》，而市井小說創作中與之觀念相近的亦只有殘雪的《蒼老的浮雲》了，難怪有人認為這是中國目前唯一可讀的作品。這種對於民族傳統文化心理所抱有的一種褻瀆意識是建立在懷疑否定一切的尼采哲學基礎之上的。然而，他們所希冀出現的那種全新的民族文化心理結構，恐怕目前連他們自己也無法構想和設計。但你必須承認，這種深刻的批判精神確實又時時地誘惑著一批敢於大膽探索創新的青年作家去冒險。承魯迅之風格，打破儒學文化思想對於知識分子的禁錮與籠罩，向著多元的文化層面開拓，似乎又是每一個鄉土小說與市井小說所嚮往的另一種境界。

　　我們似乎又重蹈了五四時期一代智識分子們所面臨的文化心理選擇，如何去突破凝固僵化的傳統文化心理屏障，以一種嶄新的意識去統攝自己筆下

〔註 15〕李澤厚：《中國古代思想史論》，人民出版社 1985 年版，第 317 頁。
〔註 16〕鄔讜：《政治與文化》，《讀書》，1986 年第 8 期。

林林總總的形象，使作品呈現出一種更具有當代的審美價值呢？鄉土小說與市井小說的創作期待著一種更開闊的文化和藝術的視野。

確實，一種歷史現象的出現，往往在它的發生過程中是找不到正確和準確的答案的，這時人們的認識往往是模糊混沌的，朦朧迷惘的。只有在這個歷程全部完成以後，我們才能看清它的全貌，作出最科學的判斷來。

我們拭目以待這場文化心理衝突的最後結論。

第四節　新時期鄉土小說的遞嬗演進

一

當我們將一九八五年的「尋根」運動的文化心理結構進行仔細慎重地釐定之後，倘使我們不帶有任何偏激情緒的話，便可驚訝地發現這樣一個奇跡——中國鄉土文學面臨著一個向世界文學挑戰的新起點！

正如李慶西在剖析韓少功的「尋根」代表作《爸爸爸》時所說的那樣：「它打破了傳統小說的全知觀點。關於這一點應加以說明的是，韓少功並非從角度、視點的意義上否定藝術世界的主體性，即是說，他考慮的並非表現的功能，而是強調主體認識的有限性。這一點，至少比法國『新小說』派和其他一些西方現代作家來的高明。」〔註17〕誠然，在人類進入先進技術世界時，反而對宇宙的認識更加謹慎了，那未知世界彷彿是一個巨大的魔團，對比出人類思維的局限性。而韓少功所採用的「捨棄」法是一個充滿著新鮮的哲學意識的思維結晶。中國鄉土文學正是在哲學意識強化的過程中，通過「尋根」的運動，把自身送進了一個更高的審美層次。它比中國鄉土文學的前兩個階段（五四時期至三十年代；50年代至80年代初），有著不可忽視的突破性發展。

有人認為：「從低海拔起飛的中國當代文學目前所發動的『尋根』運動，明顯偏離了人類文化和世界文學的一般進化方向。」〔註18〕且不說藝術發展有無規範的模式可循，僅就中國當代文學中的鄉土文學發展軌跡來看，這次「尋根」運動無疑是對中國歷史文化心理結構的一次大調整。這種對「尋根」運動表示輕蔑與不屑的論者，同時對鄉土文學也嗤之以鼻。他們把城市文學與鄉土文學對立起來，認為工業技術文明應當「拂去」超穩定結構的自然形

〔註17〕李慶西：《說〈爸爸爸〉》，《讀書》，1986年第3期。
〔註18〕朱大可：《半個當代文學和它的另半個》，《文論報》1986年4月11日第3版。

態的鄉土文學，而確立城市文學的正宗地位。「舊城區在推土機前傾圮崩潰，
林立的鋼架和樓群向鄉野伸出逼仄的炮膛，它預示著兩種文明和文化的生死
決戰。」〔註 19〕企圖在中國的土地上消滅鄉土文學，這不能不說是一種幼稚
可笑的論斷。論者也不能不面對 1985 年的創作實踐承認作家們在對中國鄉土
文學作出嚴肅選擇後所取得的重大成就和對城市文學的冷落。究其原因，我
們認爲，深厚的歷史積澱包孕著中國民族性的兩極，而這種積澱的「歷史性」
只有在鄉土文學這隻軀殼中才能得以深刻地體現；而這種歷史的積澱愈深愈
冥頑，則在現代文明的衝擊下，愈顯示出強烈的反差和巨大的落差。作家如
沒有一個強烈的哲學意識來統攝形象，則不可能成爲鄉土文學的佼佼者。用
李澤厚的論斷來說，就是：「中國的現代化進程既要求根本改變經濟政治文化
的傳統面貌，又仍然需要保存傳統中有生命力的合理東西。沒有後者，前者
不可能成功；沒有前者，後者即成枷鎖。」〔註 20〕在民族文化心理結構的框
架中去反映鄉土文學與城市文學的內在變化，這才是中國當代文學不可缺少
的兩翼。

　　當然，簡單地把以《爸爸爸》爲代表的「尋根文學」看成是對以《你別
無選擇》爲代表的「橫移文學」（恕我們生造）的反撥，也是不合適的。但至
少「尋根文學」派們對其平面的、空曠的表現人生遠遠不滿足了，他們要追
尋人生歷史的「根性」。我們認爲這種追尋是作家們有意無意地把自己容納在
鄉土文學這棵參天大樹之中，不再滿足於再現樹葉，樹枝、樹幹的眞實面貌
了。他們想從「根」的解剖中來窺視表現出這棵大樹生長的全貌，來挖掘更
深刻的歷史內涵，從而扼住大樹的精靈，來照耀著現實的路。那種把鄉土文
學的遞嬗和演進歸結爲「某類反城市的地理學和倫理學在一片『尋根』聲中
悠然顯現。過剩的歷史意識和鄉土意識綿綿不絕地從腦皮質的記憶細胞群間
湧瀉而出，支配了作家的審美操作程序。」「這是價值的退化和表象時間反演
的出色例證。它表明某種文化惰性可能是鄉土（或邊塞）景象的搜索引動的
主要心理背景。這種品質猥瑣的惰性借助審美表象獲得超度與合理化。浸潤
於國民性聖水之中的當代文學，因此便暴露出了它的可愛的劣根性」〔註21〕，
這不能不說是對中國鄉土文學採取的虛無主義態度。論者只看到了它的表層

〔註 19〕 朱大可：《半個當代文學和它的另半個》，《文論報》1986 年 4 月 11 日第 3 版。
〔註 20〕 李澤厚：《中國古代思想史論》，人民出版社 1985 年版。
〔註 21〕 朱大可：《半個當代文學和它的另半個》，《文論報》1986 年 4 月 11 日第 3 版。

意識，而根本忽略了作者深層意識的開掘和對民族文化心理結構總體意向的把握，忽略了現代文明在這種「內結構」之中的衝突和衍化。也就根本忽略了這種「總體歷史觀」對現實的指導意義。同樣，論者所說的正宗的城市文學的「變體」（趨向於鄉土文學的「價值判斷的精神分裂」狀態）亦正是這種「內結構在衝突中的自我調節。它渴望在歷史的文化狀態中找到前行的目標。

無疑，鄉土文學處在時代的交叉點上。它應該也必須在歷史和現實的契合點上去尋找新的運行軌跡——它不僅在思想上有著更深刻的啓悟，而且在藝術上亦有更新的探求。「尋根」派們並不囿於民族文化心理縱向的開掘，更重要的是對於外來文化的橫向借鑒，以致使兩種文化在衝突和消長中達到交融，昇華成為新的文化心理重新組合建構的新鮮活躍的再生細胞組織。也就是完成人們從五四以來就夢寐以求的國民性改造大計。把中國文化放在世界文化的參照系中進行平衡，使兩者在演化中互滲、互補、互融而成為一個嶄新的有機的整體文化系統。

二

隨著生活觀念和藝術觀念的演變，作家們在創作中的「自我意識」的強化，個體精神的凸現造成了風格的排他性。也就是說，小說流派的形成已趨於分化解體。幾十年來人們期冀出現或即將形成的中國鄉土小說流派，如「荷花澱」派和「山藥蛋」派的進一步完善和發展似乎已成為幻影；而前兩年異軍突起的「湘軍」亦在高漲的創作潮流中分化；「京派」小說群更是各呈異彩……所有這些都清楚地表明：時代已不需要在一種創作模式和創作風格下進行生產了，流派逐漸蛻化，取而代之的是強烈個性意識的主體性創作。這個時代產生不出流派，也不需要產生流派，它只冀望產生「巨人」。

考察「尋根」文學的創作實踐，可以看到它們之間在藝術風格上所不能互相交融的現象。《爸爸爸》也好，《異鄉異聞》系列也好，「葛川江」系列也好，《商州》系列也好，《老井》、《小鮑莊》也好……我們雖然可以看到它們在民族文化的歷史積澱的揭示上有著相同點，然而，在藝術風格上卻毫不雷同。同樣是「土」的結構，但就各自的藝術視點和具體手法上來說卻是不同的，同樣被稱為「文化」小說，但作家各自闡釋出的審美觀照卻是相異的。

《爸爸爸》可說是破壞了韓少功自己正統「湘軍」的形象，作品一反《西望茅草地》和《風吹嗩吶聲》式的審美觀念，眾採象徵主義（包括神秘主義在

內）、黑色幽默等現代主義藝術手法，用「土」得出奇的內容和語言，創造了多視角的主體性的藝術世界，也完成了韓少功新的創作「自我」形象。同時，更不應該忽視的是，韓少功的這次關鍵性的審美觀念的突破，徹底地打破了「湘軍」有可能在同一藝術風格軌跡上運行的理想。如果說何立偉在這之前只是在藝術風格和形式上稍有叛變的話──從再現向表現靠攏，從情節向情緒衍化。那麼，韓少功的此次「壯舉」，可說是對「湘軍」的一次嚴肅的背叛。他不僅展示出一個有多層意識的「空闊而神秘的世界」；而且呈現出一個「使小說的時空含義及其整個美學精神超越它自身的天地」的藝術境界。這就使得「湘軍」在這藝術大潮的衝擊下由此分岔。可以說，韓少功的這次大跳躍不僅是創作界的一次深邃的審美藝術思考，同時也應喚起批評界的一次覺醒。我們不能再作陳舊死板的定向性思維了，只有作多維的思考，才不至於把作家與作品圈在一個狹小的藝術天地裏玩味。當然，我們不可否認「湘軍」在新時期鄉土小說創作中的中堅作用，莫應豐、古華、葉蔚林、孫健忠、彭見明、劉艦平、何立偉、葉之臻、吳雪惱、賀曉彤、鍾鐵夫、蔣子丹、肖建國……這蔚為壯觀的陣容幾乎有獨霸南方之勢。他們中間有許多風格相近或酷似之處。但事實證明，誰陷進了同一風格的框架中，誰就首先使得藝術窒息。誠然，80 年代初叱吒文壇的那一茬作家至今仍舊寫出了許多有生命力的好作品，不僅於此，「湘軍」中亦有新生力量的崛起，諸如孫健忠的《醉鄉》，楊克祥的《玉河十八灘》則是很令人矚目的有豐富時代和思維內蘊的風俗畫小說。但我們不得不意識到，這些擁擠在同一風格胡同裏的創作群體雖然創作出了許多可讀性很強的作品，但他們中間畢竟還看不出能產生大家的表徵。而且，我們相信，隨著時代藝術觀念的演進，他們將面臨著全面的解體，最終各奔前程。只有在哲學上補充進當代意識和在藝術上進行突破性的發展──個性創作意識得以充分發揮，作家們才能走進真正的藝術王國，獲得輝煌的成就。

「京派」之中能否形成正宗的鄉土文學流派呢？這是劉紹棠期冀和人們熱望著的。但經過幾番藝術浪潮的洗禮，事實證明，林斤瀾的藝術「變調」致使「荷花澱」早已解體，而汪曾祺又「另立門戶」。新的大旗下又無出色的作品支撐著。無疑，「京郊」派鄉土小說正處在一個危機時代，它始終進入不了創作的前列。而整個實力雄厚的「京派」之中，乖覺明智的作家們都在個體的創造中改變著自己，試圖以此來影響文壇。鄭萬隆一改「當代青年三部曲」式的寫法，《老棒子酒館》等和《異鄉異聞》系列是他突破自我封鎖線的一次重大戰役。

在深沉的歷史積澱意識的包裹物中顯示出作者對國民性的鞭撻之深切，對人性憂患意識的裸露，這是他以前作品所不能企及的。作者在「尋根」中找到的不僅是思想內容的深化，更重要的是他找到了最適合表現這種思想的多元藝術世界。鄭萬隆似乎很清醒地把自己劃出任何流派，使自己成為一個個性意識強烈的創作「個體戶」。張承志的小說歷來被譽為新時期小說中最有民族風格和最有風土人情的楷模。可從他創作的幾個階段來看：《騎手為什麼歌唱母親》——《黑駿馬》——《北方的河》——《黃泥小屋》，他是在不斷地打破自己的藝術風格，可以這樣說，《黃泥小屋》則是張承志小說創作的又一轉折點，而這個轉捩中，滲透著作者審美觀念的變革。這部中篇小說試圖以人物主體性加象徵的藝術手法來創造出一種新的藝術風格，試圖打破「正調」式小說的藝術結構（用巴赫金的「人物主體性」理論來滲透自己的創作）使小說的主人公不只是作家意識的客體，而且也是自我意識的主體。而且，小說的整體象徵的意蘊為我們提供了極大的藝術思維的多維空間。這不能不說是張承志的一次審美藝術觀念的飛躍。當然，使用這種「人物主體性」的藝術手法者還有人在。《中國作家》1986年第2期刊載了陳源斌（恕我們對這個作家還不瞭解）的《紅菱角》，這部中篇亦是一篇既有客體，又有主體的二元藝術世界。筆力之雄健老到可見一斑。這些作家不把自己困於一種創作模式中，況且自信力很強，突破別人，亦突破自己。不凝滯在一種風格的模式中。

作為當今呼聲最高的「中國西部文學」（包括戲劇、電影、報告文學、小說等在內的多種樣式的文學），就其小說創作來看（當然他們把張承志的《北方的河》之類的作品亦歸納在內），雖然存在著相同或相近的異域風味，如《清凌凌的黃河水》、《麥客》等作品則是相當成熟的中國鄉土文學的小說範型。然而誰也沒有認為他們能夠成為中國鄉土文學流派的一翼。作為整個「西部文學」，這些作品可能顯示出自身的美學力量，但就單個的作品來說，它們還畢竟只是停留在一個缺乏巨人意識、缺乏突破審美觀念之氣魄的檔次上。可張賢亮的小說雖有十足的西部泥土氣息，但他的創作個性極強，突破了一般的規範，獲得了令人矚目的地位。《綠化樹》和《男人的一半是女人》則是個體創作意識的結晶。但他在突破自己風格模式上的努力甚少。

缺乏「巨人」意識這一致命弱點同時也成為窒息「山藥蛋」派的藝術發展的「死亡地帶」。可以說，今天也並不缺乏像趙樹理那樣有深厚藝術和語言功底的作家。但這批作家把自身置於一個封閉狀態進行創作，不能站在更高層次用

當代意識去觀照藝術審美對象，釀成了一種超穩定的自戕力。這一點，即使趙樹理活到今天亦難逃厄運。倘使我們仍舊促使他們在一種風格的模式下進行藝術的摹仿而不開拓他們的思維空間，促使他們分化，建立創作的個體意識和個體風範，恐怕在「山藥蛋」派藝術風格的陰影籠罩下，這批作家的作品將會蛻變成「化石」，爆發不出任何藝術的「火花」來。企圖從這一「死亡地帶」突圍出來的是鄭義，他的小說《遠村》和《老井》是一種「文化小說」的嘗試，他也試圖在「尋根」運動中尋找到自己的個性位置而區別於他人。

　　相對來說，陝西的一大批作家之中之所以能冒出像賈平凹、路遙、陳忠實等令人矚目的作家，就根本原因來說，他們沒有提出建立流派的口號，而是尊重個體性的創作思維，提倡開放式的而不是封閉式的文學觀念。正如路遙所說：「每一個作家都是一個獨立的天地，誰也代替不了誰。」〔註22〕而賈平凹之所以成為新時期鄉土小說創作的領銜人物，其根本原因就在於他不斷地修正「自我」的審美藝術觀念。從哲學意識的不斷強化和藝術形式的不斷衍變中（他甚至摹仿略薩的結構現實主義的手法寫了小長篇《商州》）獲得使自己立於不敗之地的良好創作心態。他不想也不能做陝西創作群體中的流派先行者。如是這樣，賈平凹就等於消滅了自己而趨向創作風格的僵死。這一點賈平凹當是很清醒的：「從內容到形式要有自己的一套，有自己的一套哲學思考和藝術形式。」〔註23〕因此，任何指望在中國文學領域裏，尤其是鄉土文學中形成流派的理想看來已被時代藝術觀念的大潮所吞噬，代之以希冀出現的應是「巨人」的時代。那種希望文學流派運動通過「最優化選擇」而「達到最適宜的有序狀態」〔註24〕終究不能拯救流派在這個時代的消亡。那種自覺的「群體意識」只能是戕害和阻礙「巨人」成長與鄉土文學發展的反動力。

　　隨著個體意識在創作中的強化，作家們在主體性的創作過程中往往遇到的困惑是滯黏在自己創作風格的模式之中而進行固定不變的「標準化」生產。這種程序化的生產是風格固定而導致的，但於藝術創作，風格的固定便標示著創作生命力的枯竭。風格只能在運動中才能獲得永恒的生命力。因此，向「自我」進攻，甚至向處在感覺良好的藝術創作心態進行多維的再生思考，

〔註22〕路遙、賈平凹等：《增強拓寬意識，推進長篇創作》，《小說評論》1985年第6期。

〔註23〕路遙、賈平凹等：《增強拓寬意識，推進長篇創作》，《小說評論》1985年第6期。

〔註24〕張志忠：《論中國當代文學流派》，《中國社會科學》1985年第5期。

則是個性意識創作不斷演進拓展的必要手段。總之，這種個性意識的創作同時應是「排我性」的，這個「我」是「舊我」，即在排除「舊我」中實現審美意識的遞嬗，建設一個「新我」，使「我」在不斷更新中進行超越性的突破，獲得藝術創作中的真正「自我」。沒有審美意識的變化而把自己固定在某種藝術風格模式之中的作家最後的結局肯定是悲劇性的。在這個文學審美意識不斷湧進的時代裏，讀者審美心理的週期甚短，後浪推著前浪，稍有疏忽，便趕不上審美需求，於是一些作家很快就會被藝術的浪潮所淹沒，成為曇花一現的「歷史人物」。

當今活躍在文壇的一些有所作為的作家，無不是在審美意識的不斷遞嬗中來維持著自己創作的生命力的。就鄉土小說創作來說，賈平凹、張承志、韓少功、鄭萬隆、李杭育、林斤瀾等是在不斷的藝術風格變化中獲得聲譽的。然而，我們亦不得不提醒那些曾經紅極一時的從事鄉土小說創作的作家的注意，倘使他們仍滯留在固定藝術風格模式生產的藝術「死亡地帶」徬徨，即將到來的審美藝術大潮將會無情地把他們沖到荒涼的沙灘上。假若王兆軍仍沉緬於「葬禮」的哀婉固定風格中；假若汪曾祺仍留戀著如詩如畫的記敘風格體；假若「湘軍」的諸位們……那他們——曾領文壇一時風騷的優秀作家——同樣也不能逃脫這種審美大潮衝擊而趨於衰亡之命運的。

三

幾乎每一部新時期的鄉土小說都浸潤著風俗畫的濃墨重彩，有人把它說成是「文化小說」，則是因為它們總是通過風俗人情的描寫來透視出民族文化心理的積澱。人們已不約而同地意識到：鄉土文學成敗的重要標誌便取決於具有地域性的風俗畫描寫是否能取悅於讀者。嚴家炎認為：二十年代鄉土小說在魯迅、周作人兄弟二人的共同倡導下，形成了共同的特色。其中「在風俗畫這方面，鄉土小說取得了相當高的成就。」〔註25〕他把風俗畫分為兩種：「一種寫的是很野蠻落後的陳規陋習」，「另一類風俗畫，寫的是一般傳統的風俗習慣，雖然落後但不一定野蠻不人道」，「這些作品加在一起，成為瞭解那個時期中國農村經濟、政治、思想、文化各方面形象的史料，除了美學價值以外，還具有現實主義作品特有的認識價值。」〔註26〕那麼，一九八五年

〔註25〕嚴家炎：《中國現代小說流派鳥瞰（一）》，《文藝報》1986年3月22日第3版。
〔註26〕嚴家炎：《中國現代小說流派鳥瞰（一）》，《文藝報》1986年3月22日第3版。

出現在「尋根」文學運動中的一批充滿著蠻荒悲涼的風俗畫作品，被有些人指責貶斥爲遠離時代精神、頌揚原始人性的劣作，確乎有些冤枉。無論是韓少功的《爸爸爸》，賈平凹的「商州系列」還是李杭育的「葛川江系列」，決非是馬克思嘲笑過的那種「留戀原始的圓滿」，恰恰相反，他們在充滿著蠻荒的異域情調的作品表層油彩的背後，融進了鮮明的當代意識，以此去統攝把握人物，形成了作品內在的隱性的強大主體衝擊力。即使宣稱「文化斷裂帶」的一些作家們的作品，也仍然是在鈎沉民族文化心理積澱過程中，以強烈的當代意識去衡量審視作品的。他們的理論與創作實踐是相悖的。阿城的《棋王》、鄭義的《老井》不是在滲透著鮮明的當代哲學意識時，在歷史和現實的撞擊點上尋覓著未來的答案嗎？正如雷達所說：「作家主體意識的開放和豐富，它的力求涵納更多新的內容，使得很多人表現出比以往更濃厚的對文化背景的興趣，對民族心理的更深入的探求，對人性的沉思，對所謂『國民性』的研討等等。這不是逃避現實，而是試圖用當代審美意識對傳統重新理解」，「神秘的外殼裏包藏著哲理意識，民族生活形式裏寄寓著現代觀念。」〔註27〕因此，新時期鄉土小說發展到今天，不僅要求作家在描寫風俗畫的同時融進深邃新鮮的思想內容和哲學觀念，更重要的是須有貫注於整個作品的高層建築式的當代意識氣韻。當然，這種氣韻並不是直露的，而是含蓄的，甚至是帶有神秘色彩的──主體意識被有機地融化在客觀的描述之中，形成一種質的元素。所以，它往往會引起許多人的誤解──他們只看到客觀描寫的風俗畫的原生狀態，而未看到力透畫背的一種哲學意識、一種審美觀照的創舉、一種恢宏氣度的熔鑄……

一九八五年是中國理論爆炸的年代，而創作界一些有頭腦的青年作家逐漸清醒地認識到，從創作中的不自覺、無意識的閉鎖理論狀態中跳出來，接受理論和哲學的薰陶，從而把自己的創作置身於自覺的有意識的開放理論的指導統攝下，這才具有當代作家的一切中外藝術的「同化力」和「可溶性」。因此，他們試圖在中國古老的鄉土文學體的廣袤土壤中進行藝術形式的嫁接培植，使之開出更鮮豔奪目的奇葩異卉。這種在傳統文學觀念和西方文學觀念座標系中取零點而同時向前推進滲透的嘗試，則給他們的作品帶來了撲朔迷離的神秘色彩，拉丁美洲「爆炸後文學」、法國「新小說派」等流派的影響尤爲突出。一方面，他們的作品是土得不能再土，風俗化至極的鄉土文學；

〔註27〕雷達：《主體意識的強化》，《人民文學》，1986 年第 1 期。

另一方面，他們的作品很少有讀者能夠破譯，似乎造成了一種背景淡化，遠離塵世的藝術效果。究竟怎麼看這類作品，我們以為這是解釋「尋根文學」究竟在中國鄉土文學的發展中所佔有的地位的一個關鍵環節。

我們認為，「尋根文學」作品只是在藝術技巧上吸收借鑒了國外的一些長處，但所反映出的內涵是積極的、深刻的。

我們不得不承認《爸爸爸》受到了「魔幻現實主義」藝術手法的影響。打破生與死、人與鬼的界限，打破時空界限，吸收歐美現代派時序顛倒、多角度敘述、幻覺與現實交錯等藝術手法，這也是《爸爸爸》所運用的藝術技巧。也許韓少功從「魔幻現實主義」的定義——「變現實為幻想而又不使其失真」中受到了某種啓迪吧？他要表現出那種深厚的民族心理積澱——這種已經繁衍成世代因襲的「集體無意識」像沉重的十字架背負在我們民族的脊梁上——而這種積澱卻又是舊有的現實主義的手法不能予以傳神的再現的。「這裡有一種意象，或如說是一種人生的象徵」，「說到底，雞頭寨村民對丙崽的觀照，乃是人的自我觀照。我們面前的這個丙崽，恰如對象化的世態人心。」〔註28〕所有這些，李慶西在《說〈爸爸爸〉》一文中作了非常精當的破譯。這種創作動機如果用韓少功寫《西望茅草地》《風吹嗩吶聲》時的手法來進行構造，其藝術效果肯定不如現在。我們知道，作者需要表現的是一種不易被人所覺察的民族根性，也就是魯迅先生一直吶喊著要引起注意，提請療救的國民性。這種國民性有極大的隱蔽性，已形成了堅固無比的「集體無意識」。因此，作者為之蒙上一層神秘的霧靄。「一方面是對『夷蠻山地』奇異的自然景象以及風物、風俗大膽描述，而描述中又揉進了某些神話傳說；另一方面則是背景的模糊和某些細節處理上的語焉不詳。」〔註 29〕我們認為，背景的淡化或漂移，則是作者在描寫文化心理積澱時的自覺要求，作者企圖表現的是經過歷史大潮衝擊後漸漸滲透寄植在我們民族心靈深處的文化心理狀態。如果僅用直陳式的現實主義手法遠不能造成這種與內容相適應的強烈藝術氛圍的。出於此，作者只有借助於新的表現手法來加大作品的容量，儘量拓寬作品的藝術空間，使讀者在許多空白處找到自己對人生的應有答案，希望讀者中間能產生一千個哈姆萊特、一萬個哈姆萊特。當然，也希望產生出一個最傑出的哈姆萊特來。

〔註28〕 李慶西：《說〈爸爸爸〉》，《讀書》，1986 年第 3 期。
〔註29〕 李慶西：《說〈爸爸爸〉》，《讀書》，1986 年第 3 期。

　　也許我們在《爸爸爸》中還能找到「新小說派」的影子，如「穿插」、「復現」、「設迷」、「跳躍」、「鑲嵌」等藝術手法的運用在作品中屢見不鮮。但這些，都是爲著作者要表現幾千年來封建古國封閉冥頑思想而設置的。如果說「新小說派」對文學的反動在於它貶斥小說的社會意義的話，那麼，《爸爸爸》決非是純形式主義的藝術雕琢。我們可以在一鱗半爪、零亂不堪的事物中尋覓到有整體價值的社會思想內容。而且，其思想內涵愈隱蔽就愈顯其深刻，愈使人感到作品的穿透力之甚，就愈能開啓人們對人生的頓悟和對藝術的感知能力。所有這些，不能不說是大大豐富了鄉土小說的表現力。

　　同樣，在賈平凹的作品裏，你可以看到結構現實主義的影子；在鄭萬隆的作品裏，你可以看到早期象徵主義和現代派手法的多重複合；在阿城的作品中（尤其是《遍地風流》）也不無「黑色幽默」式的調侃揶揄情調和新的藝術變奏；在莫言的《透明的紅蘿蔔》裏，你亦可體味到荒誕派韻味；在吳若增的「蔡莊」系列中，你可看到象徵主義的魔力……但所有這些藝術手法的借鑒並不影響這些作品成爲典型的鄉土小說。我們以爲它們至少保持著鄉土文學的二個重要元素：一是充滿著「異城情調」的風俗畫藝術氛圍；二是深刻的民族文化心理的揭櫫成爲作品穩固的精神內核。前者可用鄭義的話來闡釋：「作品是否文學，主要視作品能否進入民族文化。不能入民族文化的，再熱鬧，亦是一時，所依持的，只怕還是非文學因素。」〔註30〕我們認爲他所說的「文化」是較抽象的，倘使將此形象化一些，這就是風俗畫的藝術氛圍是文學作品得以苟活的生命力。後者可用鮑昌的話加以闡釋：「典型的『尋根』作品，是向歷史縱深的藝術回歸……它是一個民族心理的沉重負載，一個生死攸關的時代象徵。」〔註31〕也就是說，這些作品在鄉土文學文化岩層中開掘出來的並不是「化石」意義的「死胎」，而是返照折射著我們時代和現代人心理的強烈折光，於是這些「活化石」便成爲「鏡子」意義的「產兒」。如果不能看到這一層，整個作品的社會價值就會貶值，甚至出現與作者創作初衷的哲學意識相悖逆的結論。即使是反對建立鄉土文學體和嘲笑「尋根文學」的同志，只要他看到了這一層次，也就不得不承認這些作品所具有的積極意義的思想內涵：「然而文學同時又在意緒層次裏顯示它的批判特徵。使陳舊歷

〔註30〕鄭義：《跨越文化的斷裂帶》，《文藝報》1985 年 7 月 13 日第 3 版。
〔註31〕鮑昌：《1985：全方位、多樣化文學的繁榮》，《文藝報》1985 年 12 月 28 日第 2 版。

史表象有著某種現代情緒和脈絡，那些小鮑莊和雞尾寨在哲學化的超越意識中螺旋上升，幽美的鄉土表象在理性空間裏黯淡爲醜陋的骷髏。它無言地訴說著關於民族命運的神秘可怖的寓言。它也確乎蘊含著對中國農業社區的國民性的痛苦批判。」〔註32〕

從目前的創作來看，鄉土小說主要是在兩種形式和層次上同時並進的，他們在描摹風俗畫的藝術氛圍中展示著自己無盡的藝術才華，令人刮目。除前文所提及的以外，像朱曉平（《桑樹坪記事》）、史鐵生（《插隊的故事》）、張宇（《活鬼》）、張煒（《秋天的憤怒》）、趙本夫（《絕唱》等）、映泉（《桃花灣的娘兒們》）、潮清（「單家橋」系列）、肖於（《記得有條瓦鍋鍋河》）……真可謂洋洋大觀，不勝枚舉。而另一小部分鄉土小說作家（主要是「尋根」派作家）卻企圖以新的審美觀念和「橫移」過來的藝術技巧對傳統進行改造。他們的「手法是新的，氛圍是土的。」〔註33〕我們以爲後者雖然帶有探索的冒險性，然而，它卻是開闢新鄉土文學未知領域，使之在中國文學內得有恒長的生命力的催化劑。即使有失敗之處，也不應抱以嘲笑與鞭笞。

四

中國鄉土文學面臨著危機嗎？隨著新技術革命浪潮的衝擊，有人擔心它的前景黯淡。更有人預言鄉土文學終究要走向消亡，而被城市文學所替代。「城市文學推開良田美池，推開原野阡陌，推開西部石窟神秘山脊，推開周易八卦巴楚詭氣，然後踉蹌著站起，一個孤寂而憤怒的亮相。它將不再是經典的地理學概念，而是一臺城市文化心理和情緒的示波器，一座技術和貨幣異化的現象庫，一個現代青年審美意識的巨型反應堆，一份賴以實現民族和歷史的自我批判的白皮書。」〔註34〕我們的鄉土文學會向隅而泣嗎？不！這決不可能！世界上只要還有泥土存在，只要人們賴以生存的還主要是靠農作物，那麼鄉土文學就不會消亡。更重要的是，你可以推開良田美池，推開原野阡陌……但你永遠割不斷民族文化的內在聯繫；你可以建立現代青年審美意識的巨型反映堆，你可以對民族和歷史進行反省和批判，但你決不是在民族文化的廢墟上建立起理想的金字塔。想割斷歷史的沿革，那是一種幼稚的幻想。正如在許多優秀的鄉土小

〔註32〕 朱大可：《半個當代文學和它的另半個》，《文論報》1986年4月11日第3版。
〔註33〕 鮑昌：《1985：全方位、多樣化文學的繁榮》，《文藝報》1985年12月28日第2版。
〔註34〕 朱大可：《半個當代文學和它的另半個》，《文論報》1986年4月11日第3版。

說中反映出的不同鄉土觀念的情景一樣，人們（包括作家）已經意識到了這股強大的時代氣流給人們帶來的兩種情緒，那種《人生》中所顯示出的「只有紮根鄉土才能活人」的生活觀念確實會引起現代人的逆反心理。而《老井》中所呈示出的兩種觀念在搏擊中同步發展的跡象則又使得人們的心理得以平衡，但這不是簡單的「懷舊」情緒。我們並不否認，現代意識打破了自然經濟的「生態平衡」，它不僅僅帶來了物質的文明，更重要的是它改變著我們民族歷史文化心理。鄉土觀念的強化與弱化必然在時代的更替中、在新一代與老一代的精神搏鬥中形成悲劇，這個悲劇則是我們這個改革時代在蟬蛻分娩中的痛苦，惟有痛苦，時代方能前進。那麼，反映這個尖銳的對立，揭示出兩種文化心理的衝突，則是鄉土文學肩負的時代使命。至於將來這兩種生活對立的消長和這兩種文化心理的起伏究竟如何變化，是難以預卜的。但有一點我們可以相信，只要地球尚存在，人類還未消亡，這種在運動中變化著的鄉土觀念永遠是存在的，也許它會不斷注進新的審美內容，但決非混同於高樓林立的城市文學，它更多的「是向歷史縱深的藝術回歸」。

由此看來，蠻荒神秘的山林，田園牧歌式的生活，野性而純樸的風俗人情，也許在將來的文學中會有淡化過程，會隨著時代的推進而發生變化。但只要作家們不是以凝滯的藝術眼光去看待它們，那麼它們仍然是一條永遠奔騰不息的江河，人類的民族歷史文化在這裡發源，亦就不會輕易隔斷。關鍵是作家們要以流動著的當代意識去對它們作同步的哲學意識的鳥瞰描寫，就會創造出更為璀璨的鄉土文學之花。

如果有人提出中國鄉土文學的前景是什麼？我們只能作這樣的回答：它只有在當代意識的統攝下，在審美觀念的不斷更新中獲得存在的價值，獲得向世界文學挑戰的地位。它無須流派的崛起，而是要高亢地呼喚「巨人」的到來！

第五節　當前鄉土小說走向

80 年代後期就有人說過鄉土文學必然在城市的血盆大口之下逐漸消失，然而隨著 90 年代所謂都市晚生代的崛起與橫行，鄉土小說非但沒有被鋪天蓋地的都市文學的種種新旗號所誘惑與強姦，反而以一種平靜的心態來迎接世紀末的這場文化大搏戰。究其緣由，或許這些鄉土小說作家更看重的是「人學」和「人文」景觀，更看重一個作家對社會良知、對人類情操和情感、對

人性與人道主義、對現實和現世的責任感，他們敢用帶血的頭顱去叩問文學殿堂的真諦，去尋覓人生的真理。

毫無疑問，幾十年來的極左思潮把文學探尋人生之路推入了死亡的深淵，新時期以來，人們似乎恥於論及「爲人生」的現實主義，視其爲文學領域內的愛滋病。殊不知，在中國，從來就沒有過真正的現實主義，尤其是批判現實主義，即使有，也是短命的，也是變了質的。近一個世紀以來，難道我們有過真正意義上的現實主義嗎？過去它被極左思潮所扼殺，如今難道又要被種種的先鋒理論所封殺嗎？

90 年代以來，鄉土小說正在悄悄地突起，除去所謂「陝軍東征」的鄉土現象以外，除去一大批抒寫歷史鄉土的作家作品（包括莫言、劉震雲等一批「新寫實」作家）外，難能可貴的是湧現出了一批關注現實人生的現實主義力作。劉醒龍、閻連科、陳源斌、陳世旭、李貫通、何申、關仁山、劉玉堂、劉慶邦、趙德發、田東照、楚良、陳孝榮、王祥夫、謝志斌、張繼、柳建偉、向本貴、黃建國……等等，他們的作品更多的是關注現實的鄉土社會，歌哭一幕幕鄉土人生的活劇。毋庸置疑，在這個沒有嚴肅和悲劇的年代裏，一個作家未泯滅的良知與道義促使他們用飽蘸血和淚的筆觸去抒寫一個個大寫的人，去拷問那一顆顆鏽跡斑斑的死魂靈。

這些年來都市小說從敘事遊戲到心靈體驗，愈來愈走向疏離社會，脫離人生的虛空描寫之中；而鄉土小說亦愈來愈遠離現實，躲進歷史的軀殼中而不能自拔。然而，一個正常的社會是不能缺少藝術對它的關注和介入的，這種關注和介入雖然是間接的，但它可以衡量出這個社會藝術發展的高下，乃至檢測這個社會文明的程度，甚至於可以審視其可否成爲一種推動時代前進的巨大能量和動力。

在今天的鄉土風景線中，我們不難看到，在這一群鄉土作家的審美視野中，既不存在五四以降的那種深沉凝重的批判現實主義的悲劇意識，也不以當今流行的廉價喜劇和嬉皮士精神爲摹本，而是用貼近生活現實的異常平靜冷峭的客觀審視眼光去抒寫「大轉型」時期的人文動蕩和心理變遷。但也有一批鄉土小說作家在客觀描寫中寄寓著作者深切的人文關懷，審美批判中洋溢著作者執著的理想追求。無須說張煒寓言式的鄉土理想是近於譫妄的浪漫追求，它甚至於可能是一種無望的思想掙扎，然而，這種人生的理想標高卻是我們今天小說創作中所缺少的人生內涵和底蘊。和張煒們所不同的是，劉

醒龍們同樣是抒寫鄉土社會中人的生存狀態與精神追求，他們把那種幾近形而上的理性追問化爲一種形而下的具象描寫，從中透露出折射出強烈的人文精神，從而把較爲直接的空疏的虛擬的理想浪漫情調改寫爲眞實的可觸摸的情節和場景。在劉醒龍的《分享艱難》中，那種冷峻的批判意識，那種強烈的人道主義的情感，自然而然地流露在情節和場景描寫的字裏行間，從《村支書》《鳳凰琴》到《暮時頌課》《黃昏放牛》《傷心蘋果》《挑擔茶葉上北京》……，劉醒龍用自己的心血築就了鄉土社會的人文精神長城；謝志斌的《扶貧》卻從另一種角度切入鄉土社會，以一種自上而下的強烈的人道主義情懷介入鄉土政治，寫出了那廣袤原野上人們的疾苦。像這樣的鄉土小說作品愈來愈多，如張繼的《四平村長系列》《殺羊》《黃坡秋景》等篇什用飽醮情感的筆觸摹寫了鄉村基層幹部種種難言的痛苦行狀，平靜中略帶苦澀和暗淡，觸發作者靈動和感悟的原動力就在於無情現實生活的擠壓，正如作者所說彷彿看見一個個人物或昂著頭，或弓著腰，或以手掩面，或哭哭啼啼，逶逶迤迤向我走來。我太熟悉他們了，我簡直激動得有點不加思索……」那種不願丟棄介入時代和社會，不願放棄人文批判精神的作家良知和責任感，促使張繼們在鄉土社會裏「遊走」，那怕就是一片即逝的流雲，它也要在有限的空間展示一下自己的身影：「我覺得文學呼風喚雨的時代已經一去不復返了，但是我們總能做一片雲吧。那麼就讓我化作一片雲彩。」

倘若一片一片雲彩連接在一起，它就會成爲頗爲壯觀的景象。同樣，像關仁山《大雪無鄉》這樣的力作並非是一曲頌歌，它所表現的內涵應是廣博的，其中所釋放出的複雜的人性和人道主義內容是令人喟歎的。像這樣可圈可點的鄉土力作在近年來的鄉土創作潮中占著主導地位。諸如趙德發的《止水》等，楚良的《故鄉是非》等，王祥夫的《早春》等，陳孝榮的《農委主任》等，向本貴的《災年》等，田東照的《秋天的故事》等……。當然還包括像周大新、陳世旭和閻連科這樣的「老作家」所寫的如《向上的臺階》《鎮長之死》《黃金洞》這些諸多的介入當下的鄉土力作。

值得一提的是柳建偉的新作《都市裏的生產隊》這部別有意蘊的中篇力作。作品不僅描述了一個被城市包圍了的鄉村生產隊在光怪陸離的無形之手的擠壓下頑強生存的現狀，同時也刻畫了一個屬於現代中國的于連·索黑爾，把一個生長在中國經濟文化畸形之樹上，上下跳躍、左右逢源、遊刃有餘、形同獸類的人物活生生地呈獻在我們面前。所有這些，正是作者充分介入生

活現實的結果，雖然作者一再聲稱自己不想「做什麼人生導師」，「做什麼精神之旗」，「做什麼青春偶像」，「我只想做一名這個時代比較稱職的小小的書記員。」然而，即使是老巴爾扎克和陀思妥耶夫斯基，甚至於包括左拉式的自然主義，也不可能不在作品中流露出他們自己的人性輻射和人道立場。因此，「你們只是解剖刀，千萬不要妄想做手術刀」的警示是多此一舉。由此我想到了前兩年曾引起過轟動的《廢都》，賈平凹在抒寫農業文明衰敗時所呈現出來的無奈，我認為賈平凹並非是如某些批評家所說的那樣，用自然主義的手法來構造自己筆下的人物，而是在自我主體意識中表現出極大的人文惶惑性和道德判斷的搖擺性，因此，小說所呈現出的形而下的具象描寫不能上升到一個形而上的理念通道之中。然而，即便如此，《廢都》所呈示的文化意義也是不可低估的。它起碼是為我們提供了一幅觀望現代中國都市社會的生動圖畫，儘管這是賈平凹第一次用鄉土的眼光去審視這個光怪陸離的現代古都。從這個意義上來說，柳建偉的這種近似「廢都」式的努力同樣也是難能可貴的，這因為真正的批判現實主義實際上從來沒有在中國文學這塊土地上長久駐留過，正如作者意識到的那樣「我總覺得當今的中國和巴爾扎克時期的法國和陀思妥耶夫斯基的俄國有著本質上的驚人相似。」既然時代為我們提供了一個表現的舞臺，那麼我們有什麼理由退卻呢？「當代作家，如果不把周圍的這些人物的行為和心理準確地記錄下來，至少也該算瀆職。」作家僅僅意識到這點還不夠，還要有介入生活現實時主體意識中人性力量和人道精神不斷強化的自覺，這樣才不至於愧對人生、愧對社會、愧對時代、愧對文學，才會堂堂正正地作一個嚴肅的時代書記員，才會如作者意識到的那樣：「社會是需要文化的，人們是需要作家面對嚴肅的現實和人生，也需要這祥嚴肅的文學！」

可以看出，由於隨著當下人們的都市文化觀念的不斷強化，也由於文學批評界過份熱衷於對都市和歷史題材小說的青睞，所以造成了對鄉土小說的疏離和冷漠。更有甚者，謬以為鄉土文學已在商品經濟和都市繁榮的衝擊和包圍下，業以趨於淡化和消亡。殊不知，現時的中國尚且未進入後工業的時代背景之中，即使進入了後工業時代，也不可能完全消解鄉土文學，君不見西方那麼多先鋒文學流派把筆觸伸進了鄉土領域，何況我們這個有著幾千年農業文明歷史的泱泱大國呢。我以為，其關鍵問題就在於我們的鄉土文學作家能否堅守這塊沃土，更為重要的是能否堅信自己把握人生、把握時代、把

握世界的能力，倘若這點自信力都沒有，恐怕鄉土文學真的要走向衰亡了。我認為外部的力量是不能瓦解鄉土文學的，它的消解能量完全來自鄉土作家的自我，換句話說，如果鄉土文學要消亡，那它一定是死於鄉土作家自身之手，只有他們自己才有足夠的力量來扼殺自己。

我以為鄉土文學，尤其是鄉土小說在當下中國文學的潮頭中是呈上升趨勢的，面對滾滾而來的社會變革大潮，鄉土文學的表現領域非但沒有縮小，反而更加廣闊無垠了，在社會思潮的撞擊下，必將產生出鄉土文學的更多新的生長點，也必將產生出更多更好的鄉土文學力作來。

鄉土作家只有首先正視自己，才能去正視人生，正視時代，正視這個千變萬化、光怪陸離的動盪世界。一切來自他者和都市的喧嘩與騷動都不必顧及和不予理睬，只須在為人生的道路上努力走下去，直到永遠。

第六節　靜態傳統文化與動態現代文化之衝突

一、五四文化情感能量釋放的負面

歐洲的「文藝復興運動」用了三個多世紀才完成了文化機制的轉換，它作為資產階級向封建主義宣戰的標識，直接導致了歐洲文明的進展，顯示著歐洲文化（文學、藝術、哲學、史學、政治學和自然科學等）從「中世紀」的神學中解放出來後轉入「近代」和「現代」文化的普遍特徵。

當資本主義的曙光照耀著整個歐洲時，中國自明朝以後的幾次大的政治文化變革都是發出了試圖擺脫封建主義格局而向「近代」文明發展的信號，但是由於封建勢力以它根深蒂固的生命力，一次次擊潰了這種轉向的可能性。中國的近代史是一部血淋淋的政治文化史，即便是推翻了「帝制」以後，這種封建機制的轉換仍然成為一種虛幻的理想。

五四新文化運動以響亮的口號，接過了西方文明的人道主義接力棒，無疑，從文化思想體系來看，五四新文化運動所接受的並不是早期文藝復興時期的人文主義思想，同樣是「啟蒙」，中國的知識分子更看重的是當時在西方文明經歷過工業革命後的「現代」文化思潮，而非「近代文明」的薰陶。因此，五四時期各種文化思潮給文學帶來了無限的生機。當然，我們不能忽視嚴復等人在中國近代文明在世界範圍衝撞下一敗塗地的事實中所體悟到得須得注重自然科學發展的經驗總結對中國現代文化的啟迪。然而，我們應該注

意到這樣一個事實：即在五四新文化運動一致需求轉換文化機制的吶喊聲中，爲什麼那波瀾起伏的反「復古」、反封建的文化鬥爭始終成爲文學鬥爭的焦點呢？或許人們還會追溯到康有爲、梁啓超爲首的改良主義運動所帶來的慘痛教訓。這似乎成爲中國文化鬥爭的一個焦點，成爲中國文化鬥爭的一種「集體無意識」。當我們回溯中國現代文學史時，我們不難看出，文學史家們可以如數家珍似的擺出一次次文學運動史中的歷次文化爭鬥，但是卻沒有一個文學史家能夠清楚地看到隱伏在許多作家，包括那些新文學運動的最激進的倡導者們內心深處的一種文化回歸的深層心理結構意識。

誠然，五四新文學運動完全和歐洲早期文藝復興時期的文學泰斗（如當時文壇三傑的法蘭西的拉伯雷、西班牙的塞萬提斯、不列顛的莎士比亞）所運用的以古典文化爲武器來衝破神學的桎梏不同。他們所倡導的新文化運動是在借鏡西方現代文明幾百年累積起來的文化經驗後而推出更加嶄新的中國文化。從這個角度來說，五四一代知識分子從理智上來說是異常清醒的，但是從文化情感的角度來說，在他們的靈魂深處還有著與傳統文化割不斷的血緣關係，如果這個理性和感性的「度」掌握不好，就會從一個極端跳向另一個極端，事實證明，許多新文化運動的先驅者後來都發生了根本的文化意識轉變和墮落，這不無是與這種隱形的深層文化心理結構有著內在聯繫。

那麼，作爲一個藝術家來說，這種文化心理結構作爲作家的主體投射於作品之中，並不妨礙作品成爲名著或優秀作品，但是作爲文學批評家和文學史家卻不能不看到這種靜態的傳統文化與動態的現代文化在一個作品所形成的內在衝突。這種衝突對於作品來說是至關重要的，它作爲一個時代的精神和心理的「化石」，不反對於一個作品的解讀有意義，而且對整個文學史發展的考察也有重要意義。

我們可以毫不費力地看到魯迅鄉土小說中洋溢出的「哀其不幸，怒其不爭」的情感內容，但誰又能從文化角度來考察其豐富的情感衝突內容呢？我們在總結「魯迅風」的時候，可以毫不猶豫地看出作者那種批判國民劣根性的強烈吶喊，但我們卻不能體會到先生的靈魂深處還依稀深藏著的一種深刻的文化眷戀——那種對於傳統文化墮落的悲哀。從某種意義上來說，魯迅鄉土小說是對那個逝去的時代，那個破落的階級所奏響的一曲無盡的輓歌。我不想從先生的生存環境來進行分析，儘管它很重要。單就其鄉土小說來看，魯迅所表現出來的情感是和自己的鄉土文學理論是吻合的，他的「回憶」、「童

年」和「鄉愁」之說，本是暗含了兩種情感衝突的：《狂人日記》狂喊著要撕毀這吃人的歷史文化；《祝福》顯然是對那吃人社會的訴訟狀；《阿Q正傳》是對民族文化劣根性的抨擊和鞭笞。但這些卻或多或少摻雜著對於某些文化困擾下人的妥協、同情和憐憫，以及對舊文化的某種形態的困惑——諸如「狂人」並不是作者筆下完全清醒的先覺者形象，從作者朦朧的描寫中透露出的是作家主體意識的某種困惑，阿Q的從中興到末路，多少還帶有些許用舊文化意識來對人物進行價值判斷的陰影。當然這絲毫不影響作品的藝術性，反而增強了作品內在機制的情感衝突，那種價值判斷往往會增強作品美學的效應，使之成爲說不盡的「莎士比亞」和說不盡的「阿Q」。但我們必須看到這種情感的衝突。

　　最有說服力的或許要算是魯迅先生的《社戲》《故鄉》中所流露出的深深的「鄉戀」情感和懷鄉意識，雖然這種美好的情感已被現實生活的黑暗所粉碎。但是，從中我們看到作家試圖在自己心靈中所留下的那塊情感的「淨土」。尤其是《社戲》，它是作者保留得最爲完美的情感結晶，那種沒有等級的社會秩序，那種純樸平和溫馨的人際關係幾近成爲魯迅的「童話世界」，這種美化帶有充分的童貞浪漫色彩。雖爲理想，但多少體現出魯迅在「鄉戀」之情中所表現出的對傳統文化的不由自主的留連。「懷鄉」一詞可能不止於情感上對於地域性血緣關係的眷戀感，更重要的還是對於一種文化的情感問題。

　　我們絕不貶抑這種情感，況且這種感情對藝術更有用處。問題的關鍵就在於這兩種文化規範下的情感衝突，正體現出文學不可解脫的藝術感情形式，由魯迅的鄉土小說到「人生派」的鄉土小說，再到「鄉土小說流派」，我們可以清楚地看到，在民族文化心理（劣根性）的批判中，各個作家用感情差異的不同，或多或少在自己的作品中注入了兩種文化情感的衝突，這種衝突往往會使作家陷入一種兩難的情感窘境。正是由於這種眩惑，才使得作品更有耐讀性。從王魯彥、王西彥等到臺靜農、許欽文、彭家煌、蹇先艾、黎錦明、許傑……等一大批鄉土小說作家，在這兩種文化衝突的選擇中所表現出的這種尷尬情感，似乎成爲一種無可名狀的隱形創作主體情結，這種文化規範的表現愈眞愈顯，應該說對作品所顯示的文化意義就愈大，相對來說，其藝術的生命力也就愈恆久。

　　作爲五四新文化文學主體精神，新文學的先驅者們所舉起的反封建大旗是指導新文學運動奮勇向前的一個目標和宗旨，它無疑是拉開了中國新文化

的序幕，開創了新的紀元。但倘若看不到這種每一個中國知識分子，乃至於每個中國人所存在著的隱性文化情感，也就不能對新文化和新文學運動有個清醒的認識，如果每個人都能在兩種文化情感的包圍中掙脫出來，遴選出最優的文化情感規範，中國的新文化運動不是一蹴而就了嗎？

「鄉」與「城」似乎成為一種精神象徵的載體，兩種文化規範的衝突成為二十世紀中國文學不可逃避的主題。這在五四新文學運動初期的作品中就露出端倪，如果我們忽視了五四新文化運動中這種文學情感因素的能量釋放，我們就不能很好的釐定文學史中作家豐富的情感世界。

二、「鄉戀」與懷鄉意識及其負面效應

如果說魯迅及其「人生派」和「鄉土文學派」的鄉土小說中面臨著兩種文化情感困惑的選擇的話，那麼廢名、沈從文也同樣面臨著這樣的選擇。

那個口口聲聲稱自己是「鄉下人」的沈從文的文化心態更是奇妙無比，他一方面是鄙視「城市文化」對「鄉村文化」的侵襲；一方面又渴求得到現代文化知識的薰陶，他甚至想得到一張大學生的文憑，甘願受郁達夫這樣的名家所奚落和小視。也就是說，沒有北京這個大都市文化氛圍的浸潤，沈從文想成為一流的小說家則是不可能的。但當他拿起筆來寫他鄉土小說時，其心境卻表現得異常複雜和困惑。

毫無疑問，沈從文這樣的作家，其鄉土作品流露出的是過份的「鄉戀」（而非「鄉愁」）情感和懷鄉情緒。那如詩如畫的「風俗畫」和「風情畫」、「風景畫」更使我們感到了作家對傳統文化規範的認同和首肯。如果從其表現形式上來看，它們更是像文藝復興時期歐洲的巨匠們那樣以古典主義的文化情感和文學情感為武器來體現一種反禁慾主義的思想。然而，如果我們不能清楚地看到沈從文等人小說中隱含著的另一種情感與其表層「畫面」的衝突，也就很難讀出其中的情感形式的異質所給作品帶來的更高美學和史學的價值。

無端的指謫沈從文們的作品是小資產階級情調或是復古主義的體現，是有些風馬牛不相及的判斷。我們認識作品的情感形式不能完全潛入作品人物和描寫的情感之中去，沈從文們用的那種情緒固然包含著對一種靜態文化失落的哀婉之情，但它畢竟不能替代作家潛意識之中的對現代文化的某種無可奈何的認同。沈從文曾非常過激地說過這樣的話：「這種時代風氣，說來不應當使人如何驚奇。王羲之、索靖書翰的高雅，韓幹、張萱畫幅的精妙，華麗

的錦繡，名貴的瓷器，雖爲這個民族由於一大堆日子所積累而產生的最難得的成績，假若它並不適宜於作這個民族目前生存的工具，過份注意它反而有害，那麼，丟掉它，也正是必需的事。實在說來，這個民族如今就正似乎由於過去文化所拘束，故弄得那麼懦弱無力的。這個民族的惡德，如自大，驕矜，以及懶惰，私心，淺見，無能，就似乎莫不因爲保有了過去文化的遺產過多所致。這裡是一堆古人吃飯遊樂的用具，那裏又是一堆古人思索辯難的工具，因此我們多數活人，把『如何方可以活下去的方法』也就完全忘掉了。明白了那些古典的名貴的莊嚴，教不了目前四萬萬人的活命，爲了生存，爲了作者感到了自己與自己身後在這塊地面還得繼續活下去的人，如何方能夠活下去那一些欲望使文學貼近一般人生，在一個儼然『俗氣』的情形中發展；然而這俗氣也就正是所謂生氣，文學中有它，無論如何總比沒有它好一些！」〔註35〕我們應當看到沈從文作品在文化選擇上的兩難情感，以及他的理論和創作實踐上的背反現象。《邊城》、《蕭蕭》、《丈夫》……這一大摞鄉土小說作品表面上是對靜態傳統文化的謳歌和禮贊，甚至充滿著古典浪漫的情感色彩；但是我們忽視了其中所包孕著的正是一種「反文化」的傾向，那我們就枉讀了這些作品，沈從文正是通過對文化的消解來達到反封建的目的，甩掉文化對於人的困頓，讓人走向自然，才是作者的本意。我們切不能將他對一種原始生命意識的認同和張揚與現代文化的渴求相對立起來看待。恰恰相反，他正是想通過這種生命形式的肯定來達到對現代文化的某種認同，無論這種認同帶有多少不由自主和無可奈何的情感，但這畢竟是作家一種文化情感的投射，所以，在透過這些古樸寧靜文化氛圍的描寫背後，我們必須更要廓清的是那種對現代文化不自主和無意識張揚的情感內容。

讀沈從文鄉土小說的困難往往就在於將作家的文化情感與小說中人物的文化情感相混淆，而在整個小說的敘述過程中，作家的文化情感的流露卻又往往是呈朦朧不清晰的狀態。不可否認的是，我們從《邊城》中能夠很清晰地讀到那種對一切文明和一切文化的反叛情感，包括「城市文明」的侵襲，也包括「封建文化」的纏繞，於是，像沈從文的鄉土小說之所以大肆渲染「鄉村文化」氛圍，其目的就在於從兩個方面來向新的文化逼近：一方面是面臨著對傳統的「封建文化」批判和剝離；另一方面是對於現代城市文明對人和

〔註35〕沈從文：《鳳子·題記》，《沈從文全集》第 7 卷，北嶽文藝出版社 2009 年版，第 80 頁。

自然的侵襲。面對這雙重的文化負荷，沈從文的鄉土小說就顯示出它們特別的文化意義。

　　靜態的文化描述，並不等於不包含這動態的文化衝突。正如沈從文在評論廢名時所說：「作者的作品，是充滿了一切農村寂靜的美。差不多每篇都可以看得到一個我們所熟悉的農民，在一個我們所生長的鄉村，如我們同樣生活過來那樣活到那片土地上。不但那農村少女動人清朗的笑聲，那聰明的姿態，小小的一條河，一株孤零零長在茅園一角的葵樹，我們可以從作品中接近，就是那略帶牛糞氣味與略帶稻草氣味的鄉村空氣，也是彷彿把書拿來就可以嗅出的。」〔註36〕這不過是作者營造的文化表層結構，在表層的背後卻是另一種情感狀態：「作者所顯示的神奇，是靜中的動，與平凡的人性的美。用淡淡的文字，畫出一切風物姿態輪廓，有時這手法同早年逝去的羅黑芷君有相近處。」〔註37〕我以為這並不僅僅是沈從文在談手法問題，它也隱含著一種文化情感，這就是在靜態文化的「靜觀」中顯示出一種生命「力」的元素，這種「力」的元素便是在「鄉戀」和懷鄉意識的描摹中潛入了一種對文化的否定，以及對現代文化——封建文化的負面——的某種程度的認同。也就是說，這種文化情感的獨特表現是：在反對封建文化上，它是與五四新文化精神站在同一戰線上，以人道主義為武器展開了與傳統文化的殊死搏鬥；那麼在「文化制約人類」，扼殺人性和自然的前提下，它又是反一切文化的壓迫，包括現代文化對於人和自然的物質和精神的虐殺。

　　從這個意義上來說，沈從文及「京派」鄉土小說作家是在兩難的文化困境中徜徉，因此，光看出「鄉戀」和懷鄉意識及其負面效應對於現代文化的某種認同還不夠，還得看到更深的一層，即他們面臨著的是對雙重文化壓迫的解放鬥爭。

三、對傳統文化的認同與農民式的「造反」情緒

　　一般來說，對於靜態的封建傳統文化所產生的魅力，往往會使人忘卻動態文化在激活之中將歷史車輪向前推進的事實，而產生「愛屋及烏」的情感。但是經歷過五四運動以後，封建文化被掃蕩得體無完膚，它只能成為一種隱形的思想狀態潛伏於人們心靈深處。一種渴望工業文明和商品文化的心理悄

〔註36〕沈從文：《論馮文炳》，《沈從文文集》第十一卷，湖南人民出版社。
〔註37〕沈從文：《論馮文炳》，《沈從文文集》第十一卷，湖南人民出版社。

悄滋生。「都市小說」的發展就預示著人們對於現代文化和現代文明的渴求與反叛，從劉吶鷗、施蟄存、穆時英的「新感覺派」小說到張愛玲、徐訏和無名氏（卜乃夫）的小說，都是在「都市風景線」下在兩種文化衝突中表現一種對現代文明的惶惑。那麼從鄉土小說領域來看，這種文化的困頓更是令人矚目，但是到了四十年代，人們對於民族和鄉土文學的更加倚重，就使得在這兩種文化衝突中的矛盾開始轉換。一方面是那種自五四以來的強烈反封建意識促動著鄉土作家去表現農民在革命鬥爭過程中的打碎一切舊文化秩序的願望以及從自發到自覺的無產階級意識給新文化帶來的希望；另一方面是由於在打破一切舊文化格局以後，新的無產階級文化觀在無所適從中沒有明確的指導思想，便造成了一種新的文化困惑。正如列寧在《青年團的任務》中所闡釋的那樣：無產階級本身並沒有文化，只有在舊文化的廢墟上才能建立起新的文化，因此，我們並不能割斷與舊文化的關係，於是在毛澤東同志《在延安文藝座談會上的講話》便明確地闡述了中國現代文學必須與民族傳統相聯繫的主旨，從理論上指明了中國文學在新的文化機制中所處的位置。這個理論可以說是有著正確指導意義的，然而在作家的具體創作實踐中，由於理論家們的曲解以及作家們的片面性，便使得許多鄉土小說陷入了對舊有文化（主要包括道德、倫理觀念意義上的作品主題）的認同。這種「二度循環」現象當然是一種文化悖論，也就是，在世界朝著後工業時代發展時，尤其是在中國的五六十年代，一方面是那種對「樓上樓下，電燈電話」、拖拉機的轟鳴、高聳入雲的煙囪、林立的廠房的工業物質文明的追求和羨慕；另一方面，在精神世界（意識形態領域）內又鄙薄由物質文明所引發的倫理道德的墮落。於是，在鄉土文學作品中，許多作家不得不對這種文化的衝突作出審美價值判斷，例如在柳青的《創業史》中梁生寶和陳露之所以分道揚鑣，其根本的分歧就在於前者植根於鄉土文化氛圍之中，甘願為土地和農民而生，而後者卻要逃離土地向工業文明城市靠攏，這種對於鄉土和農民的背叛當然成為作者筆下最醜惡的思想動機，將此歸入資產階級的意識形態是理所當然的了。這種道德倫理標準一旦和政治思想掛鉤，其後果就是最後導致「文革」時期的「鬥私批修」運動。這種觸動靈魂深處污垢的鬥爭，實際上完全是兩種文化衝突選擇的結果，作為一種人的正常欲念和本能需求，本是無可厚非的，但由於這種文化心理形態在特殊的政治氛圍下被作家們進行誇張和放大，就使其作品的本來意義得以消解，兩種文化的衝突在心靈世界的格殺就在浩然

的筆下，被英雄的「高大全」任務一下就化解了。我們不能不從這種消解中看到真正的文化意義被排擠的事實，甚至到了 80 年代初，這種用舊道德舊倫理的價值標準來衡量任務的陰影始終纏繞著一些作家的審美價值判斷，如路遙的鄉土小說《人生》中高加林和劉橋鎮之間的決裂評斷，多少表現出作者價值標準的失衡。在兩種文化價值判斷中鐘擺現象當然並不影響作品的美學價值，但是，從文化價值上來說，作者的失衡只能使得廣大讀者更加惶惑。當然，這種文學現象也並不獨存於中國文學，它在世界文學的格局中也是普遍存在的。

歷史往往是循環往復的，如果說五六十年代的這種變異的對封建傳統文化心理的認同是在某種政治氣候的壓力下得以實現的話，那麼，60 年代後期，乃至整個 70 年代的「造反」情緒多少都帶有阿 Q 式的革命意味，也就是那種盲目的「造反」，帶有強烈的「替天行道」精神，於是，在找不著摸不清革命對象時，那種堂吉訶德與風車作戰的精神促使人們相互尋找文化革命的對象，文化革命反映在鄉土小說創作學領域內就是革命文化，所以文學的主題便成為赤裸裸的文化革命的「傳聲筒」。作為鄉土小說創作（僅剩下了題材意義上的鄉土小說），也只有鄉土小說創作，成為文革時期最能體現文化革命精神的「載體」。在一片白茫茫的小說創作領域，只有《金光大道》才是唯一的範本，它從文化學的意義上為我們提供的是一種階級鬥爭和路線鬥爭的模式，從整個作品中所透露出的作者文化心態（當然也是全民的「集體無意識」）則是那種農民「造反」情緒的復現。它和馬克思所闡述的「懷疑一切」「革命史歷史的火車頭」理論相比，從思維模式上就有本質的不同。馬克思主義宣揚的是對於整箇舊世界舊秩序的挑戰，是他為無產階級制定的與資產階級作鬥爭的指南，而文化大革命的造反理論卻是建立在盲目虛幻的鬥爭理論基礎之上，不僅目標不明確，而且從本質上來說，是用封建的文化心態來和已經正在掙脫封建文化包圍的進步文化心態相抗衡，這種倒退的逆歷史而動的「造反精神」最終成為一個文化的悲劇。

在這幕悲劇中，我們看不到作為文化形態的人的內心世界的美學的和歷史的衝突，它只是政治的翻版，作為鄉土小說的墮落，就在於像《金光大道》這樣作品除了失卻其「地方色彩」和「風俗畫麗」的外部描寫特徵外，更重要的是那種深厚的歷史文化意蘊被政治觀念所阻滯隔離。作為鄉土小說，一旦失去了文化的參照系統，缺乏兩種文化機制的對應、對位、對立，它就顯

得輕飄而無根柢，何況在文革期間，作家的心態完全陷入了一種爲盲目虛無的「造反精神」而張揚的心理框架中，根本忽視了作爲文學作品除政治意義而外的外部特徵和更深刻的內部特徵。當然我們並不能否定文學的政治內容和意義於文學作品的重要性，但是只剩下這一點而拋棄一切，則是文學的悲哀和墮落。80 年代文學「向內轉」顯然是一種對前者的反動，「矯枉過正」就是這種反動的手段，其目的是要將文學拉回到自行的軌跡中來。

從對傳統文化的某種程度的認同到農民式的「造反精神」，中國鄉土小說在三十多年中所走過的是一條艱辛的沙漠之路，要走出這個沙漠地帶，除了思想革命的因素以外，認知方式的改變，以及文化心態的蛻變則是起著至關重要的關鍵作用。

四、在「二律背反」中的眩惑

70 年代末到 80 年代初，是中國民族文化心理大動蕩、大調整的時期，整個民族文化心態試圖從自戀情緒中解脫出來。隨著二次門戶洞開和二次思想解放，由於經濟、政治的急劇變革，帶來的卻是文化心態的不適症。在兩種文化和文明的激烈衝撞下，一種難以名狀的時代焦灼情緒應運而生：這就是「文化眩惑症」。這種「眩惑」表現在作家主體上是一批承上啓下的鄉土小說作家在紛繁炫目的經濟改革大潮中，對工業文明和商品文化侵襲下的農村失去了價值判斷的標準。從倫理道德標準來看，人性惡的醜的形態開始滲透於靜謐祥和的農業社區人際關係之中，「重義輕利」、「重農輕商」的傳統倫理道德觀受到了嚴重的威脅。正如賈平凹的幾部中篇小說中所透露出的種種時代的惶惑感那樣，在《雞窩窪人家》中，因經濟改革大潮的衝擊力，那種千百年來所奉行的恪守土地的觀念開始動搖，禾禾和煙峰的結合以及門門和麥絨的結合，似乎是一個「換妻」的古老故事，但從這「合併同類項」的過程中，我們看到的是社會動蕩潛入農民心理時的文化選擇，雖然門門和麥絨是安份守己的老實巴交的農民，他們有著傳統人倫道德給予他們的一切人性美的特徵，但是他們最終要被歷史和生活所拋棄；而禾禾和煙峰量雖然是兩顆騷動不寧的靈魂，攪亂了農村平靜的生活秩序，衝擊著傳統人倫道德標準，呈現出一切與舊文化道德規範不相適應的文化新質，它帶著人性醜和惡的特徵，但它又畢竟是推動歷史前進的動力，從進化論的觀點來看，它給農村帶來了物質文明的福音。同樣，在賈平凹的《臘月・正月》中，那個象徵著幾千年

舊文化秩序的衛道者韓玄子本是農業社會的「精神領袖」，他的言行是規範主宰農業文化社區以及民族文化心理結構的「聖旨」，然而在經濟變革的動蕩時期，就是這麼一個過去根本排斥在文化道德圈外的潑皮無賴式的人物王才，今天卻成爲主宰農民命運的主人，從這場「文化人」（道德規範的象徵物）與「經濟人」（物質誘惑的象徵物）的格殺中，我們可以清晰地看出中國農民對於物質文化的本能需求遠遠大於精神文化的追求，韓玄子的失敗預示著中國農業社區舊的文化道德規範的失衡，那亙古不變的精神統治體系的崩潰瓦解，「禮崩樂壞」帶來的是新的道德秩序的重構。像這樣的作品，出現在 80年代初期以後，成爲一種鄉土小說的普遍情緒，諸如王潤滋的《魯班的子孫》，李杭育的《最後一個漁佬兒》，鐵凝的《哦，香雪》等人的鄉土小說都在這一層次上反映出農村社會人倫道德的傾斜。

這種文化的失範，雖然是在人倫道德領域內首先展開，但對於作爲作家這個主體如何來看待這一歷史的必然現象，各個作家有著不同的文化選擇，當然，這種選擇無論是以「讚歌」或「輓歌」的形式出現，並不妨害作品的審美構成，但就文化學的世界觀來看，顯然是存在著高下之分的。我們應該承認這樣一個事實，即在這場改革大潮的潮頭剛剛湧來之時，所有的鄉土小說作家都存在著「二律背反」式的眩惑。對於舊秩序舊格局的被破壞，尤其是那種維持了幾千年的公認爲是美的善的東西被褻瀆，深深地影響著制約著作家對於文化選擇的價值判斷，以及作家的心理因素的構成，也就是說像賈平凹、王潤滋、鐵凝、李杭育這一代承上起下、溝通兩代人命運和情感的鄉土小說作家，他們的情感表達方式呈現出二元的格局，正如鐵凝在《哦，香雪》中所流露出的那種對於兩種文化形態雙重誘惑難以擺脫的少女情境那樣，在象徵著物質文明的商品經濟文化的火車頭衝進那平靜原始的農村處女地時，一方面給香雪們帶來了物質的經濟的文明，另一方面，另一種文化形態給農村少女（雖然她們在軀體上呈現出的是青春活力的女體美，但其文化心理的歷史積澱卻是異常古老的）帶來的不適症使她們陷入了思考的困境，因爲她們的祖祖輩輩是從未遇到過這樣嚴峻的生活文化思考和選擇的。作家給人物以這樣的文化選擇，同時，通過整個作品的情感氛圍，我們也看出了作家主體情感中本身的眩惑：一方面是將那寧靜祥和的靜態文化形態描寫得至善美，呈現出舊文化秩序的無限媚態；另一方面是將城市文明的動態文化形態描寫成表面溫文爾雅而內藏至醜至惡的人性墮落狀。在兩種文化和文明

膠著狀態的描寫中，作家無所適從，其藝術的情感形式呈背反狀：對鄉村原始狀態的人際關係中的美質，那種處女貞操被破壞的現狀表現出無限的哀惋痛惜，對那種明知是象徵著推動歷史火車頭前進的物質文明抱以進入的快感和痛楚的失落，這種複雜的情緒，幾乎成為 80 年代初期到中期鄉土小說作家，尤其是知青一代作家的普通藝術情感模式，這當然是和當時整個中國的大文化格局的行進態勢呈同步發展的情狀。

　　無疑，這些不適症正預示著中國作家，尤其是鄉土小說作家試圖從文化「自戀情結」的低谷中走出來，以一種新的文化視角來審視和掃描鄉土文化社區。恩格斯曾說過這樣一句格言：「文化上的每一個進步，都是邁向自由的一步」。在面臨著民族文化心理結構發生裂變之時，如果看不到對於歷史發生作用的動力，而一味沉湎於文化的「自戀情結」中，則是違反馬克思主義的歷史辯證法的。事實證明，這批鄉土小說作家很快就掙脫了這種文化形態的規範，而走向新的創作起點。當然，也無可否認的是有一批作家由於缺乏一種對傳統民族文化心理舊秩序舊格局的自省意識而一味地眷戀田園牧歌的固態文化結構，更多地是表現出一種失落和惆悵的情緒，是對鄉土社會中的「多餘人」和「畸形人」表示出更多的哀歎之情。這些作家幾乎看不到民族文化心理所面臨著的危機和挑戰，更看不到這種民族文化心理只有在危機和挑戰中走出低谷才能獲得文化的進步和自由這個真理。受著凝固的傳統文化心理的牢牢鉗制，這些作家的作品只能在文學的娛悅功能層次上得到審美價值確證，而失卻了其作為文化價值判斷的歷史觀的正確性。由此可見，作家的主體意識的文化價值判斷不能得以昇華，用一種全新的歷史眼光來把握客體形象，其作品必然會陷入傳統文化意識的泥淖。即如《桃花灣的娘兒們》雖然寫得很美，就其表層結構來看，也滲透著強烈的時代氣息。但是，由於作家的文化主體意識尚在傳統文化心理的統攝之下，沒有看到兩種文化衝突結果下的文化新質給歷史和人物帶來的新的命運契機，因此在整個作品的藝術觀照過程中，始終是以傳統文化心態去指揮著人物心靈歷程的趨向，以凝滯的文化視線去靜觀固態的鄉村文化的優美情境，而未能捕捉到傳統舊文化與現代文化進行撞擊時所閃現出的藝術火花，以此來作出適合於歷史進步的文化選擇，這樣的作品雖能由於作家的藝術才華而激起人們內心的一時激動，但畢竟在歷史的長河中不能保持著自身的藝術生命張力。

　　可以清楚地看到，這一時期鄉土小說中所表現出的一種對傳統文化的回

歸意識，以及在這種回歸意識中所呈現出的「二律背反」的眩惑情感形式，呈現出了作家的兩難情緒：這就是一方面對於舊文化舊格局的「懷舊情緒」；另一方面是對現代文化格局的「喜新期待」。兩種文化心態交融滲合形成了這一時期鄉土小說特異的情調，兩種文化文明的衝突張力在這類小說中得以充分的表現。而這類小說最終導致的是以一種新的當代文化意識去打破這靜態文化的格局，以嶄新的姿態來迎接鄉土小說動態文化格局的寧馨兒。